PU SONGLING  TONGHUA

蒲松龄童话

(上册)

谭元亨 编

中山大学出版社
·广州·

版权所有　翻印必究

图书在版编目（CIP）数据

蒲松龄童话：全二册/谭元亨编．—广州：中山大学出版社，2022.3
ISBN978-7-306-07446-1

Ⅰ.①蒲… Ⅱ.①谭… Ⅲ.①童话—作品集—中国—当代 Ⅳ.①I287.7

中国版本图书馆CIP数据核字（2022）第031409号

出 版 人：王天琪
策划编辑：吕肖剑
责任编辑：吕肖剑
封面设计：林绵华
责任校对：林梅清
责任技编：靳晓虹
出版发行：中山大学出版社
电　　话：编辑部020-84110771，84110283，84113349，84110779
　　　　　发行部020-84111998，84111981，84111160
地　　址：广州市新港西路135号
邮　　编：510275　　　　　传　真：020-84036565
网　　址：http://www.zsup.com.cn　E-mail：zdcbs@mail.sysu.edu.cn
印 刷 者：广州一龙印刷有限公司
规　　格：787mm×960mm　17.25印张　535千字
版次印次：2022年3月第1版　2022年3月第1次印刷
定　　价：98.00元（上下册）

如发现本书因印装质量影响阅读，请与出版社发行部联系调换

与贝洛、安徒生、格林童话并驾齐驱的蒲松龄童话（代序）

已经三十年了，那是1991年9月20日，在巴黎召开的第十届国际儿童文学研究会（IRSCL）的大会上，面对来自世界五大洲34个国家从事儿童文学研究的专家、学者们，我应邀做了长达一个多小时的演说。

在这次演说中，我专门指出：在中国古典名著《聊斋志异》里，有将近200篇完全适合儿童阅读的中国童话。而这些童话，比安徒生童话早了近两个世纪。因为作者蒲松龄（1640—1715）生活的年代主要是17世纪，而安徒生（1805—1875）生活的年代已是19世纪了。

回国后，我曾呼吁："如果今天有那么一个有心人，对《聊斋志异》做一番认真的分析研究，用今天的白话文字，选取其中一两百个优秀篇章，译成儿童可以读得懂的、适合儿童口味却不失去本意或原意的童话文体，再与安徒生童话相对照，是绝对不会逊色的。如能系统译介为各国文字，外国研究者当为之瞩目……"

到了1998年4月，法国贝洛国际学院院长佩若教授与我共同在巴黎主持了国际上第一个"中国儿童文学日"活动。我高兴地看到，若干蒲松龄的名篇，已有了法文版，为法国的孩子们所熟悉。不少儿童文学工作者认为，蒲松龄与法国的童话大师贝洛（1628—1703）可以说是同一时代的人。贝洛留下的十余篇童话，在世界上脍炙人口。而蒲松龄这么多童话，一旦为世界全面了解，是同样会产生深远影响的。

在"中国儿童文学活动日"之后，我终于下定决心，去完成自己多年前提出来的这一工作，系统地重译、改写蒲松龄用文言文写下的这近两百篇童话中的一部分。

当年，有人就曾为《聊斋志异》题词："剪灯试与儿女说，老妻掩耳儿咋舌"，说的是在灯下为孩子讲故事。无独有偶，安徒生也这么对朋友说过："我用我的一切感情和思想来写童话……当我在为孩子们写一篇故事时，我永远记住他们的父母也会在旁边听……"

童话，在没有这个名称之前它便已经存在了。从民间的口耳相传，到进入文人的创作，当然有一个漫长的历史过程。蒲松龄的文言文作品中有不少属于童话范畴的创作，这当然得依据童话本身的美学特征来作出判断：那便是源自民间口头的幻想故事。供少年儿童阅读的幻想性叙事文学，说到底，便是适应儿童阅读能力和审美情趣的具有神奇色彩的幻想作品。童话具有自己的独立形态，不是小说（包括幻想小说）所能替代的。无论是安徒生、格林、贝洛的童话，还是蒲松龄的童话，都具有共同的特征以及相一致的形态。而他们对民间故事所作的艺术升华，亦可谓异曲同工——不仅在技巧上得到完善，而且思想上更发人深省，对爱情与友谊充分肯定，对劳动与创造大力讴歌。

真正的童话是具有永久性魅力的，蒲松龄的童话同贝洛、安徒生、格林的童话一样，经历了长久的时间洗涤，迄今仍在岁月的激流中熠熠闪光，而且也将在未来的岁月中继续大放光彩。蒲松龄童话无疑是我们中华民族在世界文学界宝库中的一大贡献，是足以让我们为之骄傲的。

在一般人的印象中，《聊斋志异》无非讲的是神神鬼鬼、花妖狐魅的故事，怎么又会成为童话了？这对孩子是否合适呢？

要回答这个问题，得分为两步。首先，在《聊斋志异》中，有相当大的一部分，是既没有写神神鬼鬼，又没有写花妖狐魅的，诸如写猎蚊虫的小猎犬、直言不讳的鸭子、除暴安良的侠鸟……老虎的故事都有好几个，而且各自迥异：有敢上衙门认罪、好汉做事好汉当的老虎；有知恩图报、有情有义的老虎；有厌恶酸秀才穷卖弄、掉书袋的老虎……

从这些童话故事中，我们可以得到很多的乐趣，很多的教益。它们开阔我们的胸怀，激发瑰丽的想象，令我们珍重善良、友好的情感，憎恶残暴、倾轧、钩心斗角；教育我们要追求公正、平等、自由与民主，不要贪婪、背信弃义、以怨报德、不劳而获……总而言之，真、善、美，才是做人之本，对假、丑、恶寸步不让。对于儿童来说，从小培养一种善良、美好、宽厚、真挚的情感，无疑是非常重要的。而那种勤劳、勇敢、机智、意志坚强、敢于自我牺牲的精神，以及排除万难、一往无前的志气，更是我们应该具备的优良品质。

另外，就算鬼神狐魅之类进入童话，本身也无可厚非。因为童话的审美空间是开放的。因此，在选取蒲松龄童话改写篇章之时，我们并没有回避神怪狐魅，诸如厌恶尘世喧嚣而有洁癖的龙宫太子，中国古代传说中神仙所在的仙岛，威严的鹰虎神，等等。当然，更少不了众多的花妖狐魅——她们或善或恶，或真或幻，或美或丑，都不可有一定之见。拉美"文学爆炸"中最负盛名的大师博尔赫斯，不仅到处专讲中国与东方文学，而且毫不讳言他对花妖狐魅的激赏，他在演讲中，总是把它们与中国的龙排在一起，视为同样的东方传统……

今天，我终于实现了自己的心愿，把经过精选改编成白话文的《蒲松龄童话》推出来了。让《聊斋志异》这部中国文学史上的不朽之作，再度获得一个新的生命，去拥抱我们今天的儿童——我们的未来。同时，《蒲松龄童话》的问世，也为中国童话的正名并走向世界做出了贡献，我将进一步努力，做好这一工作。

谭元亨
2021年12月1日

目录

上 册

一、动物们的童话
黑狗救主(《义犬》)/ 3
从谏如流的青蛇(《蛇人》)/ 8
画里跑出来的马(《画马》)/ 12
驴子还债(《蹇偿债》)/ 16
智斗花蛇的义鼠(《义鼠》)/ 20
小狮猫戏大老鼠(《大鼠》)/ 23

二、老虎的童话
汉子苗生(《苗生》)/ 28
接传票的老虎(《赵城虎》)/ 32
知道报恩的老虎(《二班》)/ 39

三、狼的故事
小农夫智取白鼻子狼(《于江》)/ 43
屠夫与狼的故事(《狼》)/ 49
野狼破案记(《毛大福》)/ 55

四、鸟儿的童话
会对诗的猫头鹰(《鸮鸟》)/ 60
鸟儿的预言(《鸟语》)/ 64
奇异的白鸽(《鸽异》)/ 69
长鸭毛的小偷(《骂鸭》)/ 74
侠鸟(《禽侠》)/ 79

五、花木的童话
道士的梨树(《种梨》)/ 83
严冬盛开的荷花(《寒月芙蕖》)/ 87
喝醉的菊花仙子(《黄英》)/ 91
柳神的献身(《柳秀才》)/ 98

六、精灵的童话
瞳仁里的小人儿(《瞳人语》)/ 102
莲花公主(《莲花公主》)/ 107
蟋蟀成名(《促织》)/ 112

蛰伏在书中的蚰蜒（《蛰龙》）/ 118

小猎狗（《小猎犬》）/ 120

蝴蝶的申斥（《放蝶儿》）/ 124

七、奇遇的童话

上天摘仙桃的孩子（《偷桃》）/ 129

神奇的口技（《口技》）/ 134

神机妙算（《于中丞》）/ 137

八、仙境的童话

一日百年（《顾生》）/ 141

安期仙岛（《安期岛》）/ 145

云里摘星星（《雷曹》）/ 149

长得好看也吓人（《罗刹海市》）/ 154

能走进去的壁画（《画壁》）/ 164

九、神明的童话

龙王太子的礼物（《余德》）/ 170

目光如炬的鹰虎神（《鹰虎神》）/ 175

会飞的绿衣女郎（《绿衣女》）/ 178

张飞显灵（《桓侯》）/ 181

石神（《石清虚》）/ 186

水神（《张老相公》）/ 191

齐天大圣（《齐天大圣》）/ 195

十、狐仙的童话

冷面书生与火狐（《冷生》）/ 201

知天象的狐友（《酒友》）/ 205

好为人师的狐狸（《郭生》）/ 209

好逗笑的狐娘子（《狐谐》）/ 211

书生与狐女（《青凤》）/ 216

择友的狐仙（《雨钱》）/ 224

狐狸仙人（《胡四相公》）/ 229

先祖的狐妻（《王成》）/ 236

一、动物们的童话

黑狗救主	(《义犬》)
从谏如流的青蛇	(《蛇人》)
画里跑出来的马	(《画马》)
驴子还债	(《偿债》)
智斗花蛇的义鼠	(《义鼠》)
小狮猫戏大老鼠	(《大鼠》)

黑狗救主

狗和人类向来都是好朋友。狗为人类做了很多很多的好事：看门呀，打猎呀，看护小主人呀，甚至救主人，以及替主人捉贼、报仇，等等。狗对人类确实是一片忠心。不信？以前在芜湖就发生过一只义犬救主并且帮助主人报仇的事。

芜湖，是我国长江下游一座很大的商业城市。每天都有成千上万的商人聚集在这里，他们买的买，卖的卖，可热闹了。这些南来北往的商人都坐着船来，又坐着船离开。航船有大有小。大的可装载十多位船客，小的呢，只能坐一两个人。有些商人贪图方便，便包租一条小船，独自来往，因此，芜湖江边就聚集了很多独来独往的小船。

这天，从周村来的商人老吴，卖了货物之后，便独自雇了一条小船，准备回家。小船上只有一个船夫，这个船夫生得粗壮，还有点贼眉鼠眼。他在船头收拾好缆绳，准备开船。老吴上船后便钻进舱里，他要把这两天做生意赚来的钱整理好。钱不少，他嫌打成一个包裹太大了，于是便把钱分成两份，打成两个包裹，放在船舱里。

老吴只顾整理钱，却没有留意船舱外有一双贼眼正在偷偷地瞧着。俗话说，钱不可露白，老吴没有想到，一场大祸就要降临到他的头上。老吴整理好包裹，伸了伸懒腰，走出船舱，在船头坐下，看着江景，就等着起航了。

忽然，从码头传来一阵凄惨的狗叫声。老吴循狗叫声看去，只见码头上有一大群人围着看热闹。其中，一个屠夫手里牵着一只黑狗，把它捆绑在江堤的柱子上，另一个屠夫则蹲在江边，就着江水霍霍地磨着刀子。磨刀声和狗叫声交织在一起，刺激着老吴。

老吴坐不住了，便走下船对屠夫说："这只狗叫声太凄惨了，你不要杀它了，把它卖给我吧！"

屠夫看老吴是个商人，存心要敲他一笔钱，便说："不杀它，卖给你也可以，但你得出个好价钱。"

老吴心里也知道这屠夫必定是要抬价的，便说："那好，我出的价比市面价高出一倍,可以了吧?"

屠夫看看老吴,摇了摇头。

老吴说:"那就高出两倍,如何?"

他边说边看着那只被绑着的黑狗。黑狗也看着他,高一声、低一声地吠着。

屠夫看出老吴的心思,还是摇着头。

老吴看看黑狗,再看看屠夫,狠下心说:"那就三倍,你卖不卖?"

围观的人轰动了。

有人说:"可以了,这不过是只狗啊!"

有人说:"还不卖?你会后悔的!"

还有人说:"就算你杀了狗,也卖不出这个价!"

屠夫低头想了想,便把黑狗从柱子上解下来,交给了老吴。

老吴把黑狗牵到船上,用肉和骨头喂它,那黑狗边吃边看着老吴,不停地摇摆着尾巴,偶尔还低声叫上一两声。黑狗吃饱了,走到老吴跟前嗅着,低声咕噜着,好像在说:"谢谢,好心的主人。"

这时,船夫已经解开缆绳,向岸上的人吆喝着:"开船啰!"

老吴也向岸上的人们挥挥手。船夫用竹篙一撑,小船便慢慢地向江中心漂去。

不幸的是,老吴上了一条贼船。这条船的船夫本来就是江上的一个惯盗,坐他船的人没有不被他偷过的。这一次,他看见老吴的两个包裹,早就起了歹心。他一边摇着橹,一边想,这可是一笔大生意呀,我可不能放过。

有了歹心的船夫，跟着便有了行动。他把船划进江心，没多久，小船便远离城镇农庄，来到两岸都是高山的僻静河段，船夫接着把船划到江心小岛的芦苇丛中，老吴见不对头，忙喊："船家，你怎么把船划进芦苇中了，快调头！"

船夫没有回答，却用竹篙把小船停泊在芦苇深处，转身从船头夹板中取出一把尖刀，面露杀气，向老吴逼过来。

老吴大吃一惊，连忙跪在船舱中，哀求船夫不要杀他。他哭着说："钱财任你拿去好了，求你留我一条生路，千万不要杀我！"

"不杀你？好让你去报官来捉我呀？你休想！"船夫恶狠狠地说着，举起了刀。

老吴连连叩头，哀求船夫不要杀他。

"不杀你，也不能让你好活。"

船夫不再理会老吴的哀求，找来一张旧毛毯把老吴从头到脚像包粽子似的捆绑好，拖到船头，随后推到江中。毛毯浸了江水，老吴便逐渐沉入江中，又慢慢浮出水面，随水漂去。

说时迟，那时快，那只黑狗突然嚎叫一声，跃入江中，很快泅到毛毯旁，用嘴叼着毛毯，随着江水起伏漂流。不知道漂流了多久，也不知道漂了多远，终于漂到一个浅滩旁，黑狗用尽力气把毛毯拖上浅滩，便像一摊烂泥似的伏在浅滩上，呼哧呼哧地喘着气。黑狗喘过粗气后，又跳入江中，继续向下游泅去，幸好，下游不远处就有一个码头。黑狗爬上码头，对着一群在码头歇息的工人，狺狺哀叫。叫了几声，又回头看看大江，继续对着人们哀叫。

黑狗的反常引起了人们的注意。

一个领班对众人说:"这只黑狗好奇怪,不知发生了什么事?"

有个人听了,便走近黑狗,想抚摸它。

黑狗待那人走近时便马上跳起来向浅滩跑去。它跑上两步,就回头看看有没有人跟着它。

人们越发感到好奇,领班说:"这只黑狗定有事,走,我们跟着它去看看。"

说着,领班站起来,和众人一起跟着黑狗来到浅滩上。

黑狗围着毛毯狂吠。人们连忙把毛毯上的绳子解开,一看,赫然发现毛毯里竟然包着一个人。领班连忙把手放在老吴的口鼻间,发觉老吴还有气息,便叫人把他抬到岸上,给他进行人工呼吸,又找来姜水给他灌进去。

忙了好一会儿,老吴慢慢地醒过来了。老吴把船夫谋财害命的事向众人细说了一遍,人们都十分同情老吴的不幸,也都痛恨那船夫心狠手辣的强盗行为。

领班问老吴:"你现在打算去哪里?是不是回家?"

老吴想都不想地说:"不,我现在不能回家。我的钱财被那强盗船夫抢走了。他以为我早就死了。他一定还会回到芜湖继续干伤天害理的事,我不能放过他。我要到芜湖去,把那个强盗找出来。"

老吴歇了口气,有点无奈地说:"只是我现在什么都没了,我哪里还有钱坐船到芜湖去啊!"

老吴急得眼泪都快流出来了。人们很同情老吴的处境。可是,大家都没有钱。

正当人们感到心有余而力不足时,突然,领班拍着额头说:"我忘了。老张的船不是明天回芜湖吗?我们跟他说一声,让这位落难的人搭他的船回芜湖吧!"

当老吴踏上老张的船时,他记起了那只救他性命的黑狗,他想招呼那只黑狗上船,可是,黑狗却不知道跑到哪里去了,人们到处找,怎么也找不到。黑狗不见了。老吴只好失望地登上船。

大船起航了,老吴呆呆地站在船头,望着码头,心里在呼唤:黑狗啊,你回来吧!

芜湖的码头和往常一样,熙熙攘攘的人群依旧忙忙碌碌地各干各的事。江面上,一排排的商船纵横交错、桅杆如林,码头上的人有乘船的,有交付货物的,有背着包裹的,有挑着担子的,好不热闹。老吴就在人群中找来找去，找那个陷害过他的强盗船夫。

第一天过去了，没有找到。

第二天，也没有找到。

第三天，中午很快过去了，老吴还没有找到那个强盗船夫的影子。

老吴失望了。他垂头丧气地靠在码头的栏杆上，低头沉思。忽然，背后有人叫他："老吴，你怎么在这里？"

老吴回头看，原来那人是他的同乡，刚刚卖完货物准备回乡。他看见老吴无精打采的样子，便关心地问老吴出了什么事。于是老吴便将被船夫谋财害命的事说了一遍。那同乡十分同情他，便说："事情既然到了这个地步，幸亏还留了一条命。趁现在有船，不如一同回乡罢了。"

正当他们想上船时，奇怪的事发生了。原先走失了的那只黑狗，这时不知道从什么地方冒了出来。它对着老吴大声地猛吠，老吴惊喜地走过来想抚摸它，它却跑开了。老吴以为这只黑狗认生了，便停住了脚步。想不到，老吴止步，那黑狗就朝他走两步，依然不停地叫唤，仿佛要带老吴去什么地方。

老吴灵机一动，便和那老乡一起，跟在黑狗后面向前走去。就在离码头不远的一条小船上，有一个船夫正在忙着装货。那黑狗"嗖"地一下向着船夫冲过去，大叫一声，紧紧咬住了那船夫的裤子，拼命拉扯。那船夫"哎呀"了一声，急忙拿起根棍子，朝黑狗打去。黑狗匆忙一闪，再次咬住船夫的小腿。老吴急忙赶过来，用力扳过船夫的肩膀一看，不禁大声喝道："啊！是你这个强盗！你逃不掉了！"

原来，这个船夫就是那天抢了老吴钱财，又将他抛入江中的强盗。码头上的人纷纷围拢过来，知道了事情的经过，都痛骂那船夫伤天害理、谋财害命，可恶至极。

码头的领班说："搜搜他的船，看看赃物还在不在？"

话还没有说完，早就有人从船舱中找到老吴的两个包裹，包裹里的钱财还在。

人赃俱获，众人便将那个强盗交给当地的官府。那个强盗船夫最终受到了惩罚。

老吴爱惜地抚摸着那只黑狗。黑狗也温顺地舔舔老吴的手，十分友好。

众人都称赞它是一只忠心报主的好狗，并称它为"义犬"。

(本故事改编自《义犬》)

从谏如流的青蛇

很久以前,在一个叫东郡的地方,有一个人专门靠耍蛇卖艺为生,我们姑且把他叫作"耍蛇人"吧。这位耍蛇人,曾经驯养过两条蛇,都是青色的:大的叫作"大青",小的呢,就叫作"二青"。其中,二青最善解人意,它头上有个红色的点痣,特别听主人的训话,叫它怎样就怎样,一会儿,盘旋着直上竿顶,飞也似的摇摆着身体;一会儿,又盘成团,蛇头应笛声翩翩起舞;一会儿,又用身子缠住耍蛇人……因此,耍蛇人特别喜欢它。

时间一久,大青渐渐老了,死去了。耍蛇人想再找一条青蛇来补缺,可总是找不到合适的,心里总是念念不忘这件事。

一天夜里,耍蛇人寄宿在深山里的一个寺院。夜间,山风呼号、溪流砰响,他睡得很不踏实。第二天天一亮,他打开那四四方方的专门装蛇的竹器,却大吃一惊,二青已无影无踪了。耍蛇人心中难受极了,他四处寻找,拼命

呼叫，却不见二青的踪影。然而，他仍痴想着以前每每到了林深草密的地方，打开竹器，把二青放出来，任凭它自由自在玩上一会。无论跑出多远，它总能自己回来。于是，耍蛇人坐在寺中，耐心地等候着。这天等了好久，太阳升得老高老高了，仍不见二青回来，他不由得失望了，怏怏地起身准备离开。

谁知，出门没多远，突然听到高高低低的草丛中，传来"嚓嚓"的响声。他不由地站住，惘然地回过头来一看，噫，居然是二青追上来了。他喜出望外，如获至宝。

耍蛇人在路旁搁下了竹器，二青也停住不走了，再瞧，二青的后边，还跟着一条小蛇呢。耍蛇人更是高兴了，轻轻地抚摸着二青，说："我还以为你已经走了，再也见不到了。这位小小的伙伴，可是你推荐给我的吗？"于是，他拿出饲料，去喂二青，同时，也喂给小蛇。但小蛇认生，虽然没有逃走，却瑟瑟缩缩的，不敢吃。二青便自己把食物含住，用嘴去喂小蛇，就像母亲哺养孩子一样，又像主人谦让客人。

耍蛇人再去喂小蛇，小蛇便吃了起来。吃完，二青爬进了竹器，小蛇也很乖地跟着爬了进去。耍蛇人挑上竹器，回到了家中。

从此，他悉心训练小蛇。这条小蛇同二青一样，很有悟性，教什么就会什么，盘旋而上、翩翩起舞，很快各种表演技巧都学会了。耍蛇人很是欣慰，给它起名为小青。

由于二青、小青的表演技艺绝伦，冠压群芳，一下子名声四扬，很得观众的欢心，耍蛇人的收入也就多了。在欢呼声、喝彩声中，二青长得很大了，然而，它却不能像小时表演得那么自如，那么出色了。因为，按耍蛇的规矩，蛇本身不能太长。过长了身体就变得笨重，没有那么灵活了，而且看起来也就不那么美了，这样的话，也就只能淘汰掉。只是二青特别听话，所以耍蛇人才舍不得把它丢弃。又过了两三年，二青已长到了五尺多了，已经没法应付表演了。耍蛇人万般无奈，只好把它放生了。

这天，来到了山东淄邑的东山，耍蛇人把二青放了出来，让它饱饱地美餐了一顿，向它表示祝福，放它远去。二青像是明白耍蛇人的意思，很快隐入了草丛之中。可没过多久，它又转回来了，在竹器边上扭动着，一副依依不舍的样子。

耍蛇人挥手道："你还是去的好！世上哪有百年不散的筵席呢。只要你从此隐身于深山大谷之中，一定能化作神龙，这小小的竹器，岂是你久居之所呢？"

二青听了，乖乖地离去。可没多久，它又一次回来了，怎么挥手，它都不肯离去，而且用头去撞耍蛇人挑担中的竹器。小青在竹器当中，也不住地扭动着身体。

耍蛇人忽然明白了，问："你是想同小青道别吗？"耍蛇人于是打开了竹器。小青一个伸缩，便出来了，与二青的头扭结在一起，还不住地吐出舌信子，难舍难分，似在倾吐道别之言。而后，小青竟跟着二青，隐没在草丛中了。耍蛇人寻思，它们太要好了，舍不得分开，也就没想着小青会回来。

谁知，没一会儿，小青又踽踽独来，重新钻进竹器中躺下了。二青走后，小青没了伴，耍蛇人到处物色新的蛇选，可是就没有如它们一般出色的。

时间很快又过去了，小青长得也如二青那样大了，表演起来也没原来那么得心应手了。后来，小青已长得像小孩胳膊那么粗了，再也无法表演了。

也就是这个时候，不少上山砍柴的人，总在山上看到二青。日子一久，二青已经好长了，身围有碗口那么粗。它喜欢出来，追着游人玩耍。游人不了解它，都吓坏了，互相告诫，千万不可离开大路，以免走上它经常出没的路径。

这天，耍蛇人正经过这个地方，突然，一阵疾风扫过，竟是一条大蛇蹿了出来，耍蛇人吓了一大跳，拔腿就跑。偏偏那大蛇紧追不舍，耍蛇人一回头，看见蛇马上便要追上来的样子，此时却忽地发现大蛇头上，有颗赤红色的痣，这才省悟过来——这是二青！于是卸下担子，喊道："二青！二青！"

一、动物们的童话

大蛇立即停下来不追了。它昂起头来，久久注视耍蛇人。显然，它认出来了，于是扑了过来，像过去一样，把耍蛇人缠绕起来，以表示亲热。

耍蛇人体会到它并无恶意，也抚摸起它来，可是，它的身躯实在是太重了，耍蛇人怎么承受得了呢，没几下子便被压倒在了地上。

耍蛇人连声告饶，二青才意犹未尽地从他身上撤了下来。而后，二青又用头去撞竹器。耍蛇人明白它的意思，于是打开竹器，把小青放了出来。两条蛇久别重逢，又交缠在一起，不知有多甜蜜，很久很久，才依依不舍地分开。

耍蛇人又是感动，又是欣慰。他动情地说："小青，我早就该与你告别了，你毕竟已经长大，可就是没有机会，今天，你终于有伴了，可以去了。"

然后，耍蛇人又掉头对二青说："小青原来是你引来的，现在，也可由你带去了。不过，我得特别叮嘱你们一句：这深山里，有的是食物，千万不要伤害行人，以免天公发怒，要天谴你们的。"

二青、小青都垂下了头，似乎听懂了耍蛇人的话，表示接受。然后，两条蛇又翘起了头，二青在前面，小青跟在后，往丛林深处游去。

耍蛇人一直目送它们离去，站了很久，直到看不见才离去。从此以后，行人再也见不到它们的踪影，自然不受它们侵扰了。大家都奇怪，不知道它们上哪去了。

蛇也这般从谏如流，这么重感情，人又该如何呢？

（本故事改编自《蛇人》）

画里跑出来的马

还在南北朝的时候,梁朝的皇帝萧衍,也就是梁武帝,让非常出名的大画家张僧繇在金陵的安乐寺画了几条龙。这几条龙画得活灵活现、栩栩如生,可惜,龙都没画上眼睛。人们不知道是什么原因,以为他留了一手。他只说,画活了的东西,是不可以画全的,一旦画全了,就没了。大家还是不明白他这是什么意思。

终于有一天,在众人的一再请求下,张僧繇只好答应,于是给其中两条龙点上了眼睛。笔刚落下,立即惊雷闪电,刺破了画龙的墙壁。两条龙腾云驾雾,飞走了。这便是成语"画龙点睛"的来历。

在张僧繇画龙之后的八百年,又出了一位大书画家叫赵孟頫。他的字圆转遒丽,自成一体,就叫作"赵体"。其与王羲之的"王体"、颜真卿的"颜体",都是书法中的楷模。不过,赵孟頫还有一绝,可能一般人不知道,那便是画马。为何不知道呢?莫非又如张僧繇所说的,把马画全了,马会跑掉吗?

这个故事,就发生在赵孟頫去世几百年之后。

在山东有一个临清县,那里有一个书生,姓崔。崔生家里穷得叮当响,

连家里的围墙破了也没法子补。东邻是一户姓曾的人家，家境倒还殷实，不时飘着肉香鱼腥，常馋得崔生口水直流。

说来也怪，这天清早起来，崔生就发现，破围墙里进来一匹马，就躺在沾满露珠的草丛中。人穷，围墙不修，院子里更是杂草丛生了。这匹马看上去还挺精神的，乌黑油亮的马毛上，间有雪白的花纹，可惜有一缺陷，就是马尾巴不全，像被火烧断了一样，长的长，短的短，参差不齐，怪难看的。这崔生是个厚道的人，不想家中有不明来历的牲口，于是，一发现这匹马来了，便要把它赶走。可白天把马赶走了，这焦尾马晚上又跑回来，也不知道它是谁家的，来自何方。

日子一久，崔生也就随它去了。但崔生的穷日子却熬不下去了，他想起有一位好朋友，在山西做了官，不如去投奔他，找个差使做做，也能吃上一口饱饭吧。主意定了，他便决定启程。可是，从山东到山西，路途遥远，还得翻过太行山，没有骡马代步，靠走是走不到的。于是，他便只好求助于这匹不请自来的焦尾马了。

他拍拍马脖子，说："不知道你主人是谁，也没法向你主人借你一用了，只好问你自己的意见了，同我跑一趟山西怎么样？"

马打了两个响亮的喷嚏，仿佛说乐意。

于是，崔生给马加了口衔，放上鞍，牵上缰绳，便要出发了。可他还是不放心，上了马，又下来，叮嘱家里人说："要是有人来找马的话，就如实告诉他，说我借这匹马去一趟山西。"

一上路，这匹马立即精神抖擞，奔跑如飞。蹄后一阵烟，转眼间，上百里地便在足下了，太行山也不在话下。到了夜晚，崔生住进客店，把它放进马房，还专门买了不少好的饲料喂它。可第二天一看，饲料似乎都不曾动过。崔生担心马病了，这天上路，便拉紧马缰不让马走得太快。可马又是蹦，又是嘶叫，前蹄高举过头，非要飞跑不可，不然，便很生气地吼叫，喷吐唾沫。崔生无奈，只好放它跑快点。

一跑，它又如头一天一样，飞快，还没到中午，崔生便赶到了山西的首府太原了。

他骑着这匹焦尾马，"的的笃笃"地行走在太原的街市上，马蹄声响亮，马更是威风八面，满街的人一片喝彩声，都说没见过如此雄健有力的骏马。

这骏马的消息，立即不胫而走，很快，便传到了晋王府，让晋王知道了。

晋王很喜爱马，一听说有好马，便来了精神，他马上派手下满街打听。王府的人找到崔生下榻的旅舍，对崔生说："晋王愿以高价买下这匹马。"

崔生却摇摇头:"不行,这匹马不是我的,我不能自作主张把它卖了。"

晋王府的人并不罢休,没几天又来了:"晋王愿意出更高的价钱。"

他还是摇头:"不行,说不定,明天这匹马的主人就找来了,我不能做这种事。"

他在太原一边打听那位当官朋友的下落,也一边担心马的主人会找来。可不,这么一匹好马,谁会掉以轻心地就丢了呢?

但晋王锲而不舍,三番五次派人前来。出的价钱从二百两银子,翻番到了四百两;又从四百两,翻番到了八百两。

崔生在太原城里住了整整半年,方知朋友已外派到很远的地方了。自己在太原,做点零活儿,也照顾不了家人,长久下去,也不是办法。心想,不如回家去吧。

而晋王府仍有人来,坚持要买下这匹马,并且日子一久,也问清了这匹马的来历,便劝说道:"都半年了,它真要有主人,早就找来了。现在,你可以自己作主了,你就是它的主人。卖给我们,也成全了晋王爷的心愿吧。"

崔生这才答应下来。

就这样,这匹焦尾马便以八百两银子卖给了晋王府。然后,他上了骡市,精心挑选了一匹雄健的骡子,骑着骡子回到临清。

有了八百两银子,他不敢坐吃山空。而且,他仍在想,没准哪一天,马的主人还会找回来,这本钱还得还给人家呢。于是,他便以这八百两银子为本金,做起了生意。冬去春来,花开花落,一年又一年过去了。修缮前门时种下的小树,也长得一两丈高……

一晃,又过了好多年。

晋王遇上了一件十万火急的事,需派人到临清去。于是,便派出了一名卫士——那时叫校尉,骑上这匹可以日行千里的焦尾马,火速赶到临清。谁知,校尉一到临清,把事情办了,回头一看,晋王至爱的马却不见了。这下可把校尉急得浑身冒汗,赶紧追出大门,只见一截烧焦的尾巴一晃而过。他没命地追了上去。追过了好几个村子,只见马跑进了一户人家,便不见了。校尉也追进了这户人家。可这户人家里里外外都搜遍了,就是不见这匹马。这户人家的主人姓曾,他反复申明:"我一直在家里,没看见有马跑进来呀。"

校尉一口咬定:"我明明看见晋王的马跑进来了!"

姓曾的也一口咬定:"没有马进来就没有,你也搜过了。"

"不行,肯定是你藏起来了!"

"我有地方藏吗?"

一、动物们的童话

校尉依仗晋王的权势，呵斥道："你再不交出来，就把你押到衙门里问罪。"

姓曾的只好说："我这活马没有，画上的马倒有几匹。"

这校尉找遍了曾家，的确也找不出马来，听他这么一说，才细细看他家墙上所挂的一幅画。那正是赵子昂，也就是赵孟頫画的马，一匹匹龙精虎猛、栩栩如生。因时间久了，其中一匹马，尾巴的部位上，被香火烧焦了一点，而毛色与跑掉的马完全一样，乌黑油亮的马毛上，有白色的花纹。

校尉心里明白，准是这画中的马成了精，跑了出去，今天，又自己跑回了画上。可是，这又怎么能向晋王爷交差呢？

这校尉一狠心，竟跑到县衙门，把姓曾的告了。

县老太爷一听，这还得了，居然把王爷的宝马藏起来了！立即派人把姓曾的抓了起来，押进了大牢。姓曾的有冤难白、投诉无门。正在这时，崔生闻讯赶来，原来，姓曾的正是崔家的东邻。这些年来，崔生用那八百两银子做生意，发了大财，家产早已超过一万两银子了。他得知曾家的变故，明白是怎么回事，立即便拿来了八百两银子，把姓曾的保了出去。

校尉拿了银子，回去交差了。为此，姓曾的很感激崔生。

只是他并不知道，崔生便是当年把这匹焦尾马卖给晋王的人。

（本故事改编自《画马》）

驴子还债

驴子能够还债吗？能！我听说过。

这事发生在很久很久以前。在我国北方一个很偏僻的乡村里，村民都靠种田为生。这一天，在一个农家里，一对母子正在对话。

母亲说："王卓，起床，该下田干活了。"儿子在床上蒙着被子说："下田干活？我才不呢。我最怕下田干活了，又脏又累多辛苦呀！我才不受那份罪呢。"

王卓就是这家的儿子。他家是农民。农民下田种植庄稼，这是天经地义的事。春天不种庄稼，秋天哪来的粮食？王卓是农民的儿子，他不会不知道，那为什么他不愿下田干活呢？

原来，王卓自小就游手好闲，不肯做出力气的活。可家里实在太穷，不要说没有办法去读书，就是去做生意也没有本钱，下田干活他又不愿意，常说："做农民日晒雨淋，他才不受那份罪呢！"

王卓这样懒，家里不穷才怪哩！

家里穷，常常揭不开锅盖。王卓就只好东家赊，西家借。有借有还倒还好，可王卓只借不还，村里的人都让王卓借怕了，看见他都躲得远远的。

但是，也有不怕王卓来借的。他不但借钱给王卓，还常常给他米粮，让王卓渡过难关。这个人就是李著明。

王卓虽然懒，不肯干出力的事，可是做一些不费力的小杂活，他倒干得很利索。他看见李著明待自己好，也就自愿到李家去做工。说是做工，也不过是跑跑腿、看看门之类的杂活。

日子就这样一天天过去。

一天，王卓的母亲对王卓说："儿呀，你的年纪也不小了。这样混日子怎么是个头，还是找个正经事做吧。"

"做什么呢？"王卓是懒，不过他不傻，相反，还有一些小聪明、小才干。他想：力气活我不干了，做些不费力气的，好像去做小生意，我倒是会干得好的。

可是做小生意得有本钱,他能到哪里去借本钱呢?

王卓去见李著明。王卓说:"我一直得到你的帮助,才使家里的人不致饿死,我和我的家人都十分感激你。我母亲说,老是靠你的帮助不是办法。我也是这样想的。"王卓望着李著明说:"我想过了,不如向你借一石绿豆,给我做本钱,我拿去做点小生意。赚点钱也好过日子,免得你再为我操心。"

"很好!"李著明见他一副认真的样子,很高兴他有了转变,便说:"你能够这样想,真的太好了。凭你的聪明才干,只要你稍微肯吃点儿苦,一心一意地去做,我想你一定会做好生意的。"

李著明立即叫仆人把一石绿豆交给王卓。王卓收了绿豆,临走时,李著明又鼓励他说:"好好干吧,有什么困难只管来找我!"

王卓大受感动。他诚恳地对李著明说:"你对我太好了。你对我的大恩大德我是不会忘记的。这石绿豆的钱,我就是做牛做马也要偿还给你的。你放心吧。"

李著明见王卓这样认真,和他开玩笑说:"好,你要是还不了我绿豆的钱,我就等着你来做牛做马呢!"两个人都哈哈大笑。

玩笑归玩笑,后来这玩笑竟然成了真的。

王卓挑回绿豆,开始做生意了。可是,王卓没有料到,他这个自小就好吃懒做的人,要一下子有所改变实在不容易。做小生意,要全凭头脑精明,手脚勤快,货物质量可靠,信用保证,才能做得有起色。而王卓呢,不是日上三竿什么都还没有开始做,就是太阳还没有落下他就已经收拾摊子了。顾客摸不准他什么时间开工,什么时间休息。加上王卓又没用心,常常不是忘

了这个顾客的要求，就是记不起那个顾客的嘱托。对顾客失信，就砸了自己的招牌。这样，一年下来，王卓不但没有赚到钱，反而把本钱也赔光了。因此，也没有钱还给李著明。

李著明听说王卓做生意亏了本，他不但没有向王卓讨钱，反而说："王卓做生意不顺利，本钱也赔光了。还要他还钱，那不是要了他的命吗？这小小的一石绿豆钱不要也罢。"

王卓感到无脸再见李著明，也不敢回乡，独自流落在外地混日子。他在外乡既没有朋友，也没有亲人，而且他没有谋生的本领，整天心情忧郁，常常半饥不饱，甚至没有饭吃，没有多久王卓就病死了。

三年过去了。王卓一直没有消息。李著明偶然记起他，也打听过，却没有人知道他在哪里。

有一天晚上，李著明梦见王卓来见他，对他说："我欠你的绿豆钱，我今生是没有法子还给你了。现在我到你家还债来了。"李著明忙问："一石绿豆钱，你何必放在心上呢。如果我要讨债的话，平日欠我的钱的人多了，又何必多你一个人呢。"

王卓沉默了一会儿，才凄然地说："你虽然不要我还债，但是欠债不还是说不过去的。我想，一个人为别人做工，别人给他千两银子作为酬谢，那是可以接受的；如果没有给人做工，无缘无故接受别人的施舍，即便是一顿饭、一碗粥，也不能昧着良心去接受啊！"

王卓长长地叹了一口气，接着说："过去你给我那么多的帮助，我十分感激你。我说过，我就是做牛做马也要偿还你的。"说完，头也不回地走了。

李著明正感到奇怪，忽然听见仆人在窗外喊："主人，家里的母驴刚才生了一头小驴。一出生就又高又大，可壮呢，你快来看看。"

李著明忽然明白了。刚才王卓对他说，到他家还债来了，这话是有原因的。他立即起床来到牲畜房里一看，果然，刚刚出生的小驴子很漂亮，正依偎着母驴吃奶呢。

李著明心想：这头小驴子难道真的是王卓变的吗？他用手摸着小驴子的脸，开玩笑地叫了一声："王卓！"奇怪，那小驴子竟然点了点头，然后仰起头瞧着李著明，一副老相识的样子。仆人们都乐了，都说这一定是王卓，都众口齐声叫："王卓！"小驴子瞧瞧这个，望望那个，引得众人大笑。

小驴子"王卓"慢慢长大了。李著明舍不得用它做工。小驴子倒不愿闲着，它见到仆人套车子，便钻入车辕中间叫，要人套上它。李著明有时也骑上它出去办事。

这一年，李著明骑上小驴子到青州办事。路上遇着皇宫里的太监。太监非常喜欢小驴子，愿出高价买这头小驴子。李著明哪里舍得卖。正争论着，一个仆人赶来告诉李著明说家里有急事，李著明这才脱身走了。

有一天，仆人套马去拉车子。小驴子又争着钻到车辕中间，不料惹恼了旁边的一匹公马，公马狠狠地踢了它一脚，把小驴子的胫骨踢断了，小驴子站不稳，跌倒下来。

李著明听说小驴子受伤，立即请来了最好的兽医给它医治。只是小驴子伤得太重，一连请了好几个兽医来医治也不见好。后来，有一个外地的兽医反复看了小驴子的伤势，对李著明说："这头驴子的伤势不轻，不容易治得好。需要一个好环境和较长的时间治疗。如果你相信我，让我带去医治。万一医好了，我把它卖掉，把所得到的钱你我各分一半怎么样？"

李著明问："难道医好了也不能用了？"那兽医摇摇头。

李著明实在舍不得卖掉小驴子。可是留下来自己又医不好它，只好答应了。

过了半年，那个兽医治好了小驴子的伤，把它卖掉了，卖了一千八百个钱。兽医分了一半钱给李著明。李著明接过那九百个钱，左看右看，突然，他想起，这九百个钱刚好是那一石绿豆的价钱。

"王卓"真的还了债了。

（本故事改编自《蹇偿债》）

智斗花蛇的义鼠

人们都知道，蛇是老鼠天生的敌人。

老鼠怕蛇。一遇见蛇便急忙逃走。蛇呢，一见老鼠，总要千方百计，或者突然袭击把老鼠吃掉。不，不是吃掉，而是吞掉的。

蛇吞老鼠，是因为蛇没有牙齿。这不完全对，蛇也有牙齿，但是只有两颗。这两颗牙齿不是用来咀嚼的，而是用来战胜猎物的。当蛇咬住了猎物，便把毒液通过牙齿注入猎物的身体，很快就把猎物毒死。

说来也怪，就是比它的身体大好几倍的食物，蛇也是整个吞掉的，要不，怎么人们常说"人心不足蛇吞象"呢。

照道理说，凡是被蛇吞进肚里的小动物，很少能逃脱的。不过，也有例外。

有一次，一条花蛇吞食了一只老鼠，但却受到另一只老鼠的抵抗，不得不把吞到肚里的老鼠给吐了出来。

那天，有两只老鼠正想去寻找食物。最先从鼠洞里出来的是一只大鼠。它一出洞口立即四面张望，试探着是否有危险。当它确定没有异常情况后，正想回头招呼另一只比它小的老鼠出洞时，突然听见一阵"吱吱"的尖叫声。大老鼠循声看去，立即惊得全身的毛都竖了起来。原来那只小老鼠刚把头伸出洞口，就被一条早已潜伏在鼠洞外的花蛇叼住了。

花蛇把小老鼠叼出鼠洞，松开口。那只小老鼠早已奄奄一息，僵卧在地，动弹不得。花蛇摆直小老鼠的四条腿，对准小老鼠的头，一口吞在肚里。

花蛇吞掉了小老鼠，得意扬扬地抬起头，正想溜走。忽然，它发觉在不远的墙角下，有一双圆睁着的眼睛怒视着自己。花蛇仔细一瞧，知道那是另一只老鼠。只见那只大老鼠气喘吁吁，摇摆着身子，似乎要扑过来，但又不敢扑。花蛇并没溜走，反而得意地吐着双信子好像说："你敢前来救你的兄弟吗？谅你也不敢。"

花蛇不再理会大老鼠，返身向着自己的蛇洞钻去，慢慢地把头伸入洞中。刚钻到半个身子还在洞外时，突然，花蛇感到尾巴一阵剧痛，好像给什么东

一、动物们的童话

西咬住了。花蛇不知道,它的尾巴已经被大老鼠咬住了。大老鼠锋利的牙齿,深深地刺入蛇的尾巴,并且往洞外扯。花蛇用力竖起尾巴,两边摆动,想甩掉大老鼠。可是任花蛇怎么摆动,大老鼠就是不松口。没有法子,花蛇便慢慢地退出洞来,掉头向大老鼠扑去。哪里知道,这只大老鼠十分精明,就在蛇头扑过来前,早已跳到花蛇扑不到的地方,望着花蛇。

花蛇一连扑了两次,也没有扑到大老鼠。于是,花蛇也学精了,它伏在地上,暗地里却注视着大老鼠的动静,等待机会。大老鼠也十分机警,它只在花蛇扑不到的地方来回走动,眼睛也注视着花蛇。蛇和鼠就这样僵持着。

也不知过了多久,花蛇决定不再理会大老鼠,又把头伸入洞中,身子蜿蜒跟着入洞。就在这时,大老鼠猛然又扑过来,一口咬住花蛇尾巴,用更大的力气将花蛇往洞外扯。花蛇迅速退出洞外,转身反扑大老鼠。不过,大老鼠又早已逃了。花蛇依然扑了个空。

就这样,花蛇一入洞,大老鼠就咬住它的尾巴不让进。花蛇退出身子去咬大老鼠,却又没有法子咬到大老鼠。这样反复多次,花蛇被大老鼠弄得精疲力竭。最后,花蛇只好退出洞外,把刚才吞进肚里的小老鼠给吐了出来。

大老鼠见花蛇吐出了自己的同伴,也就不再攻击花蛇。花蛇这才气喘吁吁地慢慢进入自己的洞里。

被花蛇吐出来的小老鼠,伸直了四个爪子一动不动地躺在地上,它已经

没有呼吸了。活着的大老鼠走了过来,围着它转来转去,吱吱的哀叫着,用鼻子去拱它,想把它叫醒。不过,这只小老鼠已经死掉了。

　　大老鼠悲哀地叫着。最后,它衔着小老鼠走进了树林深处,挖了一个洞,把小老鼠埋在洞里,绕着小坟堆,来回转了三个圈,作为向小老鼠的告别,过后往远处走了。

(本故事改编自《义鼠》)

小狮猫戏大老鼠

从来都是猫吃老鼠,却没有听说过老鼠也会吃猫的。

在明朝万历年间,皇宫里就出现过这样的怪事——老鼠吃猫。

那年,皇宫里出现了一只大老鼠。这只大老鼠不但比所有的老鼠都大,还比一般的猫都大,而且生得又肥又壮、嘴尖牙利,不但凶狠无比,还异常狡猾。它不仅吃仓库的粮食,还咬烂了皇宫中的家具、衣物,甚至连御书房里的书籍、文房四宝也不放过。这御书房早就成了老鼠的王国。

这只大老鼠太可恶了,必须把它杀死!

皇宫中的太监们商量,太监们说猫捉老鼠是大家都知道的,就放猫去捉老鼠好了。

太监们便找猫去捉老鼠。哪里知道,每一次放进御书房的猫,不但抓不到大老鼠,反而被大老鼠咬死、吃掉了。太监们没有法子,就到宫外民间去寻找专治老鼠的猫。这个消息传出去后,民间不管是大猫、小猫、白猫,还是黑猫等各种各样的猫,从各地不断地送到皇宫来,都说是专治老鼠的猫。

使人想不到的是,送到皇宫来的猫,没有一只是中用的,而且送来一只死一只,送来一双死一双。太监们实在没有办法,只好上报皇帝,皇帝听了也皱起了眉头。

皇宫里出了一只专吃猫的老鼠。这则消息一传出全国都震惊了,就连外国的大使也都知道了。

有一个国家的大使听说后,特地从其本国找了一只并不起眼的狮猫,送入皇宫。

这只猫确实不起眼,但它生得娇小玲珑,而且像一只小狮子。它一身雪白的皮毛,就好像披着一张软缎似的,脑袋上长着一双蓝宝石似的眼睛,爪子却藏在长长的腿毛下面,丝毫看不出它的作用。太监们左看右看,都怀疑地说:这样一只玩具似的猫,能够战胜那只大老鼠?说真的,大家都不太相信。有个别太监甚至说:"这只狮猫,看起来也只是大老鼠的口中食物罢了。"

不管人们怎样议论。但太监们还是把狮猫放进御书房,关上大门,在门

外偷偷地张望着。

狮猫进入御书房后,懒洋洋地伸了伸腰,四处张望了一下,才跳上御书桌上,半睡半醒地,一动不动静静地伏着。也不知过了多久,一只小老鼠从洞口探头探脑地向四面瞧了瞧,用鼻子嗅了嗅,屋里静悄悄地,半点声响也没有。小老鼠大着胆子离开洞口走近书桌,看见书桌上伏着的狮猫,倏地一下就窜回洞里。而狮猫依然一动不动地伏着。又过了一会儿,大老鼠出洞了。它仰头看见狮猫时,周身一抖,龇着牙,张开爪子,吱的一声,朝着狮猫扑去。

在房外面偷看的人几乎叫出声来,他们以为狮猫一定逃不掉,会成了大老鼠的美味食物。

其实,这狮猫并不是好惹的。它丝毫不惊慌,它那两只蓝宝石似的眼睛怒视着大老鼠。当大老鼠扑上书桌时,狮猫却轻轻从旁边一跃,早已落到地面,反过身来仍然注视着大老鼠。大老鼠扑了一空,气得周身发抖,它吱的一声,又闪电般地转身扑向狮猫。狮猫依然不慌不忙地往旁一闪,前腿一伸后退一蹬,又跳上了书桌。大老鼠眼见到了嘴边的食物又飞了,更加心有不甘,返身也跃上书桌。就这样,狮猫和大老鼠在书桌上跳上跃下,跃下又跳上地反复追逐着,狮猫只是灵活地躲避着大老鼠的追扑,丝毫没有反击的样子。

　　偷看的太监们失望了。他们认为,这只玩具似的狮猫根本没有反击的能力,迟早会被大老鼠吃掉的。

　　屋子里的追逐还在继续。不过,大老鼠跳跃的速度渐渐缓慢了,跳得没有那么高了。大老鼠不停地喘息着,大肚皮一起一伏,它乏力了。当狮猫又一次跳上书桌时,大老鼠已经没有气力立即跟着跳了,它伏在地上打算喘口气之后再往上跳。当它再次弓起身子,准备跳的时候,突然,那狮猫"喵"的一声大吼,像一道白色的闪电猛地扑向大老鼠;跟着,两只锋利的爪子一把抓住了大老鼠的头皮的同时,用嘴一咬,"嘶"的一声,大老鼠的头皮被撕裂了一个大口子。鼠血喷射出来,大老鼠发出嘶厉的叫声,一个大翻身,想把狮猫掀翻在地,但狮猫紧紧地咬住大老鼠的头不松口。它们在地面翻滚着、搏斗着。狮猫怒吼,大老鼠哀叫,不一会儿,大老鼠的叫声一声比一声小了。叫声停止了,大老鼠趴在地上,一动不动,死了。

太监们急忙打开御书房的门,进去一看,大老鼠的头已经被咬烂了,早已死了。再看那只狮猫,仍然伏在书桌上,微微喘着气,好像什么事也没有发生过。

直到这个时候,人们才知道这只狮猫最初和大老鼠遭遇时,它一直躲避着大老鼠的攻击,并不是胆怯,而是运用它的机智,巧妙地同大老鼠周旋,慢慢地消耗大老鼠的体力,等到大老鼠疲惫无力应战时再出其不意地进攻。

老鼠,终归是要被猫吃掉的。

(本故事改编自《大鼠》)

二、老虎的童话

汉子苗生　　　　　　　　　　　（《苗生》）
接传票的老虎　　　　　　　　　（《赵城虎》）
知道报恩的老虎　　　　　　　　（《二班》）

汉子苗生

龚生是岷州人。他要到西安参加考试，途经一家旅馆住下后，便买酒自斟自饮起来。

这时，有个人推门进来。此人看上去很高大，行走如风。他见龚生独自饮酒，便坐下来和龚生聊天。

龚生举杯说："饮酒！"

"好，喝酒。"那人并不推辞，也举杯饮酒。

"本人姓苗，哈哈哈。"那笑声粗犷、刺耳。

龚生见他言行粗鲁，对他便不客气了。

苗生大声说："书生喝酒，让人憋气！"

说完去买来一大坛酒。他邀龚生举杯，但龚生推辞了。

苗生旋即捉住龚生的手臂要他喝酒。龚生的手臂好像被折断了似的，痛得直叫，于是只得一同举杯，这样被连灌了几杯。

苗生用大汤碗灌酒，笑道："我不会劝客，你是走是留请随便。"

于是龚生立即整装上路。但才走上几里，他的马儿像是生病似的躺在地上不肯动。龚生看看一大堆的行李发愁了。正在这时，苗生赶来了。苗生帮他把行装卸下交给他的仆人，自己却背着马一口气走了二十里地，来到一家旅店。他把马放到槽边喂食，过了一个时辰，龚生和其仆人才到。龚生说要以酒饭招待苗生以报答他的好意。苗生说我饭量大你供不起，只喝酒就行。

咕咕咕，一口气把一大坛酒倒下肚去，苗生抹抹嘴，便告辞了。

山水总有相逢时。龚生考试完毕，邀请了三四个朋友登华山。当他们坐在路边喝酒时，苗生又出现了。他左手提一大坛酒，右手随手把一条猪腿丢在地上，说："知晓各位来登华山，我特地来欢迎你们。"

大家见这苗生如此豪爽，都站起来施礼，并开怀畅饮。这时，有人提议饮酒作对。苗生说："饮酒是快乐的事儿，何必去愁思苦想，自讨苦吃。"

众人不听他的，还是要作对。

苗生把脸一拉，吼道："联得不好的要军法处罚！"

大家说:"也不至于这么严重。"

苗生接口说:"如果不受惩处,我也会联诗。"

首席的靳生说:"绝巘凭临眼界空。"

苗生抢着联句说:"唾壶击缺剑光红。"

坐下席的想了很久也联不上。

苗生不耐烦了,自己倒酒自己喝。

过了一个时辰,大家还在作对。苗生不顾他们的反对,突然虎啸龙吟起来,那声音如雷般轰响,弄得山鸣谷应,随即他又跳起狮子舞,使大家思绪大乱,不得不停止联诗活动。

书生们又开始谈诗吟句,苗生哪里听得入耳。

"你们吟的什么诗,不要在这儿胡言乱语。"苗生吼道。

众人不理他,继续高声吟诵。

苗生十分恼火,顿时平地声吼,这一吼地动山摇,只见苗生化作老虎,张牙舞爪扑向这些文弱书生。大家一见,连忙逃命。但有的还是被老虎吃掉了,最后幸存的只有龚生和靳生。

后来靳生乡试中举。

时间一晃又过了三年。

有一次靳生路过华山北面,忽然见到已经被老虎吃掉的嵇生。靳生吓得

脸唰地白了,掉头要逃跑。嵇生抱住他的马头不让他走,脸上流露出苦苦挽留的神情。

靳生下了马,问他怎么回事。

他回答说:"我如今已成了苗生的伥鬼*,整天干苦差事,真是日子难挨呀。按照规定,一定要再杀死一个读书人,才可以把我换出来,逃离苦海。"

嵇生说着望了望靳生,靳生吓得浑身哆嗦,说不出话来。嵇生继续说:"三天以后,将会有一个穿戴儒服儒帽的人被老虎吃掉,但地点一定要在苍龙岭下,才是替代我的人。你就在这一天多邀请些文人到苍龙岭那儿去,就算为老朋友帮帮忙吧!"

靳生听了不敢争辩,很恭敬地应承下来了。

回到住地他失眠了,整夜胡思乱想,不知该如何是好。最后他决定不听嵇生的,就让它见鬼去吧。

这时,他的亲戚蒋生来了。靳生开始讲述他的奇遇。蒋生这人学问水平不高,对同县尤生考试名次在他的前面,很是嫉妒。听了靳生的话后,蒋生突然产生了要陷害尤生的念头。

他暗里写了一封信邀请尤生一起登山。信写得情真意切,颇为感人。他

---

*注:被老虎吃掉,变成老虎奴仆的鬼魂称为伥鬼。

自己穿上便衣上山，尤生不知道他的用意，便如约去了。到了苍龙岭半山腰，蒋生摆上酒菜恭恭敬敬地请尤生饮酒。

也真是无巧不成书，正在饮酒的时候，郡守也来登山，且已到了山顶。因为郡守和蒋生是世交，听说蒋生在山腰，就派人来召他上去。蒋生一听说郡守来了，当然要去看望，以示尊重。但他穿的是便衣，要见郡守是不礼貌的，就和尤生交换了衣帽。

衣帽交换过后，还没完全穿戴好，一只老虎突然扑上来，把蒋生咬死，衔着走了。

想害人的人，结果害了自己。

（本故事改编自《苗生》）

接传票的老虎

人们都知道，老虎是山中之王。它什么都敢吃，就连人它也照样吃，所以，人们都怕老虎。老虎吃人，人怕老虎，也恨老虎。于是人们去捕杀老虎，免得它再次吃人。但是，有一次，人们捉了一只老虎，不但没有杀它，反而还放了它。而且这只被释放的老虎知错能改，因此人们为了纪念它，还为它立了义虎祠呢。

这件事情发生在很多年以前了。

在山西省的赵城县里，有一个老婆婆。她年轻的时候，嫁给了一个姓赵的山里人，以后人们都叫她赵阿婆。这个赵阿婆已经七十多岁了，赵老头早已过世，只剩下一个儿子。儿子三十多岁了，因为家里穷，儿子也就还没有娶媳妇。赵阿婆和儿子两人相依为命，日子过得紧巴巴的。

赵阿婆家里没有田地，靠儿子上山砍柴为生。好在赵城县城外有很多高山峻岭，赵阿婆的儿子不愁砍不到柴。高山峻岭，林深树密，也就有许多野兽藏身其中。什么山猪呀，豺狼呀，就是山中之王老虎也有。人们怕遇见老虎，怕被老虎吃掉。凡是上山砍柴的，都是成帮结队地一起进山。赵阿婆的儿子也一样，从来都是结伴入山的。

有一天，赵阿婆的儿子实在找不到同伴，便只好独自一人进山砍柴。赵阿婆左等右等，直等到天黑也不见儿子回家。赵阿婆心里十分焦急，在门前走来走去，高声喊着："儿子啊，你快回来呀！"

喊声惊动了隔壁的王大伯和张小二。他们走到赵家门外，才知道赵阿婆的儿子到现在还没有回来，也都为她着急。他们心想，天这么黑了，还不见人回来，千万不要出事才好。他们一边安慰着赵阿婆，一边点起火把组织人上山去寻找。

天黑如墨，呼呼的山风迎面吹来，火把一明一暗地闪烁着。他们深一脚浅一脚地在崎岖的山路上摸索，也不知跌了多少跤。待走到大山山凹处，突然在路边发现了一只鞋子。他们用火把一照，认出这只鞋子是赵阿婆儿子常穿的。大家的心"咯噔"一下，"不好，一定出事了。"他们心里更焦急了，一边狂喊，一边继续在山间树林里寻找。

山风呼呼，树叶萧萧，伴着他们的喊声，更加凄厉吓人。

最后，他们只找到了散落一地的柴枝、撕破了的血衣，以及地上一摊摊的血迹。

赵阿婆的儿子被老虎吃掉了。

赵阿婆听到儿子被老虎吃掉了，哭得十分伤心。邻居们也都陪着掉眼泪。

赵阿婆哭了又哭。她想："我这个孤苦的老太婆，已经七十多岁了，现在唯一的儿子又被老虎吃掉了，今后，我的日子该怎么过呀？倒不如死了好，倒不如也被老虎吃掉算了。"她一边哭，一边走出家门向山上走去。众人见了大吃一惊，连忙把她拉住，一齐劝她回家。

王大伯叹了一口气说："山中有老虎，县里当官的也不是不知道，早就应该派猎人把老虎除掉，免得它害人。"

张小二也说："自古道，杀人偿命，欠债还钱，这也是官府定下的规矩。现今，老虎吃了人，当官的就应该派人把老虎捉来，让它偿命！"

众人的议论，赵阿婆听在心里。她想："是呀，杀人要偿命，我儿子给老虎吃了，没有命了。它老虎就得偿命。官府不管谁管，我得到县衙去告老虎。"

赵阿婆跑到县衙门前，敲响了鸣冤鼓。她把鸣冤鼓敲得像打雷似的，弄得县官只好马上升堂问案。

赵阿婆向县官告状说："山上的老虎吃了我的儿子，这件事，你当官的管不管？"

县官听了，觉得太可笑了。他正想说胡闹，但低头一看，堂下告状的竟然是一个老婆子。老婆子是没有见识的，也难怪她。便笑着说："老阿婆，老虎吃了你的儿子是可恶，不过，老虎是野兽，不是人，我怎么管。再说，我到哪里去传老虎归案呀？"

赵阿婆听县官这么一说，马上大哭起来，她一边哭，一边说："我的儿子死得太冤枉了。你县官就得为子民申冤。再说，杀人偿命，老虎杀了人，犯了法，那你就该派人到山里去，传老虎来听审呀！你不能不管呀！"赵阿婆越说越伤心，索性放声大哭。

县官被赵阿婆这么一责问，恼了。他拿起惊堂木一拍，骂道："你真是老糊涂。老虎不是人，我怎么定它的罪，看你是个老婆子，我不怪你扰乱公堂，你回家去吧！"

县官这么一说，两旁的衙役齐声吆喝起来。

赵阿婆可不管县官这一套。她越发哭得凶，哭得凄惨，而且一边哭一边数落："儿呀，你死得太冤枉了。剩下我一个老婆子怎么活呀！呜呜，当官的又不管。我是有冤无处诉呀。冤枉啊！"她一把眼泪一把鼻涕地放声哭着，跪在地下硬是不肯起来，也不肯离去。

县官看见赵阿婆哭得实在可怜，一把年纪了，又是孤身一人，不忍心再责骂她，只好答应她说："好了好了，我明天派人进山去捉老虎，为你儿子偿命。"

可是，赵阿婆依然不肯起来。她对县官说："你别骗我，你得马上派人去，这样才是真心。"县官没有办法，便问堂下站着的衙役："你们谁敢进山去把老虎捉来归案？"没有想到，衙役们全不出声，只是你看着我，我望着你，面面相觑。是呀，捉老虎可不是件小事儿，弄不好，自己也被送进了虎口。没有人肯去，县官一时也没有办法。

正当县官左右为难时，有一个名叫李能的衙役，他刚刚喝了不少酒回来，满脸酒气地走到县官前，一拍胸脯说："别人不敢去传老虎，我去！"

县官问："你去！你不怕老虎？"

李能依然毫不在意地说："不就是一只老虎嘛，有什么可怕的，看我的！"

县官见有人答应去捉拿老虎，便发给他传票，限他在七天内捉拿老虎归案。

赵阿婆这才站起来，回家去了。

这个李能真有这个胆量吗？其实，他并没有本事去捉老虎。他只是喝醉了，糊里糊涂地接了传票。过了一夜，他酒醒了，才知道自己闯了大祸，这个差事太可怕了，捉老虎说得容易，要做到却很难。他很后悔，想不去吧，可是差事已经接下了；去吧，他的确没有捉老虎的法子。

他拍拍自己的脑袋——怎么办呢？

李能找到和自己相好的衙役商量。这个说："你这个人也是，怎么在当班时喝醉酒，还糊里糊涂地接了这件恶差事。"那个说："老虎是容易捉得到的吗？捉打死的老虎或者还可以做到，要捉活生生的老虎……难哪！"还有人说："就算你用陷阱捉到老虎，它又不是人，你怎么传它到公堂？"又有人说："这个县官也真是，哪里有去传老虎受审的？"

大家议论纷纷，只有一个人没有说话。大家望着他。他却沉思似的说："依我看，说不定县官只是为了应付一下那个老婆子，并不真的当回事。"这话出口，大家仿佛恍然大悟，都点头说对，就是这么一回事。

第二天，李能回衙，拜见县官，要把传票交回去。

李能想错了。公堂上的差事可不是闹着玩的。县官听说李能交回传票，大骂李能："那天你逞能，还夸口说能传到老虎听审。现在却反悔，空手交差。公堂上的事能够这样随便开玩笑的吗？本官再给你半个月期限，限你将老虎捉拿归案。捉不到老虎，唯你是问！"

李能被县官骂得哑口无言。是呀，谁叫自己随随便便就接下传票的呢？李能没有法子，只好央求县官说："大人，我一个人实在是没有办法捉拿老虎的。求你下一道公文，让我召集全县的猎人，帮助我上山捉虎。"

县官答应了李能的要求，发出了公文。

李能召集了全县的猎人，商定了捉老虎的办法。他们设陷阱，装弓箭，埋伏在老虎出没的地方，等候老虎出来。

猎人们白天黑夜地守候着，等老虎出来，好捕捉它。白天容易过，到了夜晚，夜风吹来，猎人们又冷又饿，又不敢私自离开，每天夜晚都得提心吊胆地挨到天亮。可是，一天天过去了，他们连老虎的影子也没见到。

难道老虎知道人们要捕捉它，躲起来了？

半个月过去了，李能没有捉到老虎，交不了差，按规定，他受到处罚，挨了一百大板。

县官再次宽限李能半个月，一定要捉到老虎。

限期下了一次又一次，李能始终没有法子捉到老虎，挨了好几百板子了。李能真的是有冤无处诉。这天，李能又一次挨了板子。他拖着疼痛的双腿来到了城外的东岳庙。他跪在山神面前祷告，请求神灵帮助他捉到老虎。他一边祷告，一边诉苦，说到伤心处不禁放声大哭。

就在李能哭诉时，庙门外传来一声虎吼。一只白额大老虎来到庙前。

李能一见，吓得魂飞魄散。这下倒好，捉虎不着，老虎却自己找上门了。

可是，奇怪。这只白额大老虎没有伤他。它只是规规矩矩地蹲在庙门口，伏在地下，一动不动，对李能看都不看一眼。

李能又惊讶，又害怕。他见老虎没有害他的意思，方才镇定下来。他向白额老虎深深地行了一大礼，半祈求半询问地对老虎说："老虎大哥，是你吃了赵阿婆的儿子吗？如果是真的，那就请你老老实实地让我捆住，带到县衙去。"奇怪。老虎没有吭声，只是连连点头。

李能又惊又喜，大着胆走到老虎面前，老虎仍然动不动，老老实实地伏着。李能从腰间取下绳子，拴住老虎的脖子，老虎俯首帖耳地任由李能摆弄。李能捆住老虎，一牵绳子，老虎乖乖地站起来，跟着李能向县衙走去。

"李能捉到老虎了！"街上的人见李能牵着老虎往衙门走，都惊呼起来，轰动起来。是呀，有谁看见过，人可以牵着老虎走？人们惊奇地都跟着一齐走。赵阿婆听见喊声，也摇摇晃晃地跟着来到县衙。

公堂上的衙役，早已排列两旁。他们手中都拿着刀棍，预防老虎作恶。县官听到消息，马上宣布升堂，审判老虎。

县官审老虎，这可是千百年来从未听见过的大新闻啊！

老虎匍匐在公堂审判桌前。县官问老虎："老虎，赵阿婆的儿子是你吃掉的吗？"

老虎点了点头。

县官又问："自古以来法律规定，杀人偿命，你吃了赵阿婆的儿子，就得为她儿子偿命，你认罪吗？"老虎又点点头。

老虎认罪，该判。

可怎么判呢？判它死罪，拉去砍头，可是谁去砍呢？弄不好，老虎反咬一口，那才是大事。不判罪，可老虎又是认了罪的，能不判吗？县官为难了。

他环顾堂下，一眼看见赵阿婆一个人孤零零地站在堂下，无依无靠的样子，县官有主意了。县官问老虎："老虎，你吃了赵阿婆的儿子，本来应该判你死罪。只是，赵阿婆现在孤单一人，无依无靠，她怎么过活呀？这样吧，只要你能够做她的儿子，养活她，我就赦免你，放你回去。"

县官刚说完,老虎就连连点头,还摆了一下尾巴。

县官命李能把绳子解开,把老虎放了。老虎站起来,朝县官低下头,摆了一下尾巴,然后又向赵阿婆低下头,同样摆摆尾巴,便朝衙门外走去。

众人感到惊奇,赶快朝两旁散开,让老虎走过去。

赵阿婆见县官放了老虎,忍不住在心里埋怨县官:"这叫什么判案呀,哪里有捉到罪犯不判罪,反而无条件释放的?"刚想再问县官,却见县官已经退堂。赵阿婆无可奈何地回到家中。

谁也没有想到,赵阿婆更加没有想到,就在第二天早上,赵阿婆打开大门打扫院子时,发现院子里有一只已经死去的梅花鹿。

是谁将这头鹿放在自己的院子里呢?赵阿婆问邻居,邻居摇摇头。她又问猎人,猎人说不是他放的。大家都不承认是自己放的,也没有人来认领。后来,人们从死鹿身上发现被咬过的齿印,猜想是老虎叼来的。

王大伯对大家说:"这样吧,我们替赵阿婆把这只鹿杀了,把皮和肉都拿到市场上卖了,得到的钱交给她,她就有钱买粮食了。"

从此以后,赵阿婆的院子里,常常有死了的山猪、麂子等各种各样的动物,都是被咬死后才扔在院子里的。

人们帮着赵阿婆把那些动物卖掉,所得的钱交给赵阿婆过日子。

有时,老虎还叼来一些布匹、衣服,甚至还有银子。

就这样，赵阿婆过上了有吃有喝、不用发愁的日子，比她儿子在时还要过得好。开始，老虎叼动物来都是半夜，后来，白天也来了。来的时候都是静悄悄的，走的时候也是静悄悄的，好像怕惊吓着赵阿婆。

日子一长，赵阿婆便不怕老虎了，老虎来了也不再急着走，常常伏在屋檐下，让赵阿婆抚摸它。渐渐地，赵阿婆也真的把老虎当作自己的儿子了。

人虎相安无事，邻居们也见怪不怪了。

过了几年，赵阿婆死了。老虎伏在赵阿婆跟前，大声地吼叫，好像很悲哀的样子。王大伯和邻人们用赵阿婆平日积下来的钱办了丧事，为她修筑坟墓。坟墓建筑好的那天，大家正想拜祭，突然，天上刮起一阵狂风，只见一只白额老虎从狂风中飞奔而来，匍匐在赵阿婆的坟前，大声地吼叫着、吼叫着，再绕着坟墓叩了三个头，然后向后山奔去。

从此，人们再也没有看见过这只白额老虎。

后来，为了纪念这只知错能改的老虎，人们在赵阿婆坟墓的旁边，建了一间"义虎祠"。

听说这间"义虎祠"到现在还保存着呢。

（本故事改编自《赵城虎》）

知道报恩的老虎

殷元礼精通针灸医术,在云南一带颇有点名气。一次,殷元礼遇到土匪作恶,于是他逃进了深山老林。

天渐渐黑下来了。因为他所在的深山离村落很远,所以他很害怕遇上虎狼。远远他见到两个人,连忙追上去。那两人和他搭腔,问他是哪里人。他讲了自己的籍贯和行当。两人立即客气起来,说:"你是良医啊,久仰大名了!"

殷元礼从他俩嘴里知道,一个叫班爪,另一个叫班牙。这两人一起邀殷元礼去石屋住,说有事相求。于是殷元礼欣然同意前往。

这屋子依着岩石山谷,以柴火代替蜡烛。火光里,殷元礼看见两个姓班的长相威严凶猛,好像不是善良人家。他心里有些害怕,但已无法避开。

床上有人在呻吟,是个老太婆的样子,好像有病。

"得了什么病吗?"殷元礼问。班牙答:"是呀!因为有病才找你呢!"

殷元礼走近了细看,发现老太婆鼻子下嘴角边有两个赘瘤,有碗般大小,说痛得吃不了东西。

"这好治。"殷元礼说。接着他用艾草搓成团给老太婆灸了几十针。

"过一夜就好了。"殷元礼安慰地说。

两个姓班的很高兴,烧烤鹿肉给他吃。但只有鹿肉,没有酒饭。

班爪说:"对不起,不知你来,没有准备。"

吃完鹿肉,殷元礼就枕石而眠。他心里想:尽管他俩诚恳朴实,但长相太凶了,想着这些一夜未睡。次日天未亮,他就去看老太婆的伤口,伤口已好了很多。他叫两个姓班的起床,再次敷上药膏,说:"病很快会好的。"说完,他拱手辞别,姓班的把一只烧熟的鹿腿送给他。

日月如梭,转眼过了三年。

这一天,殷元礼有事上山。

不知怎的有两只狼挡在路上,他不敢前行。

太阳偏西时,后面又冲来一群狼,他四面受敌。那群狼扑向他撕咬,他的衣服全被撕破了。他绝望地想:"今晚一定会死在这儿了。"

这时两只猛老虎狠扑过来,狼群溃散。

老虎怒吼起来。狼群不敢逃了,全趴下不敢动。老虎把狼一只只地扑杀

掉，才离开。

殷元礼惊了一身冷汗，连忙赶路。他正担心没有地方投宿，见前面走来一个老太婆。"殷先生，你受苦了。"老太婆见他狼狈不堪的样子说。殷元礼问她为什么认识自己。"我是你用针灸治病瘤的那位老太婆呀！"老太婆说。殷元礼这才想起来，便提出借宿。

老太婆招待他喝酒，让他换去烂衣服。她用陶碗喝酒，但谈笑喝酒都显得豪放粗犷。

"以前那两个姓班的男子是谁？"

"是我的两个儿子，他们去迎接你，怎么还不回来？"

殷元礼听了很受感动，放心畅饮，直到大醉倒下酣睡。

醒来后天已亮了。他往四周一看，已不见屋子，只坐在岩石上。

他听见岩下有粗大的喘气声，便走近一看，只见一只老虎正在睡觉，还没醒来。老虎嘴巴有两处瘢痕，都有拳头一样大。

他害怕极了，生怕老虎醒过来，连忙悄悄地逃下山了。

回到家里，他猛地醒悟："那两个姓班的原来也是老虎！"

（本故事改编自《二班》）

三、狼的故事

小农夫智取白鼻子狼　　　　　　　（《于江》）
屠夫与狼的故事　　　　　　　　　（《狼》）
野狼破案记　　　　　　　　　　　（《毛大福》）

小农夫智取白鼻子狼

该秋收了。

庄稼人每一年就是盼着这一次收成，举家乐融融的，酒也备好了，肉也割回来了，准备好好庆祝一番呢。不过，大庆之前，还不可掉以轻心，劳动的果实还在田里，将熟未熟。而这个时候，野兽们也来凑热闹了，它们要从人们口中夺粮呢。尤其是野猪，一拱就一大片，吃得不多，可是糟蹋的可不少，够叫你窝火的了。于是，家家户户，搭上个窝棚，晚上都派人守在田头，一有动静，便敲竹梆、打锣，把野兽撵走。年年都是这么过的，只要能把庄稼收回来，吃这么点儿苦，熬几个夜，人们心里还是甜的。

这天一大早，于江的母亲就把早饭准备好了，走出门看看东边红火的朝霞，满天的晨鸟，心想孩子他爹也该回来了，在田里看守了一夜，得回来好好吃上一顿饭，再睡上一觉，休息好身体，很快就要投入收割大忙了。

于江跟在母亲后边，站在家门前，看着村前的路，想着父亲在路尽头处一下子冒出来，然后迎上去……他已经十六岁了，在乡下，已可当得一个劳动力了。他老吵着要代父亲去守夜，可是父亲不肯，说他没经验，过两年再说吧。于江很不服气，今天，他又准备再一次向父亲请求。

看着朝霞淡去，呆呆红日，猛一下窜上了天空，又等了好一会，太阳快一竿子高了，可父亲却还没有回来。

没准孩子他爹是太累了，天快亮时在窝棚里睡着了。母亲这么想。

"我去接他。"于江提出来。也好，母亲点了点头。

于江便朝山路走去。

嗨，今年一定是个好收成，玉米棒子壮壮实实要从绿色的叶苞中爆出来了，漫山遍野的谷穗也像一片片飞扬的火苗，在空气中都嗅得到谷物的香味，真令人陶醉。于江连蹦带跳，来到了父亲守夜的窝棚旁。

咦，怎么听不到父亲平日"呼噜呼噜"的鼾声呢？也许还没睡踏实吧。于江蹑手蹑脚绕到了窝棚的门口。

就在这一刹那，他惊呆了。

窝棚里哪有父亲的影子？只见门口是一溜血迹，还能嗅到血腥味。

窝棚里已是凌乱不堪，临时用的床席也被撕成了好几块，茶壶什么的也被砸碎了。啊，连窝棚本身也裂开了几个口子——显然，是经过了一番搏斗，才留下这样一个可怕的场景。

于江心中一沉——父亲怕是遇上狼了！

他哭喊着，沿着那一溜血迹，往深山里追去，一路上急切地呼喊："父亲！你上哪了？父亲！父亲！"

追过了一个山口，血迹渐渐少了，没了，于江大叫，却只有山谷在回应："父亲！父亲……"

他擦干眼泪，在四周寻找，不时，在荆棘上寻到一小块碎布片；不时，又在泥地里发现一块指甲……最后，终于看到了一只血糊糊的鞋！

他扑一上去，捡起了鞋，抱在胸前，哭得死去活来。

显然，父亲没斗得过凶残的狼，被狼吃掉了。

乡亲们闻讯赶来，还有几位邻居搀扶着于江的母亲也赶来了，一见那只血鞋，于江的母亲顿时就昏过去了。

于江好不容易才忍住泪，同乡亲们一道，把母亲抬回了家。

一见到家中父亲用过的犁、锄和蓑衣，于江又泪如泉涌。父亲是多好的人啊，为了一年的收成，不惜一个人到山边上守夜。这一来，家中的顶梁柱轰然倒塌了，母亲身子骨又不硬朗，这家里以后就得靠自己了！他恨死那些恶狼了。

于江好像在一夜间长大了，成了一家之主！那么，自己要做的第一件大事该是什么呢？当然，是为父亲报仇！要是不杀了吃了父亲的狼，自己就枉为七尺男儿，以后也没脸在九泉之下去见父亲。

可是，母亲会让自己去报仇吗？万一有个三长两短，她不更加无依无靠、没法子活下去了？显然，母亲是不会让儿子去冒这么大的风险的。

母亲醒过来了，于江好好侍奉了她一天。等到晚上，母亲在悲痛与劳累中，终于睡着了，于江便悄悄地拿起了一把沉甸甸的铁锤子，悄悄地潜出了家门，向山路走去。

他又来到了父亲守夜所住的窝棚。

他稍为把窝棚里收拾了一下，堵上了裂开的口子，把撕破的草席拼起来，照旧躺在父亲躺过的位置上。为父复仇心切，他也顾不得里面的血腥味了。

当然，他是绝不会睡着的。

夜深了，月影也潜在彤云后边了，周围一片漆黑，只有一阵阵山风在呼啸。不时，还传来几声"呜嗷"的狼嗥声。

不知道这一夜恶狼还会不会来。

突然他感觉那狼嗥声竟近在咫尺，显然，是残留的血腥味刺激了它们，令它们兴奋了。于江不由得偷偷从窝棚的间隙朝外看去，果然见到了鬼火一般闪烁的一对眼睛。他赶紧屏住气，眯上眼，咬紧牙关，攥住锤柄……

终于，一头狼钻进来了。

这狡猾的东西，并没有立即扑过来，而是在离于江一定的距离地方绕来绕去，并不住地用鼻子嗅着。它身上的骚味，直冲于江的鼻子，可于江仍然一动也不动。这狼，天性多疑，绝对不会轻易上当的。

见于江不动，狼也停住了，不过，它却掉过了头，摆动起了尾巴，故意用尾巴扫了扫于江的额头，以作试探。

于江还是一动也不动。狼又掉转头来，靠近了于江，用舌头舔了舔于江的大腿，狼大概是有点忍耐不住了。

于江照样一动也不动。其实，大腿上搔痒难挨，且又似刀刮一样，但他咬紧牙，似没感觉到一样。

这下子，狼高兴了，纵身一跃，张开血盆大口，对准于江的脖子就要咬下去——这可是狼的"撒手锏"，一咬足以致命，让你再也没法反抗了。

说时迟，那时快，满怀仇恨的于江，早等着这一时刻，他挥手扬起了铁锤，以雷霆万钧之力，打中正撞上来的狼头。狼没防备，连哼都没来得及哼一声，便倒在于江身边咽了气，不再动弹了。

首战告捷，于江赶紧爬起来，提着狼的后腿，拖了出去。不远正有一个

收割庄稼后堆起的草堆，于江把狼扔了进去，又再用草盖上。

他又到了窝棚里，仿佛什么也没发生过似的，又照原来的样子躺下。

没多久，山风又吹来一阵狼骚味，他赶紧屏住气，眯上眼，咬紧牙关，攥住锤柄……

果然，又一头狼钻进来了。

这头狼同前一头狼一样狡猾，先在于江身边绕来绕去，嗅上一阵。又掉过头，用尾巴扫扫于江的额头，再用舌头舔舔于江的大腿。

于江心想，这一套，我早领教过了。他照旧一动也不动。

终于，这头狼又高兴地一跃……

瞄准这个机会，于江的铁锤头便以迅雷不及掩耳的速度，狠狠地砸在狼的脑袋上。这家伙同样一声不哼便完蛋了！

于江又把这头死狼扔进草堆里，盖了起来。

他又回到窝棚，同原先一样躺下了。

不过，直到子夜时分，三星高挂，却再也没有第三头狼来送死了。

狼嗥声也听不到了。

毕竟年轻，熬不住瞌睡，到了后半夜，于江竟迷迷糊糊睡着了。

梦中，他隐隐约约见到了满脸是血的父亲。父亲长叹一声，对他说："儿子，你杀了这两只畜生足以令我解恨了。只是，最早袭击我的，置我于死地的，却不是它们，是一只白鼻子的恶狼，你一定要找到它！"

于江从梦中惊醒过来，已不见了父亲。他暗暗发誓：一定要杀了那只白鼻子恶狼！

他狠狠拧了大腿一把，令自己清醒过来。就这样，他一直坚持到天亮。然而，还是没有别的狼再来了。

他借着曙光，走出了窝棚，扒开了草堆，想把两只死狼拖回家去。可是一转念，如果母亲知道自己偷偷出来打狼，必定会担惊受怕，还是不让她知道的好。

于是，他把两只狼扔进了一口枯井里，这才赶紧回家。

他没有惊动母亲，蹑手蹑脚地爬上了自己的床，装作酣睡的样子，还让母亲催他起床——这孩子怎么啦，平日不贪睡的。

这天晚上，趁母亲入睡后，于江又一个人蹑手蹑脚地走出了家门，再度来到了守夜的窝棚。还是一阵复一阵呼啸的山风，远近不一的狼嗥。

于江保持极度的警惕，等待那只白鼻子恶狼再度袭来。他一夜都没合眼。可是，这一夜，别说白鼻子恶狼没来，连别的狼也没来。但于江没有气馁。

第三天夜里，他趁母亲入睡，再度潜出，躺在窝棚里。

依旧是一阵复一阵呼啸的山风，远近不一的狼嗥。

于江眼皮有些沉了，毕竟是连续三夜没合眼了，可复仇心切，他仍旧坚持了下来。但一直到天亮，还是什么狼都没来。

第四天夜里，于江告诫自己，一定要坚持住，说不定，这老奸巨猾的白鼻子恶狼就会找来。

照样是一阵复一阵呼啸的山风，远近不一的狼嗥。似乎有些声响，他仔细一辨认，却是野猪来捣乱，他只好连声敲响竹梆，把野猪赶走。累了一阵，回到窝棚里，眼睛一闭上，差点便睡着了，他赶忙掐了一下自己的大腿，让自己清醒一点，今夜可千万要警惕啊！

可这天夜里，却仍然没有别的动静。

好不容易瞒过了母亲，这天夜里于江又来到了窝棚里。可是，一连这么多天没睡好，白天又得去收割庄稼——父亲不在了，田里的农活大都得靠他了。他已是疲劳万分，刚一躺下，竟不觉又要睡过去了，虽然一再强令自己千万别睡，睡不得啊，要是狼来了……山风的呼啸声似乎变小了，狼嗥声也听不见了，他迷迷糊糊，似醒非醒，似睡非睡。

不过，手中仍紧攥着铁锤的木柄。

恍惚间，于江的一只脚被咬住了，并且被拼命地往外拽。

这下子于江终于清醒了，一看，果然是头凶神恶煞的大狼；再看清楚一点，这狼鼻子是白色的，正是那头白鼻子狼！这家伙来了个突然袭击，从窝棚外猛扑进来，凶狠地咬住人的脚就往外拖，令你防不胜防。要换了别人，早吓昏过去了。可于江这回却格外地清醒，报仇在即，不是鱼死，便是网破。他手里紧握住铁锤，却半眯着眼，一声不吭。

这一路上，他的脚让利齿咬着，痛不可当。他被恶狼拖进荆棘丛中，衣服被撕破了，荆棘的刺扎进肉里，渗出了血，痛极了；加上山坡上，乱石横陈，有的石棱比刀子还要锋利，拖了过去，更把皮都拉开了，鲜血直涌……尽管这样，于江仍旧咬紧牙关，装作死人一般，不作声。

白鼻子狼把于江拖出一段路后，便松口了，把于江给扔了地上。这狼以为于江也像别的胆小鬼一样，给吓晕过去了，所以，也没什么顾忌，龇牙咧嘴，大口一开，便要对着于江的肚皮咬下去，准备饱餐一顿。

"嗖……"

就似一阵旋风，只见于江手中的铁锤从地下飞起，不偏不倚，正击中这只白鼻子狼的脑门。这家伙还真厉害，仆地后，又想弹起，可于江绝不给它

喘息的机会，他瞄准了狼腰，又狠狠地砸了下去。白鼻子狼顿时瘫在了地上，再也折腾不起来了。

于江连续猛打了几锤，把这只狼送去见阎王了。

打死了狼后，于江还有点不放心，他把狼翻了过来，借着月色星光仔细辨认，果然，这家伙有个白鼻子，正是害死父亲的元凶。杀父之仇终于报了。

于江大喜过望，把白鼻子狼的尸体往肩上一甩，扛了起来，兴高采烈地回了家。

到了家中，这才把睡梦中的母亲叫醒，告诉她："父亲托梦，说是一头白鼻子狼杀了他。我等了五天，终于把这头恶狼打死了，为父亲报了仇。"

母亲一听就哭了："孩子，你怎么能去冒这么大的险呀！万一有个闪失，母亲可怎么办？"

母亲赶紧为他清理伤口，敷上草药。

于江却笑嘻嘻地说："这不要紧，我还另外打死了两只狼呢。"

母亲将信将疑，含着泪水跟他去。

这时，天已经大亮了，不少乡亲闻讯都跟着去看。有人下到枯井中，果然从里面提上来两只被砸碎脑壳的死狼来。

大家都说，普通的农民家庭的孩子，怎么会有这般英雄人物呢？不仅仅是勇敢，连智慧也非同一般呢！

（本故事改编自《于江》）

屠夫与狼的故事

人们常说，狐狸再狡猾，也斗不过好猎手。

不过，这里讲的是狼的故事。与狐狸一样，狼也是很狡诈的。这回，狼的对手不是猎手，而是屠夫，杀猪的屠夫。这一来，谁输谁赢，也就不好说了。

先说第一个故事吧。

有一天，屠夫在市场里忙活到了傍晚，天色已经暗了下来，天边已闪出了几颗星星，该打烊了！于是，屠夫把卖剩余的肉用肉担挑起来，往家里走去。从市场到家，还有十几里地，得穿过一片树林，爬过几个山岗，好在平日也走惯了，倒也不觉得远。

谁知，还没走过树林，便听到后边"喷喷"的呼吸声，只要一停下来，就听不到了，再走，就又听到了，这可把屠夫吓坏了。他看到的那鬼火一样的两只绿莹莹的眼睛，分明是狼的眼睛——原来，屠夫竟然被狼盯上了。

显然，狼是被担子上挂的肉吸引来的。

屠夫不是猎手，随身没有刀叉与弓箭，仅有的那把杀猪刀还很短，怎么也对付不了这么一头狼。看上去，这头狼个头还不小，它的舌头已吐出来了，正眼馋着那挂肉呢。

不管怎样，屠夫还是把杀猪刀抽了出来，在星光中亮了亮，寒光闪闪，不由得狼不怕。

这狼已经跟了好几里路，哪有放弃的道理，不过，还是被刀吓住了，稍稍倒退了几步。

当屠夫继续往前走，它又不远不近地跟了上来，你走得快，它跟得快，你走得慢，它也跟得慢，怎么也甩不掉。

屠夫心想，这狼馋的不过是自己挑的肉，与其让它死死跟着，不如来个金蝉脱壳，肉算不了什么，还是人要紧。于是，他走到一棵大树下边，放下担子，就近抱过一块石头，再踮起脚，把带有钩子的绳子甩上去，而后把肉挂在了铁钩子上——平日，屠夫卖猪肉就是用这样的钩子把肉吊起来的。

那狼不远不近地盯着，几次想要靠拢。于是屠夫便把腰间插着的杀猪刀抽出来，对那狼亮了几下，它又倒退回去。

终于，屠夫把绳子一拉，肉就被高高地吊在了树枝上。

这树枝够牢靠的，屠夫绷了绷绳子，树枝连弯也不弯。

随后，屠夫拿起空了的肉担，向那狼亮了亮，证明里边是空的，心想这一来，狼就不会再跟他走了。

他本打算等第二天天一亮，再回来把肉取回去，肉挂得那么高，料那狼怎么扑腾，也是吃不到的，而且大白天，狼也不敢出来。

他终于安然无恙地回了家，只是，衣服已经湿透了，一拧，都可以拧出水来。

总算可以睡个安稳觉了。

第二天，天边刚吐出一线鱼肚白，屠夫就醒了，他还记挂着那块吊在树上的猪肉。

他赶紧洗漱了一阵，穿上衣服，带上肉担，当然，还少不了杀猪刀，到树林去取肉。

天还蒙蒙亮，远远看去，那棵吊了肉的树的树枝居然已有点弯了，像吊了一样很重、很大的东西，就似挂了一个人一样。

屠夫大吃了一惊：出什么事了？

他迟疑地往那棵树走去，把眼睛睁得大大的，稍近一点，看得出那不是一个人；再近点，就看到一条毛茸茸的大尾巴，差点垂到了地面上。

屠夫走到跟前，这才发现是一只好大的狼吊在了上面。只是不见狼动弹，

分明已经死了。屠夫抬起头来，仔细一看，发现狼的口里正含着昨天他挂上去的那片肉呢，肉钩子恰好钩住了狼的上腭，就像鱼儿吞下了钓饵一样，钩子在狼的上腭扎得很深，不难想象，当时那狼是想一口把肉吞掉的，却把钩子也咬到口里，扎到上腭里了。

屠夫上前一摸，那狼连点热气也没有了。

屠夫大喜过望，在市场里，狼皮可是能卖个好价钱的。尤其是这只狼，皮毛上一点伤口也没有，十分完整，少说也可以卖上十几两银子，往后的生活，也就有所改善了。

人说"缘木求鱼"，这回，却是"缘木得狼"了，实在太滑稽了。

再来讲第二个故事。

还是狼与屠夫的故事。

这回，是另一个屠夫了。他生意很好，傍晚，肉担里的肉已经卖光了，只剩下几根猪骨头，于是便收档回家。

天色已黑了。可是，并他没前一个屠夫好运，不是被一只狼盯住，而是两只。"哼哧哼哧"地跟在后边，这一跟，就跟了好几里。

对付一只凶残的狼，都有点心怯，何况这一下子来了两只，能不胆战心惊吗？怎么办？

屠夫只好从肉担里拣出一块骨头，往后扔去。其中，一只狼抢先一步，啃到了骨头，蹲下来津津有味地吃开了，没再追了。可另一只狼不干了，追得更紧。屠夫只好又扔出另一根骨头。后一只狼得到了骨头，也就停来了享受了。

屠夫总算松了一口气，赶快小跑起来，心想，总算把两只狼甩掉了。可是，没跑出几步，又有一只狼跟上来了。

好在不是第三只狼，而是前边的那只，它啃完骨头，不满足，又追上来了。

屠夫只好再扔下一根骨头。

前边的狼刚蹲下，后边的狼又来了。

就这么反复几次，骨头也扔光了。

于是，两只狼又照前边一样，死死地跟着屠夫。没骨头吃了，它们可是要吃人了。

屠夫的心扑扑直跳，两只狼这么跟着，一旦有机会，是必会前后或左右来个夹攻的，自己就难以应付，只怕死定了！

唯有找一面墙，无后顾之忧才行。

可这荒山野岭的，哪来的一面墙呢？

走着走着，屠夫猛地看到原野里有一个打麦场，场地里堆了一垛一垛的柴草，上边盖上草苫子，就像个小山包——总算可以当一面墙了。屠夫走过去，背靠住了柴垛子，卸了担子，抽出杀猪刀"严阵以待"。总算不怕背后来夹攻的了。

大概都走累了，见屠夫背靠柴垛支起了杀猪刀，一只狼不敢走近，只是瞪着眼睛看住了他，而另一只狼盯了一阵，大概觉得没办法，径自走了。

这下屠夫只需要对付一只狼了。

人与狼就这么对峙着。

过了好一阵，蹲在前面的这只狼似乎是累了，眼睛闭上了，显得无所事事，十分悠闲。趁这只狼失去警觉，屠夫猛地一跳，冲了上去，锋利的杀猪刀一刀就劈在了这只狼的脑袋上。这狼还没来得及反应，屠夫接连又是几刀，把这只狼迅速砍死了。

而后，屠夫又转身，绕到了柴垛的后边，只见一条毛茸茸的狼尾巴拖在了外边，另一只狼的身子，已大半钻进了柴垛中。原来，它是在柴垛后边打洞，准备从后面偷袭屠夫呢。屠夫在后边一刀砍断它一条腿，再把它扯出来，连砍几刀，把它也杀了。

屠夫心中暗暗吃惊，也偷偷发笑。他明白，前边的狼装打瞌睡，是为了迷惑与诱骗他，好让后边钻进柴垛的狼得手，这也够狡猾的。

好在柴垛不是那么容易钻的。它们更料不到人的手脚会那么敏捷，三下五除二，片刻工夫，就双双被屠夫杀掉了。

恶狼骗人的手段也就这样了，充其量不过增加一个笑柄而已。

好了，该讲第三个故事了。

这个故事更搞笑。

当然还是狼与屠夫的故事。

大概是屠夫身上的肉腥味太重，走到哪里，就在哪里惹来了狼。这位屠夫，既没挑一担肉，也没带肉骨头，只身一人——是的，连杀猪刀也没带，就上了夜路。

夜已深，天上闪着几颗星星。

在野外走了没多久，屠夫就发觉不对头了，后边沙沙直响，一回头，便看到两只绿莹莹的狼眼正盯着他。

他走快几步，狼也走快几步。

他下了山溪，狼也下山溪，把水拨得"哗哗"直响。

无论怎么想办法，就是摆脱不了这只狼。

他吓得浑身直出冷汗——是呀，连防身的刀具都没有，身上唯有的，只是不到一寸的小刀片，这能对付得了狼吗？

紧走慢走，屠夫终于发现，在路边有一个小草棚，这是农夫晚上休息的地方。已经顾不上那么多了，赶紧跑了进去，把草扎的门栓上，趴在里边，大气都不敢出。只求苟安一阵，让狼不再打自己的主意。

谁知，狼根本就不愿放过他。

只听见一阵"沙沙"响，屠夫瞪大的眼睛立时就发现，眼前不足五寸的地方，狼已经把爪子伸进来了，穿过了草棚，屠夫一惊，下意识地抓住了这只爪子，让它进不了也退不出。

只是下一步该怎么办？总得想法子杀死这头恶狼呀！

突然，他想到了自己身上那不足一寸的小刀。那可是平日"吹猪"用的，也就是在猪爪子上划一个小口子，然后把芦管插进去，把猪吹胀，好用刀子刮去猪毛。于是，他来了个如法炮制，就在狼爪子上划一个小口，直接用口往里边吹气。

狼在拼命挣扎。

可吹了一阵，狼的挣扎弱了，他这才用一根小带子，把狼的两只前爪捆在了一起，这样，就算狼没死，也动弹不得，待他走出一看，自己都惊讶得合不拢嘴了，原来那狼已被吹胀得像一头硕大的牛，四只脚笔直地叉着，嘴

巴张得老大,怎么也闭不上,原来自己竟有这么足的气!

末了,屠夫把狼背了回家。

也只有屠夫,才想到用这法子杀狼。

这三个故事都发生在屠夫身上,这是多么奇妙呀!

(本故事改编自《狼》)

野狼破案记

乡下医生毛大福有事外出,一个人走在野外。突然,他看见一只狼口里衔着一件东西,从不远的山坡上跑过来,一直跑到他的面前。狼站定,两眼望望他,很快把那东西丢在他的跟前,然后后退两步,等待他去捡。

毛大福的心里咯噔一下,很是害怕。

这的的确确是一只狼,一只又高大又健硕的狼。如果它扑过来,那就太危险了!

它衔的是什么?它为什么把那东西丢在我的跟前?它到底想干什么?

毛大福想绕开两眼圆睁的狼,急步往前走。他的两腿有点酥软,心还在扑扑地直跳。

狼猛地叼起那件东西,箭也似的窜到前面,拦住毛大福的去路,把那件东西仍丢在他的面前,毛大福这回看清楚了,那是一包东西。

毛大福见那狼用一种祈求的目光望着他,猜想这狼不一定有恶意,就两眼紧盯着狼,蹲下去,用手把那东西拨弄了一下。

"丁当",那包里响着金银首饰碰撞的声音。

他把那包东西捡起来挟在腋下，目不转睛地盯着那只狼。

狼摇了摇尾巴，轻轻地走过来，慢慢地咬着他的衣袍把他往山道边拖。

毛大福一愣，不知狼拖他的衣袍有何用意，便迅速一扯，拉出衣袍，拔腿就跑。狼没等他跑远，又追上来咬住他的衣袍，拉着他往山道那边走。

它一定有什么要紧的事，毛大福想。腋下那硬硬的金银首饰也提醒了他。

他没有再挣脱狼的拉扯，随着它急步走着。

一会儿，狼把他引到自己的窝旁，然后用前爪轻轻地拍着另一只躺在窝旁的狼的头部。

毛大福看得真切，那躺着的狼的头顶生了个疮。疮口已经溃烂，上面爬着不少蛆虫。那病狼两眼无神，有气无力地呻吟着。

作为医生的他知道，这只狼病得很重，必须立即治疗。

于是，他把腋下的东西往地上一扔，动手为狼治病。

他小心地为病狼处理好疮口，敷上药，包扎好。

病狼静静地躺着，任他摆布。

包扎后，毛大福捡起东西准备上路。

那只狼轻松地跳了两跳，摇动着尾巴在他的面前低下首，然后一跃而起，走在前面为他带路。天已近黄昏，狼一直护送着他。

走了三四里地，只见山脚猛地窜出几只野狼，一阵风似的扑向毛大福。毛大福愣住了，一时不知如何是好。

只见护送的狼箭也似的冲到那几只狼的跟前，拦住了它们的去向。那几只狼一时愕然，收住脚步站定。很快，前面又一阵风似的来了一群狼，看那疯狂的架势，像是要把他撕个粉碎才罢休。

护送的狼突然蹦得老高，以最快的速度冲到狼群中。它对着它们不停地叫着，像在诉说着什么。很快，原先那三四只狼夹在狼群中一同散去，消失得无影无踪。

毛大福终于安全地回到家里。

话分两头说。

最近，同县里有个银商叫宁泰的，在路上被强盗杀死。这个案件发生得很离奇，很隐蔽，一时无法查清。

巧得很，毛大福到银铺去兑换那天得到的金银首饰，被宁家逮个正着。

宁家断定这些金银首饰是宁泰的。他们一口咬定是毛大福杀人劫货，把他绑到官府。官府马上派人把毛大福抓起来审问。

毛大福自知无罪，详细地讲述了这些金银首饰的来历。

县官听了冷笑道:"你以为我是三岁孩童吗?狼会请你去看病,还给你这么丰厚的报酬?你分明在欺骗嘲弄本官。来人,给我重重地打!"

毛大福受到了严刑拷打,痛得直打滚儿。

他含冤无法诉,只求官府宽限一些时间,以便去找那只狼对质。

县官答应宽限一二天,并派两名差役押着毛大福进山。

毛大福带着两名差役,沿着原先的路来到狼窝去。

狼窝是找到了,但两只狼都不见了。"你说来找狼,狼呢?"差役不见狼,质问毛大福。"等一会儿狼会回来的,这确实是狼窝。"毛大福说。等了许久,还是不见狼回来。两个差役不耐烦了,催着回去。

毛大福失望地往回走,两个差役用绳索把他绑住,一路吆喝着。

走到半路,两只狼匆匆赶回来了。它们站定,左右打量着这三名过路客。

突然,两只狼跑到毛大福跟前,用惊疑的目光望着他。

毛大福见其中一只狼的头上有疮痕,疮痕还未长出毛来呢。他断定,他曾医治过它,另一只狼曾请他去治病,并护送他回家。

于是,他对狼说:"上次你们送给我一些金银首饰,想不到因此遭祸了,被人诬说杀人抢劫,我由此蒙冤受罪。你们看,我被绑着,多次挨打,你们快给我作证,否则我会被打死的。"

两只狼见毛大福被绑着,便龇牙咧嘴,愤怒地冲向差役撕咬起来。

两名差役大惊,举起大刀向狼劈去。

两只狼敏捷地闪开,然后跳出五步之外,仰天大叫三声。

狼的嚎叫声如闷雷传响山谷,久久回荡着。

很快，狼群云也似的涌来。

它们嗷嗷地叫着冲向差役，把他们团团围住。那两只狼拼命去咬扯毛大福身上的绳索。

差役大惊失色，在狼群面前吓得发抖。他们见狼去咬绳索，便急中生智帮着解绳子。狼见他们为毛大福松了绑，也不再攻击两个差役，慢慢地退去了。

差役回来向县官报告情况，县官觉得这种事太奇怪了，但仍不同意立即释放毛大福。

过了几天，县官出外，有好些随从跟在他的后面。正走着，一只狼嘴里衔着一只鞋子向他走来，并在离他不远的前面丢下鞋子。

县官若无其事地走过去。狼在不远处站定，见鞋子还在，便跑过来衔在嘴上。它再次跑在前面，又在县官不远的前面丢下鞋子。

县官停下来，犹豫了一下便命令随从把鞋子捡起来。

狼站在不远处看到了这一切，便离开了，一边走还一边不时地回头张望。

县官回来后，觉得这鞋子里可能大有文章，便派人暗里查访鞋的主人。

这时，有人说某村有个叫丛薪的人，曾经被狼追逐过，那狼衔走了他的鞋子。

差役把那鞋拿来叫他认，果然是他的。县官怀疑杀死宁泰的人就是丛薪。

审讯开始了，丛薪很快就承认了自己的罪行：一天，他埋伏在路上等待银商经过，然后从背后用斧头劈死他，拿走了他随身带的银子，但藏在衣服里的首饰来不及搜到，结果被狼衔走了。

这就出现了先前一件件关于狼的事情。

这类事以前还有过。

一次，有个接生婆从外面回家，遇见一只狼挡在路上。她一到，狼就拖着她的衣服，好像有什么重要事要带她去。

她只得跟着狼走。原来母狼正分娩，产不下来，火烧眉毛一样急。

接生婆为母狼用力按挤，使它得以顺利生产。

第二天狼衔来鹿肉放在她家门口，作为报答。

可见，这样的事并不少见。

（本故事改编自《毛大福》）

四、鸟儿的童话

会对诗的猫头鹰　　　　　　　　（《鸲鸟》）

鸟儿的预言　　　　　　　　　　（《鸟语》）

奇异的白鸽　　　　　　　　　　（《鸽异》）

长鸭毛的小偷　　　　　　　　　（《骂鸭》）

侠鸟　　　　　　　　　　　　　（《禽侠》）

会对诗的猫头鹰

人说凤凰的鸣叫,就像天上的仙乐,十分好听,让人难以忘怀。而鸮鸟——猫头鹰的叫声,却叫人毛骨悚然,尤其是半夜三更,冷的一声鸮笑,谁都会吓去七分魂魄。所以,大家都认为猫头鹰的叫声不吉利。不过,在这个故事里,猫头鹰的叫声,却与凤凰的鸣叫并没有两样,宛若仙乐般优美。不信的话,请听听。

这故事发生在山东。

清康熙年间,西部边陲狼烟四起,为平息战乱,大军纷纷出征。这时,急需骡马运粮——正所谓"兵马未动,粮草先行"。于是,官府便在山东大量购买骡马。偏偏这长山县县令杨某人,心黑手黑、贪得无厌,打着"国家急需"的幌子,趁机大肆搜刮一番。他把国家的钱塞进了自己的腰包,打着国家的招牌,搜刮尽了地方上的所有牲口。一时间,长山老百姓怨声载道。可杨县令还不满足。

周村是个商品的集散地,周遭各省的商人,都赶着牲口拉上货物到这里来出售。过去,这里车水马龙,人来人往,十分热闹。谁知,这天杨县令率领一批精壮的兵丁,把集市团团围住,称国家有难,急需骡马,不由分说,把集市上的骡马抢掠一空,总计好几百头。

四方而来的商贩,一下子血本无归归,呼天抢地,却苦诉无门……上哪告去呀?

恰好这个时候,所有的县令,都因为公务待在省府。来自孟都的董县令、莱芜的范县令、新城的孙县令,也凑巧聚在同一个旅店。他们刚好看见两个山西商人,对着门房伤心地大哭,申诉道:"我们有四头健壮的骡子,这次全在周村被杨县令抢走了,路途遥远,血本无归,回不了家,恳请各位县令为我们去说说情,看能不能退回一两头……"

三位县令动了恻隐之心,非常同情这两位晋商,便答应下来了。

于是,三人同行,一道上了杨县令的住处。

因为是同一级的官员,杨县令自然要设下酒饭来宴请他们。

　　酒过三巡,这三位县令说明了来意,希望他能退回一两头骡马,让山西商人好打道回府。

　　可杨县令就是不听,还正色道,我这是为国家大事操心,岂能徇私?

　　三位县令愈说愈恳切,动之以情、晓之以理,让杨县令无言以对。

　　最后,杨县令心生一计,索性举起了酒杯,打断了他们的劝说,称:"我有一个酒令,不能行令的,一律重罚。这酒令,必须是一句天上,一句地下,一句古人,左右的人问他拿的是什么,口里说的什么话,须随问随答。"

　　三县令无奈,只好点了头,还心存侥幸,要是在酒令上难住了他,就不愁他不让步了。

　　杨县令来了个先发制人,第一个发令,说:

　　天上有月轮,

　　地下有昆仑,

　　有一个古人刘伯伦。

　　左边问手拿是什么,

　　答道:手端酒杯。

　　右边问口里说什么,

　　答道:道是酒杯之外不须提。

　　他分明是想堵住大家的嘴。

范县令立即行酒令，说：
天上有广寒宫，
地下有乾清宫，
有一个古人姜太公。
手里拿着钓鱼竿，
说的是：愿者上钩。
孙县令也马上想出来了，说：
天上有天河，
地下有黄河，
有一个古人是萧何。
手里拿着一本《大清律》，
说的是：贪官污吏。
他这是有意刺杨县令的。
杨县令一听，满脸惭愧，几乎撂不住了，绞尽脑汁，想了好久，才说：
天上有灵山，
地下有泰山，
有一个古人是寒山。
手里拿着一扫帚，
说的是：各人自扫门前雪。
他这是拐着弯儿骂三位县令多管闲事。
三位县令面面相觑，不知怎么开口好了。
忽然之间，一位年轻人傲然地走了进来。他高大的身材，华丽整洁的衣服，彬彬有礼的举止，令人肃然起敬。只见他举手行了个礼，大家便赶紧拉他入座，用大斗给他倒酒，心想是来了个高人。
年轻人摆摆手，笑着说："酒暂且别给我斟了。我是在外边听各位行雅令，愿意来献丑罢了。"
大家忙说有请。
年轻人说：
天上有玉帝，
地下有皇帝，
有一个古人洪武朱皇帝。
手里拿着三尺剑，
说的是：贪官剥皮。

三位县令一听,正中下怀,不由得开心大笑。

杨县令却恼羞成怒,大骂道:"哪里来的狂妄书生,竟敢如此撒野!"下命令让差役把这年轻人抓起来。

待差役一拥而上,这位年轻人却跳到了桌子上,化作了一只猫头鹰,冲开了窗帘,飞了出去,停在了院子的树木中间,又掉转头来,朝着室内发出笑声。

杨县令出去打它,它便边笑着边飞走了。

大家说,这回猫头鹰的笑声,是不是比凤凰的鸣叫更加优美呢?

只是不知杨县令听了这笑声,这天晚上还能不能睡得着觉——这对他而言可是大不吉利呀!

(本故事改编自《鸮鸟》)

鸟儿的预言

很久很久以前，中州（现在的河南一带）有一位道士。有一位道士算什么？不过，这个道士同别的道士不一样，你们马上就知道了。

这天，他同别的道士一样，穿街走巷、过村入乡，到每家每户去化缘。道士来了，总要给几个小钱，或者让他吃上一顿饭，积德行善嘛。

一位好心的村民，给他捧来了一钵斋饭。他很是感激，吃完后，忽地听到黄鹂在这家人门前的树梢上"嚁嚁，啾啾……"地叫个不停，便立即告诉这位村民："你可得小心点，家里要失火了，要早做准备，不然就来不及了。"

村民心想，我给你饭吃，你却不讲一句好话，真没劲！可还是忍不住追问一句："你怎么知道的？"

道士说："咦，就是这只黄鹂，刚才大叫：'大火难救，大火难救！可怕极了，可怕极了！'"

没想到，话一说出口，这位村民与周围的邻居，都哄堂大笑了起来：这道士莫不是发疯了，哪有鸟儿会说话呢？这黄鹂平日就是"嚁嚁"地乱叫，竟叫他听出个"救火"来了。

道士却一再告诫他们："你们千万不可掉以轻心，一定要有所防备，大火救不了，好歹可以保住些物品，你们一定要相信我。"

说罢，他便离开了这个村子。

果然，到了第二天，这户农家真的起了火。烈焰冲天，无法扑救，并且飞快地蔓延开来，把整个村庄，都烧了个精光，正应了黄鹂的"话"："大火难救！可怕极了！"

直到这个时候，那位村民才恍然大悟，相信道士真能听得懂鸟儿说话，简直神了。

这下子一传十，十传百，好事的人，更是添油加醋，把这位道士说成了神仙。

道士却摇摇头，解释说："我不过听得懂鸟儿说话罢了，怎么成了神仙呢？"

正好这个时候，有一只"叽叽喳喳"的小麻雀，在枝头上叫个不停，大家又追着问："这皂花雀又在说什么呀？"

道士反问那位好事者："你家的娘子是不是要生孩子了？"

好事者很是惊讶，忙说："是呀，是呀，请问什么时候生？能不能平安地养大？"

道士仔细听了听麻雀的叫声，说："雀儿连叫'初六养之，初六养之'，两个'吱'，一定是对双胞胎，而且同在初六出生。"

好事者高兴极了。两个孩子确实都到了初六降生。

可道士又说："你也别高兴得太早了，雀儿又叫'十四殇之，十六殇之'，又两个'吱'，今天是初十，一个再活四天便要夭折，另一个再活十天，也不行了。"

那好事者只听得好话，哪听得这不中听的话？这不是咒人吗？一气之下，便把道士赶走了，自然，也顾不得他是不是神仙了。

可他不管怎么在意，却没办法阻止两个婴儿的夭亡。到了十四，一个先去了；到了十六，另一个也跟着走了。道士说的话无一不应验。

这消息，又再度在整个中州传开。这道士，更是神了。

终于，邑令——管这个城市的大官也知道了。他赶紧派人去把道士请来，聘他当幕僚，也就是现在的参谋，好辅佐他主持这么大个城市的政务。要知道，一个城市大大小小该有多少事要办。

道士一到，邑令马上设宴招待。

两人谈得投机，开怀畅饮了起来。酒过三巡，忽见一群鸭子在外边摇摇摆摆走过，"呷呷呷、罢罢罢"聒噪个不停。

邑令趁机想试试这道士是否真灵验，是否真像外边传得那么神，于是便问："这些鸭子叽里呱啦在说些什么呀？"

道士笑了笑，问："要我直说吗？"

"直说好了。"

"那我就说了，一定是你家里的大老婆小老婆在吵架，所以，这群鸭子在议论'罢罢罢，偏向他！'都说你偏心呢。"

这下邑令不得不服了。刚才，正是因为大小老婆吵架，吵得他堵住耳朵赶紧往外跑。没料，这全让鸭子们知道了。

有了这番测验，邑令对道士更加器重了，把他留在衙门里，给予优厚的待遇，又是备车，又是派仆人，餐餐有酒有肉。这不为别的，就为让他专门听鸟儿说话，为邑令办案。

这天,道士听到斑鸠说:"某某乡,犯牛瘟了。"邑令赶紧下令,把这个乡的牛统统宰了,不让别的乡买这个乡的牛,也不让别的乡的牛去这个乡……防止了一场大牛瘟。老百姓对这道士感恩戴德,钦佩极了。

又一天,邑中发生了命案,道士从鸟儿说的话中,得知凶手已逃到了城东郊一个废庙中,于是,邑令派出快马,把凶手逮个正着。升堂审理,邑令威风八面,一声惊堂木:"看你招还是不招?"吓得凶手屁滚尿流,只得乖乖地招了。能不招么?潜逃时,任何人都不知道,捕役却直扑废庙,神了,什么都瞒不住。

受害者的亲人给邑令送来了一块大匾,上面题了四个烫金的大字:明镜高悬。

邑令更得意了。再办几起案子,没准还能升上去当州官了呢。偏偏道士不通世事,每次都直来直去,对邑令说:"不是你神,是鸟儿满天下飞,所以才无事不知,不要太吹自己了,到时候,要是鸟儿知道了,若不在我面前说话,我耳目塞听,你也就办不了案了。"

邑令却是左耳进,右耳出。又一连办了几起案子,邑令更是名声在外了。小偷不敢撬门扭锁,强盗不敢拦路抢劫……总而言之,凡是想干坏事的,都不敢干了。因为一干,邑令一定会知道,到时候,天网恢恢,疏而不漏,都逃脱不了惩罚。

四、鸟儿的童话

然而，这邑令也不是个好人。

堂上他道貌岸然，一副清官模样，可在堂下，却专门伸手去敲诈勒索。尤其是一些有利可图的案子，他更是贪得无厌，非要把人家搞得倾家荡产的。

而他这个人，也有一癖，就是只认钱不认物，他认为只有钱靠得住。所以，下面供奉官府的东西，他全部折换为银两，中饱私囊。日子久了，他装银两的漆器都堆满了。

平日，进去清点，也得点上许多的蜡烛……不知贪了世上多少不义之财。

由于藏得严，他认为谁也不会知道的。

偏偏这天，在当年宴请道士的地方，鸭子又"呷呷呷、罢罢罢"地摇头摆尾来了。邑令不觉再一次问道士："今天，这群鸭子在说什么呢？"

道士直言不讳，告诉他："今天鸭子说的，与上次不一样。它们好像在给你当掌柜学算账呢。"

邑令一惊，问："算的什么账？"

道士说："鸭子讲什么'蜡烛一百八，银米……千八'呢。"

那装银两的漆器，是用银米——一种鲜红的颜料装饰的，鸭子大概只叫得出个颜色来吧，却让邑令听得心惊肉跳，疑心道人并不是听鸭子说什么，而是有意嘲讽他，于是脸一沉，很不高兴。

道士心里明白，便要求辞职离去。邑令却偏要落个"礼贤下士"的好名声，装模作样，不放他走。

又过了一些日子，邑令又大摆宴席，款待各方亲朋好友，正是酒醉饭饱、脸热耳酣之际，竟听到外边有杜鹃鸟在叫。在中国，杜鹃鸟叫，是视作"行不得也，哥哥"，劝阻人不要再走的意思。

偏偏客人当中有人问道士："这回，杜鹃又是在叫什么呢？"

道士摇摇头，叹了口气，说："这回，杜鹃叫的可不妙，叫的是'丢官而去，丢官而去'！"周围的人听了，顿时大惊失色。

邑官大搞排场，本是想显示自己的本事，没料竟让道士讲出这么一番不吉利的话，不由得勃然大怒，当即大叫："来人呀，把这胡说八道的家伙给我轰出去！"

道士却早已自己站了起来，正正衣冠，扬长而去。

赶走了道士，却赶不走鸟儿的预言。果然，没几天，邑令贪赃枉法的罪行暴露了，不仅给罢了官免了职，还被抄了家，家族从此败灭。

显然，道士的出现，通过鸟语的诫诫，是要那些利欲熏心者从中得到教训，千万不要利令智昏。若要人不知，除非己莫为，执迷不悟是没有好下场的。

（本故事改编自《鸟语》）

奇异的白鸽

内行人说起鸽子的品种来，可就热闹了，五花八门，名目繁多。譬如名贵的品种，山西有"坤星"，山东的叫"鹤秀"，贵州的称"腋蝶"，河南则是"翻跳"，浙江为"诸尖"，光这些名称，就令人觉得够神奇的了。此外，还有什么"靴头""点子""大白""黑石""夫妇雀""花眼狗"等不一而足，令人眼花缭乱。

在山东邹平，有一位叫张幼量的公子，爱鸽子爱得发疯了，竟按前人的《鸽经》来搜罗天下各种珍奇的鸽种。他喂养起鸽子来，比当妈的喂婴儿还要尽心竭力：冷了，用粉草来防寒；热了，则撒盐粒来消暑。鸽子好睡觉，可睡过了头，就会得麻痹病而死。为解决这个问题，张公子在广陵用十两银子买了一种特异的鸽子。这鸽子个头很小，尤其好动，放在地上，它会一遍遍地盘旋，直到衰竭而死才罢休。如果晚上把这种鸽子放在鸽群中，它就可以不时惊醒其他鸽子，让它们不能酣睡，不至于得麻痹病，因此，它便得了个名字，叫"夜游"。

由于有了"夜游"，张公子养的鸽子一直都没有得病的，对此，张公子很得意。

一天晚上，张公子坐在书斋中，忽然有一位全身素白衣着的少年敲门。

待客人进来后，张公子发现他竟是从不相识的。

张公子忙问："请问贵客姓氏？"

白衣少年含笑道："我嘛，浪迹天涯，四海为家，姓名不足挂齿。张公子喂鸽子，名声在外，我仰慕已久，很想一饱眼福。"

张公子是个痛快的人，立即把所养的鸽子展示给白衣少年看。

果然，鸽起鸽落，如云锦灿烂，色彩缤纷，让白衣少年喜不自禁，连声称赞。他开怀一笑，认真地说："外边传说的一点也不假，应有尽有，张公子好鸽名不虚传。你真是养鸽的能手！我也带来了几只鸽子，不知道你想不想看看？"

张公子很是高兴，立即跟上白衣少年就走。

走出郊外,月色凄迷、暮云四合,举目旷野,一片苍茫,张公子不由得有些疑惑,甚至有些恐惧了。

白衣少年用手指了指前边,说:"请坚持一下,我家离这里不远了。"

果然没走几步,就看到了一个小小的院子,门前仅两根柱子支撑着。白衣少年握住张公子的手走了进去,里边黑灯瞎火的,什么也看不到。

白衣少年站在院子当中,吹起了鸽哨。

忽然有两只鸽子应声飞了出来,个头与一般鸽子没什么两样,却一身雪白,没半点杂色。它们飞到屋檐上,一边叫,一边扑打着玩,每次扑打,都要凌空翻身,像翻跟头一样。

白衣少年把手一挥,两只鸽子便比翼而飞了。紧接着,他又捏住嘴唇,发出奇怪的口哨声,立即又有两只飞来,大的,像野鸭子一样,小的,却只有捏紧的拳头大。它们落到台阶上,竟似白鹤一般,翩然起舞。大的伸长脖子,引吭高歌,舒展双翼,若一面屏风在飘动,像在引导小鸽跳舞;小的呢,上下翻飞,欢叫不已,不时落在大的头顶上,轻盈若翩翩雨燕落在蒲叶上面,双翅发出碎响,竟似小孩玩的拨浪鼓一样。而这时,大的伸长脖子,一动不动。这时,鸽鸣声愈来愈急,声音就似木鱼一样,此起彼伏,颇有节奏感,错落有致。

张公子惊喜万分,夸赞不已,自知强中更有强中手,只得自愧不如。

他连连向白衣少年作揖,哀求少年:"你有这么多出色的鸽子,能不能

割爱给我一对呀？"

白衣少年摇摇头，说："这都是我所心爱的，舍不得的，不行呀！"

张公子"扑"地一下跪到了地上，非常恳切地对白衣少年说："我爱鸽如命，绝不会亏待它们，求你把它们给我……"

白衣少年打发那一大一小的鸽子飞走了，又重新吹起了前一种鸽哨，引来了先前那对鸽子。他让这对白鸽停在手心上，说："如果你不嫌弃的话，我就送这两只给你好了。

张公子接过这一对白鸽，反复把玩、端详。只见鸽子在月色的映照下，眼睛是琥珀色的，晶莹剔透，清澈见底，当中的瞳仁又似花椒粒一般浑圆漆黑；打开双翅，肋下的肌肉也似透明的一样，五脏六腑也能看得一清二楚，令他惊奇万分。

然而，张公子仍未能满足，他想，在白衣少年手中，肯定还有更神奇的鸽种，于是，仍跪着不肯起来，并且乞求道："你一定有比那对跳舞的鸽子还奇妙的品种，能不能再叫一对给我见识见识……"又说："我会痴心待它们的，光这一对，它们会感到寂寞的，能不能再来一对？"还说："我要把鸽屋修得十分精致，让它们住得很舒服；还要寻来最好的鸽食……"

然而，无论他怎么花言巧语，好话说尽，这回，白衣少年只是说："我只有两种没叫出来让你见识了，不过，今天，我已不敢再请你看了。"张公子却怎么也不肯站起来："我还是想看看，你就遂我一回愿吧。"白衣少年只是摇头。

正在相持不下之际，张公子的家人打着火把找来了。一回头，白衣少年已经化作了白鸽，如一只鸡般大小，冲天飞走了。

再一回头，院子也不见了，只留下一个小小的墓冢，两株柏树。

张公子惊住了，长叹一声，同家人一道，抱着那对鸽子回去了。

回家后，张公子让鸽子试飞，果然与前边所见的一样，鸽子在檐间盘旋翻飞，打起了跟头。虽然比不上后来所见的那对舞鸽，却仍然是世上罕有的奇珍异宝，张公子一天比一天珍爱它们，把它们视作掌上明珠。

又过了两年，这对鸽子繁殖了六只小鸽子，三只公的，三只母的。不少亲戚想求他让出一两只，可他说什么也不肯让。然而，有一天，他却遇到了一位贵人。

这位贵人，不单是张公子父亲的老朋友，还是一位高官，有权有势。他看到张公子，便大大咧咧地开口问道："你喂的鸽子怎样了？多不多呀？"

张公子连忙点头，说："是呀，是呀，喂得还可以。"一边急急忙忙退下

去了。

然而,这位大人随口问的一句话,竟成了张公子的心病。他吃不下饭,睡不安稳,满腹狐疑:是不是这位大人也一样爱好鸽子——不爱好,是不会这么问的,可是……毕竟是父亲的老朋友,人家开了口,总得有所回应,然而,要让自己割爱,实在是难呀!这鸽子,太珍贵了。

张公子辗转反侧,思之再三,终于,横下一条心,舍不得也得送。他来到鸽屋,看着一对对白鸽,又实在是舍不得,眼眶都红了。

待咬紧牙下决心去抓一对,却又想,对这样的达官贵人,如果送上一般的鸽子,人家一定会嗤之以鼻,认为我是糊弄他,瞧不起他。这念头一出来,手就不觉伸向那几对珍贵的小白鸽……

末了,还选了一个精美的鸽笼,把这对鸽子送了去。

心想,这实在比送千金还贵重啊。

又过了一些日子,张公子再次见到了这位达官贵人,谁知,这人看见他,并不曾讲一句表示谢意的话,相反,还洋洋得意,倒似对他有恩一样,摆足了官架子。

张公子忍不住了,问道:"早几天,我派人给你送去了一对白鸽,你觉得怎样?"

那人竟回答道:"又肥又美,不错。"

张公子很是吃惊,问:"你煮了吃了?"

那人想也不想,说:"煮了。"

张公子大惊失色,说:"这可不是一般的鸽子,是世间所称的名鸽'靼鞑'呀!"

那人认真地想了想,说:"不过,这鸽子的味道也没什么特别的。"

张公子又气又恨,又不便发作,只好转身回家去了。到了半夜,他做了一个梦,梦见白衣少年走过来,痛苦地责怪他:"我以为你爱鸽如命,所以把子孙托付给你了。谁知道竟是明珠暗投,你让它们惨死在锅里。今天,我得把其他的孩子带走了。说罢,白衣少年化作了白鸽,而张公子所养的白鸽,也都跟着他飞走了。

天一亮,张公子赶紧上鸽屋去看,果然白鸽全不见了。

他恨透了自己,于是,把自己所养的其他鸽子,一一分给了养鸽的知交。过了几天,他也伤心地死去了。

(本故事改编自《鸽异》)

长鸭毛的小偷

人的身上会长出鸭毛,成为鸭子吗?是的,不过这只"鸭子"不是真正的鸭子,他是人,是一个身上长满鸭毛的年轻人。

这个年轻人姓白,他年纪不大,但他向来游手好闲,好吃懒做,好贪小便宜。对这个胡混过日子的人,村里的人都叫他白混子。

有一天,白混子听说邻家白老头家请客。他心里想:"机会来了,这次我又可以大吃大喝一顿了。"于是,到了白老头请客那天,他便早早地来到白老头家,等着喝酒吃饭。他左等右等,等到过了中午,客人们还没有到齐。客人没到齐,酒宴自然不会开席。这时,白混子早已饥肠辘辘,饿得难受。没法子,他只好向主人告辞,白老头也不留他。

白混子出了白老头家,百无聊赖地四处走着,心里却老是嘀咕:"好你个白老头,存心不让我吃饭。我不过是看得起你才来的呀,要不然,就算你请我也未必请得动我呢!"他一边走,一边发牢骚。

突然,从围墙拐角处走过来一只胖乎乎的鸭子。鸭子昂着头,"嘎嘎"地叫着,摇摇摆摆地往白老头子家走去。

白混子一见这只鸭子,心里立即有了主意。他心想:好你个白老头,你不请我喝酒吃饭,我现在可要吃你家的鸭子了。

白混子立即脱下自己的上衣,蹑手蹑脚地走近鸭子,猛地将上衣往鸭子身上一罩。鸭子来不及哼一声,就被白混子的上衣连头带脚地蒙住了,白混子连忙捏住鸭子的脖子,一把提起,往怀里一揣,把鸭子抱回到自己家了。

回到家,白混子关上大门,走进灶间,生了火,烧了开水,干净利落地杀了鸭子,除去鸭毛,然后把鸭子放在锅里煮了起来。那些鸭毛,就被白混子随手丢弃在院子里。

不多一会儿,鸭子煮熟了。白混子把鸭子端上桌子,从柜子里找出半壶酒。于是,他便跷起二郎腿,一边喝酒,一边嚼着又肥又嫩的鸭肉,美美地饱餐了一顿。

白混子吃饱了,拍拍自己的肚子,躺在床上,心安理得地睡着了。

　　他打着饱嗝，做了一个梦。他梦见自己到了白老头的家，白老头并不知道鸭子不见了，还向他打听鸭子的下落。白混子觉得很好笑，他以为自己的手段高明着呢。

　　可是，白混子的梦还没有做完，他突然浑身上下火烧火燎似的又痒又痛，难受极了。他连忙用手去挠，哪里知道，不挠还好，一挠就不可收拾了。他忍不住了，便爬起身跳下床，点灯一照，他"啊呀"大叫一声。糟了，白混子看见自己的手臂布满了鸭毛。他连忙去拔，可拔不掉，鸭毛好像长在手臂上似的，一拔就揪心地疼，他又用镜子一照，不好了，从耳朵根子到脖子，全都长满了鸭毛。他又脱下衣服一瞧，他的胸脯，背部全都长满了厚厚的鸭毛。

　　鸭毛从哪里来的呢？他急忙走到院子里去看，原先撒在院子里的鸭毛，全都不见了，全都长到他的身上了。

　　白混子忙了半夜，一根鸭毛也没有拔去。没有办法，他只好去找大夫。可是怎么对大夫说呢。再说，一旦传出去，他白混子可真是一点脸面也没有了。不能找大夫，自己又拔不掉，他在屋子里走来走去，想来想去，还是想不出一个两全其美的办法。

　　白混子实在太疲倦了，他便又迷迷糊糊地倒在床上。也不知道自己是不是在做梦，只知道自己四处去求医。看过他的病的大夫都摇头摆手，说没有

办法治。后来，有一个白胡子老人看了，认真地对他说："你是因为做了亏心事，才生了这个病，这是老天爷对你的惩罚啊！"白混子见瞒不住了，只好老老实实地承认自己偷了别人家的鸭子，自己这种做法太不应该，太对不起那家主人了。白胡子老人见他承认了错误，便告诉他一个法子。

白胡子老人对他说："这种病要治好也不难，你只要把丢失鸭子的人请来，让他狠狠地骂你一顿，你身上的鸭毛就会自动掉下来。除了这个办法，什么药也治不好你的病。"

白混子似醒非醒地想着白胡子老人的话。迷糊中，他却想不起鸭子是谁家的了。过了许久，他才想起来，鸭子是朝白老头家走去的，那么，那鸭子一定是白老头家的了。鸭子是白老头家的，那么，就得由白老头来骂了。

这一下，白混子又犯难了。为什么呢？说起白老头，人人都尊敬他，称赞他。大家知道，白老头对人既和气，又宽宏大量，对什么事都不会轻易计较，不会埋怨人，更不要说骂人了。就算是丢了贵重的东西，也从来不张扬、不计较，更不会去骂偷东西的人，丢失鸭子这种小事，他更不会在意。要他去骂偷鸭子的人，他绝对不会干的。

再说，白混子虽然好吃懒做，好胡混过日子，可他没有偷过别人的东西。现在，要白混子承认偷东西，这可不是什么光彩的事。

怎么办呢？不说吧，可这身鸭毛拔又拔不掉，医又医不好。白混子实在太难了。

最后白混子不得不硬着头皮,来到白老头的家。

这天,一大早,白老头刚打开院子门。一个年轻人急急忙忙向他走来,开口道:"白大爷!"白老头一看,是白混子,便问道:"这大清早的,你来干什么?有什么事吗?"

白混子小声说:"是这样的,我来问问你家丢失过什么东西没有?"

"丢失东西?"白老头子说:"没有呀!"

"没有?"白混子说:"老人家,你再想想,比如有没有走失鸡呀鸭呀的?"

白老头认真想了一下,笑了,说:"是呀!昨天丢失了一只鸭子。也不知道是真的丢失了,还是它跑到什么地方躲起来了。这是小事,管它呢,就算丢失,丢了就丢了呗,不值得去计较。"

白混子听了,心里慌了。他想:这老头子说得倒轻松,什么丢了就丢了呗。你不当回事,我可就惨了。

白混子故作神秘地又问白老头:"你老想知道是谁偷去的吗?"

白老头笑了:"偷了就偷了吧。不就是一只鸭子吗。管它是谁拿去了。"白老头不说偷,是说拿。白混子心里一愣,更慌了。

白混子又说:"你老也真是的,被人偷去了鸭子,就这样算了,那不是太便宜了这个小偷了吗?你得好好地大骂他一顿。"

白老头哈哈大笑。过后,他摇摇头说:"我不管是谁拿了我的鸭子,我是不会骂的。骂人多不好。骂坏人,减轻了他的罪过。骂错了好人,会伤了好人的心。何必呢,我是不会骂人的。"

白混子慌了。他知道,白老头不骂,他身上的鸭毛就没有法子去掉。他不得不对白老头子说实话了。

白混子说:"白大爷,鸭子是我偷去的,你骂我一顿吧!"

白老头说:"是吗?那你拿去就算了。"他仍然不骂。

白混子说:"你不骂我?"

白老头说:"骂你?不骂!有什么好骂的,我是从来不骂人的。"

白混子急了,扑地一下跪在白老头面前,哀求说:"白大爷,求求您了。您就骂我一顿吧!"

白老头子一看,想把他拉起来,哪里想到,他刚刚一拉白混子的臂膀,白混子大叫一声"哎呀",便跌坐在地上,用另一只手不断地抚摸被拉过的臂膀。

白老头急忙问:"你这是怎么了?"

白混子把全身衣服都脱下来。白老头惊奇地看着白混子一身的鸭毛。忙问:"你这是怎么搞的?"

白混子只得把偷鸭子后,受到报应的事说出来,并且说,只有被鸭子的主人骂一顿,鸭毛才会掉下来。说完,他苦苦地哀求白老头:"白大爷,您行行好,好歹骂我一顿吧!"

白老头见白混子痛苦的样子,实在可怜他,可是,要骂吧,自己委实从来没有骂过人,不知道怎样骂,便说:"骂什么呢?我不会骂呀!"

白混子哭着说:"那您就说句难听的话当作骂吧!"

白老头说:"要是骂一骂能治好你的病,尽管我不会骂,也得学着骂呀。"白老头子没有法子,只好想来想去,最后,鼓着气,大气说道:"你这个不争气的东西,该骂!"

说也奇怪,白老头这话一出口,白混子身上的鸭毛就一根接一根地往下掉。不多一会儿,身上的鸭毛全掉到地上了。

白混子连忙拜谢白老头,并发誓说:今后就是打死也不敢再做偷偷摸摸的事了。"

(本故事改编自《骂鸭》)

侠　　鸟

　　天津城外有一座很大且远近闻名的大佛寺。

　　大佛寺庙宇宏伟、庄严肃穆。大雄宝殿金碧辉煌，就连屋脊的两端也装饰着一种似鸥鸟尾巴的屋角，人称鸥尾。就在这鸥尾上居住着一对鹳鸟，它们和平愉快地生活着。

　　每当夏天来临，这对鹳鸟就在这里产卵，孵出小鹳鸟。小鹳鸟经常叽叽喳喳的，长长的小嘴巴老是张开着，等待鹳鸟爸爸和鹳鸟妈妈叼来小鱼喂它们。小鹳鸟过着食来张口的日子，可快活了。

　　日子一天天地过去，正当小鹳鸟翅膀快长丰满的时候，灾祸落到了小家伙的头上。

　　那天，当鹳鸟爸爸和鹳鸟妈妈双双出去觅食时，突然，从鸥尾的下面传来一阵沙沙的响声。一条大花蛇正蜷曲着身子，沿着鸟巢盘旋着。然而，小鹳鸟并不知道危险已经迫近，仍然张开小嘴，叽叽喳喳欢叫着，等待食物。就在这时，大花蛇抬起身子，张开大口，就把一只小鹳鸟咬在嘴里。然后，大花蛇再把头一甩，这只小鹳鸟就被吞进它的肚里。一只又一只，不一会儿，小鹳鸟全被大花蛇吃掉了，然后大花蛇慢慢地退回到大殿的天花板里。原来，

这条大花蛇，一直就藏在这里。

鹳鸟爸爸和鹳鸟妈妈叼着小鱼飞回来了，可是，巢里已经空空的，什么也没有了。大鹳鸟悲哀地叫着，呼唤着，在大殿里、屋脊上盘旋着，一声声地呼唤着，一遍遍地寻找着，可是，它们怎么也找不到自己的孩子。

这对鹳鸟悲哀地叫了三天，才恋恋不舍地飞走了。

寺里的和尚都十分同情这对鹳鸟，失去了孩子，谁都会伤心痛哭的，何况，这对鹳鸟失去的不是一个孩子，而是所有的孩子。

大鹳鸟飞走了，大佛寺里又恢复了往日的平静。

寺里的和尚认为，这对鹳鸟也许不会再来这里做巢再生儿育女了。可是，当第二年夏天来临时，那对鹳鸟又飞回来了。它们好像完全忘记了去年遭受的惨祸，又在新巢里产卵、孵蛋。又是天天外出觅寻食物，喂小鹳鸟。可是，当小鹳鸟开始长翅膀的时候，这条大花蛇趁大鹳鸟外出觅食时，偷偷来到巢边，又是一口一只地把小鹳鸟全部吞进肚子里。

惨剧再次重演！

鹳鸟爸爸和鹳鸟妈妈再次失去了全部孩子，悲哀地叫了三天，飞走了。

寺里的和尚十分同情鹳鸟的遭遇，他们想：鹳鸟明年还会再来吗？

到了第三年，大鹳鸟又双双飞回来了，它们生下小鹳鸟后，同前两年一样，小鹳鸟又遭到大花蛇的吞食。

这次，寺里的和尚都断定，这对鹳鸟肯定不会回来了。同样的事情是不能一而再，再而三地发生的呀？它们连续三年都失去了所有的孩子，太悲惨了。

事情并不像人们想象的那样。

第四年的夏天似乎来得特别早。三月末，天气刚刚转暖的时候，寺里的和尚发现，那一对鹳鸟，它们又飞回来了。

鹳鸟夫妇仍然重新建好了新居，产卵、孵蛋，孵出了小鹳鸟。每天照旧外出觅食喂小鹳鸟，对过去三年悲惨的遭遇，好像一点也不理会似的。

正当小鹳鸟翅膀的羽毛快长齐的时候，大鹳鸟却飞走了。难道鹳鸟知道祸害又要来了，不要自己的孩子了吗？

不，鹳鸟只去了三天。第四天，鹳鸟爸爸和鹳鸟妈妈仍然像平常一样，飞到外面去寻找食物。小鹳鸟在巢里叽叽喳喳地等候着，就在这时候，一阵沙沙的响声，大花蛇又偷偷地过来了，它喷着气，吐着舌头，就快到鸟巢边了。

这时，两只大鹳鸟突然出现，它们凄厉地大叫着，展开双翼直冲上青天。

和尚们听见这种不同平常的叫声，立即跑出殿外，想看个究竟。

突然,天边雷鸣似的风声从远到近,呼呼作响,转眼间,天昏地暗,好像一块大乌云铺天盖地压了下来。和尚们十分惊奇,急忙抬头一看,只见一只无比硕大的巨鸟,张开翅膀,从高空直扑而下,急如闪电似的伸出利爪抓击蛇头。大花蛇急忙昂头迎击,巨鸟的利爪一击一抓,大嘴猛啄,大花蛇的蛇头被撕了下来,蛇身经过一拉扯,哗啦啦一阵响声,大殿的屋角也随着塌了下来。

巨鸟击毙了大花蛇,"嘶"的一声,展开翅膀,向西飞去。两只大鹳鸟也一面叫着,一面扑打着翅膀,跟在巨鸟后面,好像在欢送客人。

大殿塌了一角,鸟巢也掉到地上,和尚们把窝里的小鹳鸟轻轻捧起,放在大殿旁边的钟楼上。这时,鹳鸟爸爸和鹳鸟妈妈飞回来了,它们在钟楼屋檐上找到小鹳鸟,鹳鸟妈妈喂着小鹳鸟,鹳鸟爸爸又重新建起了新窝,鹳鸟一家又开始了新的生活。

夏天快过去了,小鹳鸟的翅膀长硬了。鹳鸟爸爸带着小鹳鸟,在殿前上空练习飞行,不久,小鹳鸟就能够自己觅食,能够长距离飞行了。

一天早上,和尚们做完早课出来,他们看见,大鹳鸟带着小鹳鸟在佛寺上空来回飞翔,一圈又一圈地飞着、叫着,仿佛在告别。

鹳鸟们盘旋了一会,越飞越高、越飞越远,渐渐地消失在天边。

鹳鸟们飞走了。

(本故事改编自《禽侠》)

五、花木的童话

道士的梨树	(《种梨》)
严冬盛开的荷花	(《寒月芙蕖》)
喝醉的菊花仙子	(《黄英》)
柳神的献身	(《柳秀才》)

道士的梨树

"卖梨啰!"

"卖梨啰!清甜无渣的大贡梨,快来买啰!不买也来看看啰!"

一个乡下人推着满满一大车黄澄澄、香喷喷的大贡梨,一边喊着,一边慢慢地走着,不久,他来到市集前的空地上。

"卖梨啰!"卖梨的人又悠着嗓子在招徕客人。听见叫卖声,大人、小孩都围拢过来,看着令人流口水的大贡梨,都想买,可是一问价钱,都傻了眼。

"太贵了,没见过卖这么高价钱的!""是呀,太贵了,买不起!奸商!"

人们纷纷议论着。他们想买,可是买不起,人们互相观望,小孩也侧着小脑袋看着。

这时,从集市的东边走来一个道士,他衣衫褴褛,趿着鞋。这个道士也太穷了,连件像样的道袍也没有。

那道士径直走到卖梨的车前,卖梨的看他也不像买梨的,挥手让他走开。哪里想到,这道士伸手说:"好梨,来一个!"听到"来一个",卖梨的也愣了,便问:"你要买!"

"要买!"

卖梨的无奈,秤了一只梨子,递给道士:"钱呢,你得给钱呀!"

道士说:"什么钱不钱的,多俗。我道士化缘游天下,哪有自己带钱的。这样吧,就请你施舍一个梨给我,我为你祈个福,如何?"

卖梨的一听气急了,马上收回梨子,喝道:"你这是作弄人呀,有钱的,拿钱来买梨;没有钱,走开,走呀!"

道士却不急不忙,半开玩笑似的说:"我口渴极了,不过是向你讨个梨子吃,润润嗓子;你一大车梨,少一个也没多大损失,何必为一个梨发这么大的火?"

卖梨的火气更大了,大声说:"你说得轻巧,你讨一个,他要一个,我的买卖还做不做了?你滚开!"

旁观的人,看见卖梨人凶狠的样子,有点替道士不平,便劝卖梨的:

"你这人也真是,不过是一只梨,你拣一只最小的给他算了。"

也有人劝那道士:"为讨一只小梨,惹人发这样大的火,不讨也罢。"

卖梨的就是不给。

有一个在集市旁边店子里帮工的小伙子,听见人们七嘴八舌的劝说,也走过来,对卖梨的说:"卖梨的大叔,别那么小气,给他一个亏不了你。"

"什么?我小气?"卖梨的冷笑着,揶揄那小伙子:"我小气,那你大方,你买给他呀!"

这个帮工的小伙,受卖梨的一激,也来气了。虽然自己想吃梨也舍不得买,但他还是掏出钱袋说:"买就买,你欺负我买不起!我偏要买一只梨给他。"他挑了一只梨让卖梨的过了秤,交了钱,然后把梨子递给道士:"道长,吃吧!"

道士接过梨,谢过那小伙子。

道士将梨注视了片刻。笑着对围观的人说:"我是个道士,虽然我没有钱,但我不会像这个卖梨的这么吝啬。其实,我也有又香又清甜的好梨,今天我倒要请各位尝尝。"

人们奇怪地看着他,有人问:"道长,既然你有梨,还要请我们吃,那你为什么还要向他讨?"

道士说:"你们不知道,我要这个梨就是要它的核来做种呢。"说着,他就大口大口地吃起梨来。道士把梨吃完了,就把搭在肩上的黄布袋放下来,从袋中取出一把小铁锹。

人们越发觉得奇怪,一下子围拢过来,好奇地看着。

道士在地上挖了一个小坑,把梨核放入坑里,填上泥土,转过身对旁边的人说:"请帮帮忙,弄点水来浇浇。"

有个爱开玩笑的人,听道士说要用水浇,便故意走到卖茶的铺子里,从火炉上拎了一壶滚烫的开水,边走边喊:"让开!让开!别烫着!"人们见了都放声大笑:是呀,哪里有人用开水来浇树的,不烫死才怪呢。不管人们怎样讥笑,道士却一本正经地将开水浇在埋着梨核的坑里,不眨眼地看着。

围观的人也不眨眼地看着。

不多一会儿,坑里的泥土好像给什么东西顶着,向上涌起。突然,一株两片叶子的嫩芽破土而出。嫩绿色的叶子,依附在幼小的枝干上伸长,接着枝杆上又长出新的叶子,一片、两片,转眼间一棵枝叶茂盛的梨树出现在人们面前。

人们都惊奇地看着长大了的梨树,不禁叫道:"啊,太神奇了!"

　　人们还没有回过神来,突然一阵阵清香四散开来,那浅白色的梨花早已开满枝头。紧接着一个又一个鹅黄色的贡梨在枝头对人们点头微笑。

　　人们哗然。齐声喊道:"太神奇了!"

　　道士笑吟吟地爬上梨树。先摘了一个大梨扔给那个出钱买梨的小伙子。对他说:"多亏你买了梨。"然后,把树上的贡梨一个一个地摘在手里,逐个扔给周围围观的人,嘴里还念念有词:"请吃梨。我的梨可是一分钱也不要啊!"

　　人们被眼前的情景迷住了,个个都向道士伸手要梨。有人接过梨子,小声嘀咕着:"这梨,怕不是真的吧?"有人接过梨,不管三七二十一就大口大口地吃了起来,还高喊着:"好甜的梨啊!"人们听见喊声,争先恐后地高喊:"给我一个!给我一个!"喊声响成一片。

　　道士笑呵呵地把树上的梨子一个一个地摘下来,一个一个地往下扔。人们在树下争着接,很快,树上的梨子摘光了。人们一边笑,一边吃,都说:"好香甜的梨啊!"

　　道士从树上爬下来,边笑着,边拿起小小铁锹朝着梨树砍去。

　　人们又诧异地看着道士,不知道他为什么要把树砍掉,人们正要问那道士时,那梨树早已被道士砍断了。接着,他又从容不迫地连枝带叶拖着,朝集市外走了。

  最初,在道士种梨核时,那卖梨人也觉得好奇。他心里想,俗话说,十年树木,树才能长大,这道士现在才种,哪年哪月才能开花结果呀?这不是胡闹吗?让人看笑话吧。

  那卖梨人也就挤在人群中看热闹。完全忘记看管自己那一车梨子了。等到那道士分完梨,砍倒了梨树,拖着树走后,他才想起自己那一车梨子。回头一看,他大吃一惊,惊得面青唇白。原来,他那满满一车黄澄澄、香喷喷的梨子,早已没有了。他焦急地大声叫起来:"谁偷了我的梨?谁偷了我的梨?"

  人们听见卖梨人的喊声,都愕然地看着他,不知道发生了什么事。

  卖梨人气愤地拉起车子。车子却歪倒了。卖梨人一看,好好的车把手也断了一根。卖梨人又大叫起来:"谁弄断了我的车把手?我的车把手断了啊!"

  人们都围拢过来。看看车子,车上空空的,一只梨也没有了。看看车把手,车把手是新砍断的。这到底是怎么回事呢?

  突然,有人发现,在集市拐弯的地方,斜斜地躺着一根断了的车把手。

  人们这下子全明白了。原来,刚才那道士种的梨子,全都是卖梨人车上的梨子。道士砍下的梨树,就是那根断了的车把手。

  围观的人全都哈哈笑起来了。

(本故事改编自《种梨》)

严冬盛开的荷花

济南那个地方,有一位道人。不知道他是什么人,从哪里来的,甚至连他姓甚名谁,也无人知晓。

无论冬夏,他都只穿着一件单薄的袷衣,腰上系一条黄带子,此外,再不穿别的衣服。常用一把半截的梳子,梳完头之后,就用有齿的部分别在发髻上,看上去,如同大公鸡的鸡冠一样。大白天,他光着脚丫走在街市上;到了晚上,就露宿街头。

道人刚刚到济南的时候,常常给市民表演幻术。他的表演出神入化,真假难辨,让人惊叹不已。大家争相扔钱到他的瓦钵里,他的收入颇为可观。

有一位市井无赖,看了十分眼红了。这天,他提上一罐酒,邀这位道人一道喝,恳求道人传授他幻术。道人看看他的样子,当然不肯。

无赖哪肯轻易罢休。一天,他趁道人脱光了下河洗澡时,看准了机会便

突然扑了过去，抱起道人的全部衣物威胁道："你不教我幻术，我就不把衣服还你，让你丢人现眼。"

道人在水中给他作揖，说："请你把衣服还给我，等我上岸后，自然会教给你的。"

无赖自己哄惯了别人，他怕道人也是哄他的，便把衣服抱得更紧了。

道人冷冷地问："你真不给我吗？"

无赖回答道："不给。"

道人不作声了，照旧洗他的澡。突然间，那条黄腰带变成一条大蛇，比屋梁还粗，倏地缠上了无赖的身子，一下子就绕了六七圈，而且愈缠愈紧，蛇头向着无赖的脸愤怒地昂起头，吐出火一样的舌头。无赖被吓得双脚一软，跪倒在地上起不来了，脸色渐渐发乌，都喘不过气来了，只好连声告饶："道人饶命，道人饶命！"

道人这才走过来，伸手取回黄腰带。原来这并不是蛇。无赖再抬头一看，竟发现另有一条蛇，扭动着，一头钻进林中了。

这下子，道人名声大振、遐迩皆知。那些名门望族、乡绅富豪们听说他本事了得，争相邀请他一道出游。从此，他俨然成了这些人的座上宾。后来，连省里府上的达官贵人，也知道了他的本事，每次设宴请客，都少不了要请道人到场，以示身份。

有一天，道人决定在水上的一个亭子里设宴，以回报达官贵人的厚待。时间一到，那些官员都在自己的案头上看到了道人的请帖。请帖来得是那么突兀，竟不知道是什么时候，用什么方法送来的。

那些官员应邀而至，道人佝偻着身子，很客气地出来迎接。可走到亭子当中，竟发现里面空落落的，连茶几都不见一张。大家面面相觑，都不知道道人在开什么玩笑。

道人却一本正经地对官员们说："贫道没有仆人、书童使唤，烦请各位将随从借我一用，替我搬搬东西。"大家一口应允了。

只见道人往亭壁上画了两扇门，用手一拍，里边便有人应声回答，摇动着钥匙串，前来开门了。门一开，大家往里一看，便见到许多人影在里边来来往往，屏风、垂幔、床枕、茶几什么的，应有尽有。又见有人将所用的桌椅一一往门外送。于是，道人下令，让官员的随从们接过来，放到亭子当中，但是规定一条，就是不可以与里边的人交谈。因此，交接之间，大家都默不作声，彼此只是相视而笑。

片刻之间，整个亭子都摆满了各式家具，富丽堂皇、华丽至极。

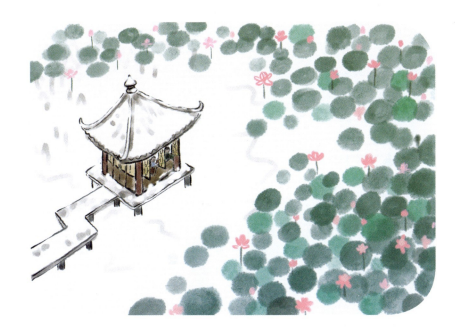

很快,里面又递出了美酒佳酿,香气缭绕;各式山珍海味,也都热气腾腾……一会儿,桌面上都摆满了东西。

来客们全都惊呆了。

这个亭子建在湖边。每年六月,数十顷的湖面上开满荷了花,一望无际,美不胜收。然而,此刻正是严冬,窗外一片苍茫,唯有一湖绿水而已。

一位官员不觉叹了口气,说:"难得今日盛会,可惜没有莲花助兴。"

其他人都连连点头称是,觉得可惜了。

谁知道,霎时间,有一位穿黑衣的小吏跑了进来,告诉大家:"不得了啦,湖里开满了荷花!"

顿时,在座的客人都惊呆了。

好事者起身,推开了亭中的窗户,大家往外一看,果然满眼都是青碧葱茏的荷叶,很快又冒出一支支粉红色的花苞来。转眼间,千支万朵的荷花竞相开放,亭亭玉立,清香沁人心脾。大家诧异万分,于是派手下划来小艇,划进荷花深处,去采撷玉莲。远远见手下的人把艇划进了花丛之中,不一会就回来了,却两手空空,什么也没采到。

官员忙问是怎么回事。小吏说:"小人乘舟而去,只见花在前边;可划到了对岸,却怎么也找不到,再一回头,却见花已在身后边了,赶紧回头,就追到了岸上……"

道人笑着说："这不过是幻梦之中的花而已，采不到的。"

酒过三巡，湖中的荷花竟渐渐凋谢了。一时间，北风骤起，吹打得荷花茎叶悉数折断，萎入水中，很快，便什么也没有了，唯余一湖碧水清波。

济东一位道台，人品不咋样，但也很看重这位道人，把他带回到府上，整天与他饮酒作乐。

有一天，道台请客，高朋满座。这位道台家中有祖传的美酒，不过，每次以一斗为限，不肯给大家开怀痛饮。因而，客人喝后，总觉得不过瘾，纷纷要求道台多取些美酒出来。

道台怎么也不肯了，说已经喝尽了。道人却笑着对客人说："你们一定要喝个痛快的话，找我就行了。"客人连忙说，快上，快上！

道人把酒壶放进衣袖当中，没多久便取出来，给客人一一斟上，壶里美酒还是满满的。客人一喝，味道同刚才的完全一样，于是，大家喝得很尽兴，这才告辞。

道台心里不觉生疑，赶紧跑到酒窖，发现酒坛的封口虽然好好的，可一推，里边已经空了，摇一摇，一滴酒都没了。一时心痛至极，不由得恼羞成怒，下令喊："把这个妖孽给我抓起来，狠狠地打！"

手下人把道人按倒在地，举起板子就打。说来更怪，这板子落到道人身上，台上的道台却觉得自己的大腿上猛地痛了起来；再打几下，道台更觉得屁股痛得裂了似的。就这样，下边每落一下板子，道台就"哎哟"一声叫个不停。

道人在台阶下声声叫痛，而道台在座上更是鲜血淋漓，痛不欲生。道台只好下令："别打了，别打了！"板子停住了，道台才喘过气来，万般无奈，摆摆手，道："把这个妖孽给我赶走。"

从此，这位道人便离开了济南，不知上哪去了。

后来，有人在金陵见到了他，他还是身上穿着袷衣，扎着黄腰带，头上插半把梳子，像鸡冠一样。

以前认识他的人见到他，便问道："你如今怎样啦？"

道人只是笑笑，什么也不说就走了。

（本故事改编自《寒月芙蕖》）

喝醉的菊花仙子

"采菊东篱下，悠然见南山。"

这两句诗是我国晋代大诗人陶渊明赏菊时写下的诗句。陶渊明生平十分喜爱菊花。传说有一年的九月九日重阳节，他对着菊花开怀痛饮，也不知道他喝了多少酒，最后，醉倒在菊花丛里。

好多年之后，出现一种发散着带酒味儿的菊花。人们闻到带酒味的菊香，称之为"醉陶"。

"醉陶"是菊花中名贵的品种，栽培出这株名贵品种的人，自然是一个爱好菊花的人，这个人叫马子才。

马子才是顺天人，祖上有不少田业，可就是不种稻谷，而是种植菊花。当地的人都知道，马家祖祖辈辈都喜欢菊花，到了马子才这一代，他就更喜欢菊花了。屋前屋后都种上了菊花，就连天台上也都种上了菊花。屋子里更少不了菊花，花瓶里插的、墙壁上挂的、天花板吊的全都是菊花。马子才不单自己种，还好收集。他一听见有好的品种，不论路有多远、价格多贵，他都要把花买回来。如果遇到别人不肯相让时，他就求爷爷、告奶奶，千方百计弄回来。他这样痴迷菊花，人们也就叫他"马花痴"。

有一天，一个从金陵来的客人，借住在他家。见他家里到处都是菊花，客人也很感兴趣，和他一边欣赏，一边谈笑。他们谈着谈着，客人忽然摇头，叹惜似的说："你家的菊花多是多，只是还不齐全，有些品种还没有。""品种还不全？"这可引起马子才的惊讶和兴趣，他争辩说："我们顺天府的菊花，所有的品种，我这里都有，还不全？"

客人笑着说："是不全，我在金陵就看见过一种翠绿色花瓣的菊花，当地人叫它'绿菊'，这是一个珍贵的品种，可惜你这里就没有。"

客人接着补充说："当然啰，这可是只有名家才能品赏到的呀！"

马子才兴奋起来："这样呀，我就更要去看看了，请你马上带我去，行吗？"

客人见马子才焦急的样子，便说："别急，这种绿菊我表哥家中就有，走不掉的。"

他们约好，第二天就动身上路。

到了金陵，不凑巧，客人的表哥出远门去了，绿菊也收起来了，马子才大失所望。客人边安慰他，边千方百计地为他寻找。还好，上天不负有心人，他们花了大价钱，才买回来两株。马子才把两株绿菊小心包好，准备带回家。

在回家的路上，马子才看见前面有一个风度潇洒的少年，骑着一匹驴子，跟在一辆华丽的马车后面悠然地走着。马子才赶上前去和那少年并马前行。他们边走边谈，互通姓名，马子才才知道，那少年姓陶，在家排行第三，因此叫三郎。

陶三郎在闲谈中，了解到马子才特地到金陵选购名花时，他摇摇头不以为然地说："菊花品种很多，但没有好坏之分，好与坏的不同只是看你怎样去种植栽培罢了。"马子才一听，顿时高兴起来，心想，听他的口气，可能是一个行家，这可是难得的机会。他问三郎："陶先生要到哪里去？"陶三郎说："我们原先住在金陵，我姐姐厌烦金陵地方太繁华，不想住下去，听说顺天地界广、人朴实、气候温和，想到顺天找个清静的地方居住。"

顺天，那不是自己的家乡吗？马子才太高兴了，他连忙说："太好了，我家就住在顺天，我虽然不太富裕，但是有多余的房子，足够你姐弟安居，如果你不嫌屋子简陋，请你将就一点到我家去住，如何？"

陶三郎笑了，说："这怎么好意思呢，等我和姐姐商量商量。"说着便加快脚步，走到马车前，对着车厢内说话。车窗帘子掀起，马子才看见车厢内有一个二十多岁的美丽端庄的姑娘，正对着三郎说话，声音清脆。马子才听到她说："房子简陋点不要紧，要紧的是要有一个大院子。"马子才连忙趋前说："这个，你不用担心，我家的院子大得很。"

回到家，马子才马上把陶三郎姐弟安顿好。他自己仍住在北面的房子里，南面的房子让给三郎姐弟居住。南面的房子有五六间，使三郎姐弟高兴的是，房子前面有一个很大的花圃。三郎不禁高呼，"这可是一个好地方，我们可以大种菊花了啊。"马子才太高兴了，他知道自己可以向种菊的行家讨教了。

陶三郎姐弟住下之后，三郎每天除了打理种下的菊花，也常到北院为马子才管理花圃。过去，马子才种的菊花，有些很快成活，有些却很快枯萎，有些虽然成活，但又缺枝疏叶的开不出花来。可是，经陶三郎帮忙打理后，那些枯萎了的菊花，也都枝壮叶茂地成长起来。

陶三郎的姐姐叫黄英，她为人和善可亲，喜欢和人交谈，常常到北院和马子才的妻子吕氏交谈，帮吕氏做些针线活。很快，她和吕氏就跟亲姐妹一

样融洽。马子才发现,陶家姐弟常常不生火做饭,他就常邀陶家姐弟来家吃饭,姐弟俩也不拒绝,渐渐地就成了习惯。

马子才家的菊花,不论是北院的还是南院的,都长得非常茂盛。秋天到了,菊花成型,各式各样。颜色艳丽的菊花都向人所展开笑脸,一阵阵的菊花的香味弥漫着马家院子,飘过院墙散开在院外。路过的人,闻到菊花香味,没有一个人不称赞说:"好香,好香!"

菊花成型的季节,也是花市最旺的日子,这天,陶三郎对马子才说:"我们经常在你家吃饭,太拖累你了,心里实在过意不去,现在菊花成型,花市正旺,我们有很多的菊花可以出卖一些,也好作为家用,我打算明天就上花市卖花。"

"什么,卖菊花?"马子才吃了一惊,连忙摇头说:"不行,我家一向都只是种菊赏菊,从来没有卖菊的,不行,不能去卖花。"

陶三郎明白马子才看不起卖花的人。他并不气恼,只是微笑着说:"我们卖花,只是自食其力,并不是贪图金钱,就算卖花为生也不是什么庸俗的事,为人当然不能只图繁荣富贵,但也不能使自己贫困潦倒啊,你说对吗?"

马子才低头一想，确实，陶三郎说的大有道理，自己也实在没有什么话可说的。

过了两天，马子才突然听见南院门前人声嘈杂，车声、马声交织在一起，好像赶集一样。马子才不知道发生什么事，急忙走过南院一看，嗬，可热闹极了。南院门前聚集着数不清的人，人们的手里拿着的、捧着的、肩上扛着的，都是一株株、一盆盆鲜艳的菊花。有白菊、黄菊、红菊、紫菊……都是马子才没有见过的。他实在感到惊讶，再看看那些买到花的人，个个都兴高采烈，议论着，笑得合不拢嘴。

马子才急忙进入南院，放眼一望，嗬！早先原来荒芜的院子，现在却是花的海洋，真是五彩缤纷，争妍斗艳，花香袭人！马子才惊奇极了，他再仔细一看，发觉这些种在花圃里花都是他以前丢弃的残枝和没有成活的枯枝，可现在都成了珍品。

马子才心中很佩服陶三郎。

陶三郎见马子才进来，忙请他入屋里。黄英给他们上酒、端菜，忙个不停。当她进入里屋时，马子才望着黄英的背影问陶三郎："你姐姐为什么还不嫁人？"

陶三郎笑着说："这个，不是不嫁，只是时候未到。"

马子才问道："时候未到？那，什么时候呢？"

陶三郎大笑说："你呀。"他又深思了一下接着说："过后四十三个月。"

四十三个月？谁也没有听说过，这真是一个哑谜。马子才不清楚陶三郎说的是什么意思，但又不方便再问。

过了一夜，马子才又到南院，他又吃了一惊，昨天卖出菊花所剩下的枝茎，今天竟然长了一尺多高，而且已经含苞待放了。马子才实在不明白陶三郎是怎么种的，便向陶三郎请教。陶三郎想笑不笑地说："这不是三言两语就说得清的，再说，你又不靠卖花为生，何必去学呢。"

是呀，去卖菊花，马子才的确连想也没想过的呀，他不好再说什么。

过了几天，花市过去了。陶三郎把还没有卖出去的菊花，用蒲席包好，运到金陵去卖。他这一去却一直到第二年春末才回来，回来时，顺便捎带金陵一带有名的菊花品种回来，在花圃种下，等待秋天结苞开花。

陶三郎一边种植，一边卖花，卖了又种，就这样，没有几年，陶家的生活大大改善了，富裕了。他先是建房子，后来起高楼，他没有和马子才商量，就把靠近房子的花畦都变成回廊花栏，接着，又把院墙外一块空地买了回来，砌上围墙，大种菊花，陶家的家业一年比一年兴旺。

陶三郎外出卖花，时间有长有短，有时去一年多也没有回来。黄英就接替弟弟种植菊花，菊花生得更茂盛、更娇艳。

这年，马子才的妻子吕氏因病去世。他独自生活，感到孤单寂寞，看见黄英也是单身一人，马子才有意思想和她结婚成为一家。他几次向她表示心意，黄英只是微笑，不点头，也不摇头，多次问她，她只是说等弟弟回家后再说。

可是陶三郎像是失了踪，总不见他回家。

又是一年过去了，忽然有一个客人从金陵过来，带来了陶三郎的一封信。信中说他同意姐姐的婚事，马子才十分高兴。当他再次翻看陶三郎寄信的日子，他猛然想起，以前和陶三郎饮酒，问起她姐姐的婚事时，三郎说要等过后四十三个月的话，算起来，收到这封信刚好是四十三个月。

不久，陶三郎回来，马子才和黄英结婚了。

黄英成了马家的主妇，就把南、北两院打通，全部用来种上菊花。马子才不太同意黄英扩大种植菊花的举动，他对黄英说："我为人一向是清贫过日，现在要靠你卖花来养活我，这不是笑话吗？不如穷一点，别人求富，我宁愿清贫。"

黄英并不与他争辩，她笑着说："我这样做，并不是贪图金钱，我只是为我的祖先陶渊明争口气罢了。世界上，穷人想富很难，富人想穷却很容易。既然你不愿富，我也不想穷，那么我们分开过好了。"

第二天，黄英搬回南院住。

可是，才过了两天，马子才耐不住独居的寂寞，走到南边院子找到黄英，向她道歉，两人又和好如初。

这年的秋天，又是菊花盛开时节，马子才来到金陵。这金陵是六朝金粉之都，人烟稠密，花市十分红火。马子才少不了到花市遛览观赏。他经过一家花店，店中有一盆菊花令他感到十分眼熟。这盆花，剪栽适宜，花香诱人，耐人欣赏。马子才左观右看，实然醒悟，认得是陶三郎所栽培。他正想向店里人打听，刚转过身来，一个十分熟悉的声音从背后传来："你到底来了！"马子才连忙回头一看，果然是陶三郎。

马子才劝陶三郎回家和姐姐相聚，陶三郎挂记花店没有人照料。马子才劝他："现在家里什么都有了，大可以回家赏菊看花，过过舒心的日子，何必那么劳碌奔波呢。"陶三郎见马子才说得有理，也就同意了，便把花店卖了，和马子才一起回家。

黄英好像早知道弟弟要回来，早已为陶三郎安置好住房，让他舒舒坦坦地过日子。

陶三郎回到家，每日里只是和马子才下棋、喝酒、观赏菊花，他的酒量很大，从来没有见他喝醉过。

马子才有一个朋友，名叫曾生，也喜欢喝酒，酒量也很大，没有人敢和他较量。这天，他来马家，马子才一时高兴，就让他和陶三郎比酒量。他俩也不推辞，你一杯，我一杯地喝起来，也不知他们喝了多少壶酒，直到曾生烂醉如泥，伏在桌上呼呼大睡。陶三郎也醉了，他站起来跟跟跄跄地走到屋外，在菊花圃边一脚踏空，倒在菊花丛中，一下子变成一株比人还高的大瓣菊花。花茎上开着十多朵比拳头还大的黄菊花，花香浓郁诱人。

马子才大惊，急忙去喊黄英，黄英赶来一看："怎么醉成这个样子？"边说边把黄菊拔起，用衣服盖好，叫马子才离开，并嘱咐他，千万千万不要偷看。

马子才忐忑不安地离开了。

第二天天刚亮，马子才就急忙来到花圃旁，使他宽心的是，菊花丛中竟然睡着陶三郎，还没有睡醒呢。马子才这才知道，黄英和三郎姐弟都是菊花仙子，不过，他并不害怕，反而更加敬重他们，爱护他们。

陶三郎自从那次大醉后化菊之后，知道自己已经露了底，就更加放纵地喝酒，并且请曾生作对手放情痛饮。

这年二月十五日那天，是百花生日。曾生带了一坛用药浸过的白酒来邀陶三郎对饮，相约饮完为止，到快将喝完时，两人还没有喝醉。马子才命人偷偷地又加进了一瓶。到两人把酒喝光时，曾生早早醉得西歪东倒，不省人事，他家的仆人把他背回了曾家。陶三郎躺在花丛里，又变成一株高大的菊花。马子才见惯不怪，学黄英的方法，把菊花拔起，用衣服盖上，自己站在一旁看着，他想看看陶三郎是怎么变回人的。可是等了很久，菊花没有变成人，反而菊叶枯黄，菊茎发黄，菊花憔悴了。马子才这才发觉大事不好，赶紧告诉黄英。黄英一听，吓得面如土色，大叫："啊！你害死我弟弟了啊！"急忙赶来一看，根茎已经开始干枯。

黄英十分伤心，她边流着眼泪边用手掐断花茎，把它埋在花盆里，捧入室内，让室温暖着，每天给它浇水，细心照顾。

马子才悔恨要死，他十分怨恨曾生，派人去打听曾生的情况，知道曾生在那天晚上也已经醉死了。

没过几天，黄英培植的黄菊，萌芽了，很快就长大了，开花了，硕大的花朵散发着诱人的酒香。马子才又给它洒了滴酒，花就开得更大、更黄，酒

香也就更浓。

菊花成活了,可是,它再也变不成陶三郎了。

为了纪念弟弟,黄英和马子才给这株散发着酒香的菊花取名为"醉陶"。

当人们传说这神奇的故事,"醉陶"也渐渐成了名花。

(本故事改编自《黄英》)

柳神的献身

蝗虫来了呀！

不好了，蝗虫飞来了！

人们叫喊着，奔跑着，眼见一场大祸害临头了。

果然，大群大群的蝗虫展开双翼，遮天蔽日地从远方飞来，一下子全落到稻田里、玉米地里。原来绿油油的稻海、玉米地，顿时变得墨黑的一大片。伴随着沙沙沙的震耳响声，不一会儿，整片整片田地的稻苗、玉米苞子全被蝗虫吃光了。稻田里只剩下禾秆，玉米地里剩下的也只剩玉米秆，田里、地里只是光秃秃的一片荒凉。

眼看到手的粮食全都没有了，一年的辛劳全白费了，连种子也没有了，人们无可奈何地在田头、地里，对着苍天呼喊。

这一年的秋天，青州、兖州一带大闹蝗灾，千里良田颗粒无收，全部光秃秃的。蝗虫就要大迁移了，就快飞到沂州来了。

沂州的人面对即将到来的灾难毫无办法。

沂州的县官也毫无对策，只有唉声叹气。

那天，县官办完公事，精神极为疲惫，便在衙门的厢房休息。他翻来覆去地睡不着觉，心里老挂记着令他十分头痛的蝗害，总想设法去消灭它。用人赶？用火烧？哪里有那么多的人和火把？都不是好法子。他左思右想，脑子里迷迷糊糊，忽然，有个人来拜访他。这个人头戴高帽，身披绿色长袍，身材高大健壮。他自称姓柳，是一个秀才，他听说县官对蝗害忧心忡忡，特来为县官出谋献策，好解除全县灾害。

县官听了，高兴极了，连忙拜谢，让座，并当即问他："先生有什么好办法？我先代表全县百姓向你道谢。"

秀才说："你先别向我道谢，因为我只能告诉你一个可行的办法，具体怎么做，这就得看你这个县官了。"

县官连忙说："只要你告诉我，就算千辛万苦，我也一定会亲自去完成。"

秀才微微一笑，说："这就好，要记住，明天中午，在县城西南的大道

上,你将会遇见一位穿褐色衣服的妇人,骑在一头大肚子的毛驴背上。你千万不可怠慢这个妇人,因为她是专门管理蝗虫的——蝗虫之神。你去哀求她,只要她应允,就能够避免一场蝗灾。"县官向他拜谢,抬头之间,那秀才不知到哪里去了。

县官疑惑间,醒了,他想:这该不是做梦吧?不过,宁可信其有,不可信其无,是真的还是假的,明天就会知道的了。

第二天一早,县官便预备了酒食、香烛,带领着差人,亲自来到城西南,在路旁苦苦地等候着。

时间将近中午,大道上来往的行人中,并没有一个穿褐色衣服骑大肚子毛驴的妇人。差人们都等得不耐烦了,私下里议论纷纷:这个说一定是县官在做梦,梦里的事哪里可作准的;那个说凡事不能听风就是雨,单凭做梦就相信了;还有人说谁叫我们这里发生这样大的灾害呢……县官这样做也是万不得已啊!差人们虽然议论多多,但是县官不让走就谁也不敢走。

县官也等得腰酸脚痛了,但是,他仍然在等着。

就在县官等不下去的时候,忽然,大路的南面扬起阵阵风沙,传来嗒嗒的蹄声,渐渐地走近了,差人们高兴地嚷着:"来了,来了!"

果然,有一个梳着高高的发髻,身披褐色大披肩的妇人,骑着大肚子的毛驴,从南往北地走过来了。

县官立即点上香烛,捧着酒,朝着那妇人迎拜。那妇人仿佛什么也没看见似的继续往北行,县官慌忙赶前去,牵着驴子不让走。那妇人见县官亲自牵着驴子,不得不停下来,问道:"县官大人,你为什么不让我过去?"

县官诚恳地对妇人说:"我们这里只是一个小小的地方,十分贫穷,眼见到手粮食就要没有了,我们可就无法活了。我知道你有仁慈的心,能够使我们保存下粮食而不致饿死。你可怜可怜我们全县几十万人，救救我们吧，我求求你了。"说着跪下了。

差人们见县官跪下，也都全都跪下了，同声哀求那妇人。

妇人见大家这亲苦苦哀求，起了同情心，说道："好吧，你们这般求我，我就让你们这里的庄稼保存下来吧！只是那个柳秀才，太可恶了，他泄漏了我的秘密，就让他代替你们受过吧！"

县官听说，马上亲自捧上美酒。妇人接过美酒，一饮而尽，不再说话，一提缰绳，放开驴子，一刹那就无影无踪了。

过了不久，果然，蝗虫飞过来了，仍然是一大群、一大片地带着轰隆隆的展翅声，遮天蔽日地飞过来了，人们的心都凉了，都在想，看来还是逃不掉厄运了。

可是，待蝗虫飞走后，人们想看清被蝗虫糟蹋的情景时，猛然间，人们都欢呼起来，他们拍着手，跳着、笑着、呼喊着。他们看见什么了？原来，他们的庄稼仍然是绿油油的一片耀眼，他们的稻谷还在稻秆上轻轻摇摆，他们的玉米还在杆上挺立，偶然垂下像是给人们点头。他们的稻谷、玉米全都还在，全都保留下来了。

只是，当人们向四周一望，才发觉路旁、田边的柳树却变得光秃秃的，断枝残杆，一片叶子也没有留下，全都被蝗虫吃光了。

人们这时候才知道，那个托梦给县官的柳秀才原来是柳神。

有人说，这是县官爱护百姓，他的诚心感动了柳神。

也有人说，这是柳树自我牺牲的精神才使蝗神改变了主意的。

（本故事改编自《柳秀才》）

六、精灵的童话

瞳仁里的小人儿	(《瞳人语》)
莲花公主	(《莲花公主》)
蟋蟀成名	(《促织》)
蛰伏在书中的蚰蜒	(《蛰龙》)
小猎狗	(《小猎犬》)
蝴蝶的申斥	(《放蝶儿》)

瞳仁里的小人儿

瞳子，就是眼睛里的黑珠子，也有写成瞳仁的。这个故事是写瞳仁里的小人儿的。

瞳仁里怎么会有小人儿呢？还是慢慢说吧。

平时，人们都说，眼里生了"挑针子"，一定是偷看了不该看的东西。因此，老天爷就罚他，让他长"挑针子"，丢人现眼。

不过，这算是轻的了。长安城里，有一个读书人叫方栋，是个风流才子。才子嘛，自然是敏学好问、才华出众，凭此，他在城里颇有名气。可是，他的风流也一样出名，他举止轻佻，不讲礼貌，弄得人人都讨厌他。他还有一个毛病，就是每逢在路上看见长得漂亮的女孩子，便要盯在后头，跟着人家走出很远，一点也不害臊。

爱美之心，人皆有之。本来，遇到漂亮女孩子多看上两眼也没什么，可紧跟不舍，那就不应该了。更何况他已是成了家的人，干吗老去纠缠人家呢？这毛病，总有一天要碰钉子的。

这一天是清明节。清明前后，家家户户、大人小孩，都喜欢出门看看明媚的春光，这在古代叫作"踏青"。因此，平素很少出门的大家闺秀，也会借这个机会外出。所以，这天郊外，人来人往，车水马龙，可热闹了。

方栋这天在外边散步，不觉也来到了郊外。正好有一辆小车，挂着绣着各色画图的垂帘，还有流光溢彩的流苏，伴随着身着青衣的女仆，缓缓地走了过来。当中还有一位年纪小小的婢女，骑在一匹小马上，容光照人，美极了。车稍走近，方栋靠上前一看，更是魂不守舍了。原来，正面的垂帘洞开，里面坐着一位年轻的女郎，施了红妆，艳丽绝伦，令人叹为观止。

方栋怎舍得放过这个机会啊！这下子，什么礼节呀、规矩呀，都忘了个一干二净。他眼花了，连魂也飞了，前边看了不够，又到后边去看；左边看了不过瘾，又跑到右边去看。就这么前后左右，围着车子团团直转，一直追出了好几里路。

这实在是太荒唐、太放肆了！

忽然,他听到车中那位女郎把骑马的婢女叫到车子旁边,说道:"替我把车门前的垂帘放下来。这是哪里来的风流癫狂的小子,总是不断地来偷看,实在是太不像话了。"

小婢女把车帘放了下来,横眉怒目,对着方栋说:"这是芙蓉城里七郎的新娘,成亲后回娘家,是你这个酸秀才胡乱看吗?"

方栋虽说在书中便得知芙蓉城是神仙住的地方,可还是舍不得要多瞧上一眼,小婢女更生气了,顺手抓起车轮下边的一把尘土,冲他撒去。

方栋的眼睛一下子被泥尘迷住了,怎么也睁不开,再用手一擦,总算睁开了,可一看,车马都没了影踪,不知上哪去了。

他又惊又疑,转身往家里走去。

到了家,便觉得眼睛不舒服了。只好请人翻开眼皮检查一下,这才发现左边眼睛上长了一个白翳,也就是一个小小的白色斑点。过了一晚,方栋的眼睛痛得更凶了,泪水扑簌簌地流个不停。那小白斑点也慢慢扩大了,几天之后,竟有一个铜钱那么厚,而右边的眼睛,还不止铜钱厚,竟起了旋螺,凸出来了。很快,两只眼睛都看不见了。他急坏了,赶快请大夫。可大夫来了一个又一个,药方开了一帖又一帖,却没有见效的。

方栋是个风流才子。平日,就靠一双会说话的眼睛去吸引别人。当然,他也得靠这双眼睛看书写字、吟诗作对。可现在,却成了个盲人,纵然有潇洒的风度，以及过人的才学，又有谁会理睬他，相反，只是被人看作笑话罢了！

他好后悔呀！不该平日这么不知廉耻、追香逐玉，落了这么个凄惨的结局，实在是太可怕了！

他真恨不得就这么去死好了！

悔不该，不听先贤的教诲，不恪守做人的本分……

有人告诉他，诵《光明经》就能消灾祛难。这可是佛教的经典，是劝人为善的，所以特别灵验。于是，方栋请人找来了经卷，因为看不见，又请人专门教自己诵读。开始时，他心烦意乱，怎么也读不好，不是发错音，就是念错调。可是后来想到要解除这番灾难，他又强制自己坚持诵读下去，久而久之，终于能定下心来，诵读得准确流畅了。

每天一早一晚，他都是盘膝静修，用手捻着佛珠，默默地背诵着经文。

就这样，他坚持了整整一年，把所有的杂念都排除掉了，真可谓做到了六根清净。

终于，有那么一天，他听到在左边的眼睛中，有一个很小的声音嗡嗡地叫："黑漆漆的，实在闷得难受。"

右边的眼睛中，竟有人接白："你可以同我一道做一番小小的遨游，好解解闷。"

方栋渐渐觉得鼻子里痒痒的，有什么东西在蠕动，一会儿，又好像爬出了鼻孔。

过了很久，鼻子又痒了起来，似乎又有什么东西爬回到了鼻子里，而后，这东西好像又从鼻子爬回眼眶。

又有一个很小的声音："好久没到过花园里了，那里的珍珠兰都枯萎了。"

原来，方栋平日很爱好种兰花，家中园子里兰花的品种很多，平日，都是他亲自浇水，园子里兰花香气扑鼻。可是，如今他却很久闻不到兰花的香味了。是呀，失明了，哪还有心思过问兰花呢？

可听到兰花枯萎这个消息，他还是很痛心，立即问自己的妻子："你怎么让兰花憔悴枯萎了呢？"

妻子吃了一惊，反问道："你是怎么知道的？"

方栋便把眼珠子里的小人儿说的话告诉了她。

妻子立刻跑到园子里一看，珍珠兰果然枯萎干死了，不由得大惊失色。

于是，她回到房间中，蹑手蹑脚坐在了方栋的身边，想看个究竟。果然，没多久，就见到两个芝麻大小的人儿从方栋的鼻孔里钻出来，"嘤嘤嘤"地飞去了，方栋的妻子跟着去看，可一下子便看不到小人儿飞哪去了。又过了一会儿，两个小人儿又手挽着手飞了回来，飞到方栋的脸上，就像蜜蜂与蚂蚁一样回到自己的巢穴。

又过了两三天。

方栋又听到左边眼睛里有声音在说："这隧道弯弯曲曲，来来往往，实在是太不方便了，不如自己开个门吧。"

右边有声音回应道："我这边的墙壁太厚了，开门太难。"

左边的又说："等我试着打开这边的门，要是打开了，就可以与你共用了。"

方栋马上觉得左眼眶里隐隐约约有什么被抓裂了一样。于是，他睁开了眼睑，突然眼前一亮，他可以看见茶几上的各样物件。他高兴极了，连忙告诉妻子。

妻子细细看了一会，发现他左眼的脂膜破了一个小洞。里面黑色的瞳仁荧荧闪亮，有胡椒子大小。

又过了一晚，左眼的模糊完全消失了，仔细一看，似有重影。他妻子再细看，发现方栋的两个瞳仁都在一个眼睛里，成了重瞳。而右眼那厚厚的旋螺依然如故，还是看不见东西。

原来是这样，方栋明白了，是那两个小人儿，合住到了一个眼眶里了。

虽说方栋的右眼还是瞎的。只有一只左眼可以看见东西,而且左眼有了重瞳,反而比两只眼睛好的人看得更为清楚。

从此以后,他改掉了自己的风流病,处处很检点。再后来,便成了一位德高望重的名人,乡邻都交口称赞他。

轻薄之徒,想侮辱他人,往往最后是侮辱了自己。

(本故事改编自《瞳人语》)

莲花公主

山东胶州有个叫窦旭的，很有才华。

一天中午，窦君正在睡午觉，朦胧中看到一个穿褐色短衣的人在床前徘徊。那人见到窦旭便现出犹豫惶恐的样子。

"你是谁？来我床前干什么？"窦君问。

那人说他的相公请窦君去一趟。

"你家相公是谁？住在哪？"

"就在附近。"

窦君心里觉得很奇怪，就跟那人走出了家门。

他们很快来到一个地方，只见这里楼阁重重叠叠，美丽的宫女和机灵的内官进进出出，好不热闹。

一会儿，有一个管家上来迎接窦君。

"我们没有什么交往，为什么这样厚待我？"窦君问。

"我家大王知道您出身清白、德高望重，特地要同您见面。"

窦君更加疑惑了。

不久，有两位女官出来，用两面五彩旗子给窦君开路，进了第二道门，便见到那位大王坐在里头。窦君一到，他便走下台阶相迎。

宾主各自客气地施礼后，就在丰盛的筵席上坐下。

窦君这才看到殿上的牌匾上写的"桂府"二字。

"芳邻，很高兴见到你，我们开怀畅饮吧！"

窦君被大王的热情所感染，连声说："好的，好的。"

彼此频频举杯后，有乐队奏乐，管弦声声，幽雅缠绵。那大王忽然看看左右，说："我有一句上联'才人登桂府'，想请你们对下联。"

左右正在交头接耳时，窦君就说："君子爱莲花。"

大王高兴极了，暗里连连称奇："莲花是公主的小名，他怎么对得这样巧？难道他和公主前世有缘？"

他即叫公主出来和客人见面。

"公主?"窦君正疑惑,只见环佩叮当声里,一位年轻的女子悄然而至,真是美妙绝伦、宛若天仙。窦君还从未见过这样漂亮的女子,顿时两眼生辉,心摇神动,呆成了一根木头。

大王举杯敬酒,他竟呆呆地毫无反应。

旁边有人用脚蹭他:"你怎么啦?大王在敬酒呢。"

窦君这才回过神来,双手抱拳表示歉意说:"大王厚待我,我喝多了,失礼的地方,万望谅解。天色已晚,大王你也忙,我先告辞了。"

"好的,你要走,我不留你,以后想来,我就派人去接你。"

送他回家的路上,一位内官对窦君说:"大王说'才貌相当',好像有意同你结亲,你为什么一言不发?"

窦君一听,后悔得连连跺脚……

正在这时,窦君醒来了。

窦君默默地坐在返照的残阳里,回忆梦中的情景,久久不能平静。

夜里,他把蜡烛熄灭,躺在床上,希望重温先前的美梦。可是一夜过去,美梦并没有重现。窦君忍不住又后悔,叹息一番。

一天夜里,窦君和朋友喝了酒,正在睡觉。忽然,上次那内官又来了,说大王邀他去见面。窦君喜出望外,连忙跟着内官走了。当见了大王,他就伏在地上叩头。大王把他扶了起来:请他在旁边坐下。大王说:"分别以后,我知道你很想念我们。冒昧地告诉你，我想把小女许配给你，我想你不嫌弃吧！"

窦君听了连忙拜谢。大王叫学士大臣来作陪。正饮酒，宫女来报告说："公主已经梳妆完毕。"

很快，几十个宫女簇拥着公主出来了。

公主披着红色头巾，迈着轻盈的步子，款款而来。她被宫女扶上猩红的地毯，和窦君礼拜成亲。

晚上，窦君还是心存疑虑，对新娘说："有你在我跟前，我快乐得要命。只怕今日的惊喜，又是一次幻梦。"

"明明我和你在一起，怎么会是梦呢？"公主掩嘴而笑。

早上起来，窦君别出心裁地为公主描眉贴黄，巧施粉黛，又用丝带为公主量细腰。

"你疯啦？"公主笑着说。

"你不知，我被梦捉弄怕了。所以——记下你的模样，即使是一场梦，我以后也能把你的模样想出来。"窦君老老实实地说。

两人正开玩笑，一个宫女慌慌张张地跑来说："不好了，妖怪闯进了宫门，大王已躲进偏殿，大祸临头了。"

窦君万分惊骇，马上去拜见大王。

大王握着他的手哭了起来："你不嫌弃我们，你我正想永结姻亲，不料大祸降临，国家就要灭亡了，怎么办呀？"

"到底出了什么事呀，大王？"

大王递过奏章，窦君见奏章这样写着：

"含香殿大学士臣黑翼，因为出现了妖怪，请求早日迁都，以存国脉。根据太监的报告说：从五月初六日起，闯来一条一千丈的巨蟒，盘踞在宫外，吞食内外臣民一万三千八百余口，所到之处，宫殿楼阁皆成废墟。臣得报后，鼓起勇气，冒着危险，亲往察看，果然见到妖蟒，头像高山，目如大海。它一抬头，宫殿被它吞掉；它一伸腰，城墙便被掀翻。真是千古未见的元凶，万代不遭的大祸！国家命运，危在旦夕！请求大王速领内眷，搬到安全的地方……"

窦君看了惊得魂飞魄散。这时又有宫女来报：妖怪真的来了。

一时间宫殿内外乱作一团，哭声震天。大王浑身发颤，全没了主意，只是说："小女连累您了。"窦君气喘吁吁地跑回来，只见公主和宫女相互抱成团，哭得死去活来，见他，便拉着他的衣襟说："你打算怎么安置我呀！"

窦君强作镇静，握着公主的手说："我家贫穷，只有三间茅屋，你暂时和我去逃难，好吗？"

"你赶快带我走吧！"公主说。

窦君和公主不一会就回到家里。

公主高兴地对窦君说："这里十分安全，比起我老家好多了。只是我跟着你来，父母不知去投靠谁。你能不能盖一栋房子，让全国的人都住在这里？"

窦君顿时面有难色。公主埋怨说："你不为人解燃眉之急，要你这个丈夫干什么呀！"

窦君转身走进屋里。公主还在哭，她扑向床头越哭越厉害，怎么也劝阻不了。窦君急得差不多发疯了，怎么办？怎么办？他用手抹一把额头的汗，猛地醒来了，又是一场噩梦。但公主的哭声还在耳边回响，久久不肯散去。仔细一听，又不像人的声音，只见两三只蜜蜂在枕边飞鸣，嗡嗡嗡，萦绕不绝。

奇怪！奇怪！窦君想。这时他朋友被吵醒了，问他为什么神色不定。他把自己的梦境描述出来，朋友也感到奇怪，举烛仔细寻找那嗡嗡鸣叫的蜜蜂，那蜜蜂缠在衣襟上赶也赶不走。

朋友灵机动，说："是蜜蜂要筑巢吧！快叫人去为它们筑个巢……"

窦君立即请工匠来做蜂房。工匠刚把两扇墙竖起，就有群蜂从墙外飞来，

聚集在一起，蜂房还未合顶，蜜蜂已占大半只蜂房。

　　大家很奇怪，顺着蜜蜂飞来的方向寻找，发现蜜蜂从隔壁老头的花园里飞出来。花园中有一个蜂房已经三十多年了，蜜蜂繁殖得很快。

　　不知谁把窦君家来了一窝蜂的事告诉老头。老头转身就去花园里查看，那只三十年的老蜂巢里已经毫无声息，蜜蜂也没有了。他把蜂巢拆开一看，便见到一条大蛇盘踞在里面，少说也有一丈长。他立即找人把它捉来杀了。窦君这才明白，大王所说的"巨蟒"原来就是这家伙。

　　蜜蜂到了窦君家以后，平安无事，繁殖得很快，很兴旺。也一直没有出现什么异常现象。

（本故事改编自《莲花公主》）

蟋蟀成名

"促织"也就是蟋蟀,小朋友恐怕都玩过。可是,很久很久以前,不仅大人,而且皇帝都迷上了斗蟋蟀。可能大家还没听说过吧,尤其是皇帝入了迷,斗蟋蟀上了瘾,人人都得向皇帝进贡蟋蟀,谁找到一只厉害的蟋蟀,便是了不得的功臣……说到这,小朋友一定会讲,得了得了,你这是讲童话吧,哪有这样的皇帝呢?

这话不假,说来话长了。

那是在中国的明朝,有一个叫宣宗的皇帝,他的年号"宣德"。他呀,不仅仅是蟋蟀迷,而且上了瘾,成了痴。他曾秘密下诏,让苏州知府况钟,给他进贡一千只威猛的蟋蟀——这可是有史可查的。当时,在老百姓当中流行着这样一首民谣:

促织蛐蛐叫,

宣德皇帝要。

由于在皇宫中,上上下下都争相讨好皇帝。因此里里外外都盛行着斗蟋蟀的游戏,年年都得向民间征收这皇帝的宠物。本来,蟋蟀主要产于华东,当然,华中、华南也不少。至于陕西,那里是黄土高坡,又冷又旱,蟋蟀就很罕见了。

偏偏有一位华阴的县令,为讨得上司的欢心,迎合举国上下斗蟋蟀的潮流,也进贡了一只蟋蟀。这蟋蟀试斗了几回,竟十分骁勇。如此一来,上头便责令这个不怎么产蟋蟀的华阴县,年年也照样进贡。这事儿便闹大了。县令雷厉风行,把这差使摊派给各个里长——也就是地保头上。邻里那些游手好闲的家伙,趁机把这当作了发财的机会。一找到威猛善斗的蟋蟀,便精心喂养起来,把价钱抬得高高的,奇货可居呀。里长也另有打算,借此机会也来一番敲诈勒索,干脆向每一户人家按人头摊派,每每为一只蟋蟀弄得老百姓倾家荡产。

华阴城中,有一位叫成名的书生,当了几十年"童生"——那时,你要是考不上秀才,哪怕胡子都白了,也只能是童生。成名为人忠厚老实,却屡试

六、精灵的童话

不中。不料狡猾的里长却看中了他，派他负责征收蟋蟀。成名绞尽脑汁，也没能摆脱这一差使，可征收起来，又不忍心去逼人家，这一来，唯有自己倒贴。别人干这行当发了财，他却不到一年就把家业赔了个一干二净。这一年，眼看征收蟋蟀的日子又到了，他烦闷得恨不得死去了才好。

他妻子劝说道："就是死了又有什么用呢？不如自己去搜寻，万一能得到一只好的呢，总比束手等待要好。"

成名觉得有道理。于是，每天早出晚归，提着竹竿，挎着铜丝笼，在破壁残垣、乱草丛中，到处翻石头、挖泥洞。想尽办法，偶尔抓到两三只，可长得又小难看，根本无济于事。

县里的限令十分严苛，到期交不上就得严加处罚。十来天过去了，成名挨了一百多下板子，被打得皮开肉绽，两条大腿血流不止，很快就发炎化脓了，整日只能躺在床上，动弹不得，哪里还能去捉蟋蟀呢？

成名在床上翻来覆去，痛不欲生，想想没有别的路走了，不如一死了之。

正在这时，村里来了一位驼背的老婆婆，她自称是个巫师，能求神占卜。成名的妻子见丈夫寻死觅活的，便凑了几个钱，去求巫婆占卜。

巫婆的家里已经挤满了人。成名的妻子走进去，只见里间门上挂着帘子，帘外设有香案，供来人点香。来人得先把香点着，挂在香炉上，再跪下叩头。巫婆眼望空中，口里念念有词，应该是代人祷告吧，其他人都诚惶诚恐地站立着倾听。不一会儿，帘子里边扔出一张纸来，打开一看，上面正是叩拜的人所求告的事情，一点也不差。

成名妻子交过钱，也照前边人的样子烧香、叩拜一番。没过一会儿，帘子动了一下，一张纸扔了出来。捡起来一看，上面没有字，只画了一幅画。画上的殿阁俨然，后边有一座小山，山下怪石杂乱、荆棘丛生，一只俗称"青麻头"的蟋蟀就趴在那里，旁边有只蛤蟆，正虎视眈眈。

成名妻子虽不明白是什么意思，可看见上面有只蟋蟀，正合自己心思，便把纸画折好，带回家给丈夫。

成名看着画，自言自语道："这莫非是教我寻找蟋蟀的地方吗？"

再仔细琢磨，这上面的殿阁，很像村东的大佛阁。他一下子来了精神，马上拄着拐杖，带上图纸赶到了村东大佛阁。只见古陵四周，草木茂盛，沿着古陵走，更见乱石嶙峋，和图上画的一模一样。于是，他按着图中所示的方位，慢慢地行走，又竖起耳朵聆听，就像大海寻针一样，心力、耳力、眼力都用尽了，却仍无所获，哪里有半点蟋蟀的影子。

天色渐渐暗下来了，成名有些心灰意冷了。忽地，一只癞头蛤蟆从草丛中猛地蹦了出来。他不由得心中一动，赶紧追了上去。

癞头蛤蟆跳入草丛中，成名蹑手蹑脚，拨开草丛寻找，果然，有一只蟋蟀趴在草根上。他猛地扑了过去，蟋蟀马上一跃钻进了石头缝中。

成名用草秆往里戳，蟋蟀却不出来。幸好他带了竹筒，舀上水，往石缝里灌，终于把这小家伙逼出来了。成名一看，这头蟋蟀果然不错，个头大，叫声脆，雄赳赳、气昂昂。成名立刻扑上去，总算把它抓住了。

细看之下，成名更喜不自禁。这蟋蟀不仅身子高大，而且尾巴修长，脖子青凛凛的，翅膀金灿灿的，非常英武。

一下子，成名举家庆贺，如获至宝。成名把蟋蟀放进罐子里，给它喂螃蟹肉、栗子仁，爱护备至。一直等到期限到来，好交官差。

成名有个儿子，才九岁，趁父亲不在家，出于好奇，偷偷打开了瓦罐上的盖子，想看个究竟。谁知蟋蟀一下子就蹦出来了，一跳跳的，怎么也抓不到。儿子急了，猛扑过去，不料用力过度，一抓，蟋蟀的腿给抓断了，肚皮爆开了，蟋蟀片刻便死了。

这下祸闯大了，孩子吓得大哭起来，忙告诉母亲。母亲得知，面如死灰，大骂道："你这惹祸精，死到临头了，等你父亲回来再和你算账！"

儿子大哭着跑了出去。没多久，成名回来了，听妻子一说，像一下子掉到冰窖里一样，惊呆了。而后，他怒气冲冲，到处去找儿子。可儿子不知到哪去了，怎么也找不到。

左邻右舍也慌了，帮着到处找。

后来有人发现，这孩子投了井。

两口子把儿子的尸体从井中打捞出来，怒气化作了满腔的悲愤，呼天抢地，痛苦欲绝。

两人面对着墙角，饭也不煮，菜也不摘，觉得一点活下去的欲望都没有了。

到了黄昏时分，成名想用草席把儿子的尸体裹起来，好去埋了。一抱孩子，竟觉得他身子还有点儿热气，再一探鼻息，居然还有点微弱的呼吸。夫妻一阵惊喜，忙把他抱到了床上。到了参斗横斜时分，孩子才醒了过来。两口子才稍微松了口气，只是孩子一直神志不清，恹恹地总要睡觉。

成名回头看看那个空了的蟋蟀罐笼，又忍不住唉声叹气，为儿子复生而庆幸的好心情也没有了。是呀，到时候交不上蟋蟀，这一家人，不还是死路一条么？

他一夜不曾合眼，直到天亮，还直直地躺在床上发愁。

六、精灵的童话

太阳升起来了，成名忽然听到门外有蟋蟀在叫。他一下子惊起，冲出门外寻找，居然发现那只蟋蟀还活着，不由得欣喜若狂，扑了过去。一扑再扑，这蟋蟀机灵得很，好不容易抓在手心了，却又觉得手心空落落的，张开手掌，它又迅速地快速逃了。于是，成名又急忙去追，追过了墙角，又不见了那蟋蟀，再到处寻看，他发现有只蟋蟀正趴在端壁上。仔细看去，这蟋蟀个头又短又小，黑黑红红的，绝非刚才的那只。成名见它个小，没放在眼中，仍然左顾右盼，去找刚才的那只，可怎么也找不到了。

说也怪，那只小小的蟋蟀，竟突然跳到了他的衣袖上。它的头像小土狗子，翅膀上有梅花点，头是方的，腿很长，看起来是只好蟋蟀。成名心里稍觉安慰，把它收进了笼中。

可成名心中总有点惴惴的，老怕它不合要求，就想让它去斗一下试试。村里有个少年，养了一只名叫"蟹壳青"的蟋蟀，那蟋蟀凶狠无比，每天同别人的蟋蟀斗，它都无往而不胜。这天，那少年听说成名逮了只蟋蟀，竟径直登门挑战。

他见成名那只蟋蟀又瘦又小，不由得捂住嘴巴大笑起来。成名心中惭愧，见他那只"蟹壳青"，个头硕大，身子又长，心想，自己的绝对不是其对手。

可这位好事的少年竟不依不饶，非要让两只蟋蟀斗上一回不可。成名心想，自己养了这么只差劲的东西也是没用，不如放出来，博大家一笑算了。

于是，他把两只蟋蟀合放进斗盆里。开始时，小蟋蟀动也不动，显得呆头呆脑的。少年又大笑了起来，用猪鬃毛去撩它，它依然纹丝不动。少年再度大笑不已。成名恼了，使劲反复撩它，小蟋蟀这才被激怒了，猛地扑向少年的大蟋蟀，两只蟋蟀相互厮打起来，在斗盆中撞得"嗡嗡"直响。小蟋蟀忽地抓住战机，腾空而起，张开尾巴，翘起长须，准确地一口咬住了"蟹壳青"的脖子。少年吓了一大跳，连忙分开两只蟋蟀，偃旗息鼓，甘拜下风。

这下子，小蟋蟀得意了，振动起翅膀，高傲地叫了起来，似乎要让主人知道。

成名欣喜若狂，与来客一同观赏自己这只心爱的战将。谁知，冷不防一只公鸡扑了过来，对着小蟋蟀就啄，成名大惊失色，大叫了起来。

只见小蟋蟀一跳，就跳出一尺多远。鸡又追了上去，逼得紧紧地，眼看小蟋蟀已到了它的爪下。成名脸都发白了，连连跺脚，这下子太突然了，防不胜防，不知怎么去救蟋蟀才好。

正在这个时候，大公鸡却伸长脖子，扑打着翅膀，急得团团直转，好像生了什么病。一看，竟见小蟋蟀立在鸡冠上，正死死咬住不放。这下子，成

名转忧为喜,连忙小心翼翼地将小蟋蟀取下,放回笼中。

第二天,成名把小蟋蟀带到官府,要把它进献给县令。

县令见蟋蟀这么小,火了,大声呵斥成名:"你这不是成心糊弄我吗?"

成名赶紧申述,说了斗"蟹壳青"、斗大公鸡的事。

县令不相信,于是拿出别人所献的蟋蟀来试试。果然,没一只蟋蟀能斗得过它的。县令又找来了一只大公鸡,一斗,又被小蟋蟀咬住了鸡冠……完全与成名所说的一样。

于是,县令大大地赏赐了成名。不久,县令便把这只蟋蟀献给了抚军。

抚军大喜过望,连忙配上一个金笼子,进献给皇上,并写了个奏折——也就是报告,详细介绍了这只小蟋蟀的本事。

小蟋蟀就这么到了皇宫。由于宣宗皇帝好蟋蟀,宫里进献的都是名牌蟋蟀,什么"蝴蝶"蟋蟀,什么"螳螂"蟋蟀,什么"油利挞"蟋蟀、"青丝额"蟋蟀……无不奇形怪状、勇猛善战。但拿来与小蟋蟀斗,没有一只不被打得丢盔弃甲、仓皇逃命的。

除了这招外,每逢皇宫中演奏乐曲,小蟋蟀还能随着节拍翩翩起舞,更让人叹为观止。

于是龙颜大悦,下诏赏赐抚军名马、绸缎。抚军当然没有忘记蟋蟀从何而来,不久,县令便有了"政绩卓越"的名声。县令大喜过望,免了成名的

六、精灵的童话

苦差事，又叮嘱学使，让成名进了城里继续报考秀才。

只是成名的儿子，还一直迷迷糊糊地睡在床上。

过了一年多，他才康复过来说："我做了一个梦，梦见自己变成了一只蟋蟀，非常灵活、敏捷，骁战善战，直到今天才醒过来。"

又过了几年，成名家便富裕了起来，全家过起了幸福美满的日子。

（本故事改编自《促织》）

蛰伏在书中的蚰蜒

古时候,山东有个於陵县,大约在今天的邹平县境内。

在於陵县有一位书生,姓曲,名银台。这天,他在楼上读书,忽然觉得有一丝荧光在眼前闪动,他觉得很奇怪。可不,这些日子,阴雨如晦,密云不开,大白天都昏沉沉的,好似晚上一样,哪来的光呢?

曲银台凝神看去,果然见一个细微的东西,竟似萤火一般发出冷光,而且曲曲弯弯地蠕动着,留下一线光痕。然而,它经过的地方,却留下很细、却又很深的黑线,就像一种专门生活在阴湿地方的小虫——蚰蜒,每爬过什么地方,就要留下曲曲弯弯的印迹。

这小东西居然爬上了书卷,并且在书卷上盘了起来,不觉间,嗅到了淡淡的焦味,定睛一看它所盘的地方,书页竟焦黄了。

曲银台心中一个声音在说:"这可是龙,蛰伏在书中的龙。"

其实,他也不明白,为什么会认为这是一条蛰龙。

这么一想,曲银台便马上敬重地捧起有蛰龙的书,一步一步地走到了门外,好送蛰龙出去。

然而,他毕恭毕敬地站了很久,却见那小小的蛰龙弓起了身子,一动也不动,丝毫没有要飞腾而去的意思。

曲银台对它说:"莫非您仍怪我不够恭敬吗?"

于是,曲银台又捧着书回到了书房里,轻轻地把书放到了书桌上。

然后,他穿好节日穿的礼服,带上高高的头冠,深深地弯下了腰,向这条蛰龙鞠躬,以表示更大的恭敬。长揖良久,才又捧起书,走出书房,恭送它走。

刚刚走到屋檐底下,就见小小的蛰龙高高地昂起头来,舒展起弯曲的身子,倏地离开了刚才藏身的书卷,横着飞了起来,并发出"嗤……"的一声。

刚飞起时,只是一线很细的光,可飞出没几步远,蛰龙颇为留恋地回过头来,面对着曲银台的时候,龙头便有瓮一般大了,龙身更有水缸粗。

回眸片刻,它又再度掉转了头。随即,一声霹雳炸响了,只见它飞腾而

六、精灵的童话

去，直冲霄汉，消失在一片惊雷疾闪之中。

曲银台回到书房里，再看蛰龙经过的地方，发现蛰龙竟是弯弯曲曲地从书箱中出来的，也不知道这龙在里蛰伏了多久。

(本故事改编自《蛰龙》)

小 猎 狗

"看来我今天又不能好好地休息了!"卫周祚望着满屋子飞来飞去的苍蝇、蚊子,有点无可奈何地叹了一口气。

卫周祚是个什么样的人,他怎么会住在这间龌龊的房子里?

卫周祚是一个秀才,也就是一个经过乡试的书生,可别小看了他,他后来做过中堂(就是宰相)。不过,现在他得认认真真地读书,学好功课。也就为了这个缘故,他嫌家里人口众多、家务繁杂,使他不能安心读书,就特别选择这间屋子——一间寺院专供香客使用的厢房,好让自己静下心来,认认真真地学习。

这间寺院早先香火鼎盛,上香拜佛的人很多。后来换了住持,众多僧人跟随原来的住持云游外省,寺院便冷清下来,倒显得环境清幽,成了读书的好地方。当卫周祚住进来之后,他怎么也想不到竟是这样一个地方:白天,苍蝇、蚊子满天飞;夜晚,臭虫、跳蚤满床爬。一不留意,就让这些东西咬得满身疙瘩、痒痛难挨,真是夜不能寐、日不安宁。

这天,他太疲倦了,正靠着床沿,半躺着身子,迷迷糊糊地、半醒半睡地想着,如果有一支专门猎杀害虫的狩猎队,把这些害人虫剿灭杀绝那该多好啊!

突然,他隐约听见一阵犬吠马嘶从远处传来,声音不大,但清晰可闻。

哪来的犬吠马嘶?他分明有看见,一个大约七八厘米高的小武士骑着一匹跟蝗虫一样大的棕黑色的马儿,头上插着雉鸡五色斑斓的羽毛,身穿皂色的铠甲,臂上套着青色的臂套,肩上栖着一只比苍蝇稍大的猎鹰,威风凛凛跨过门槛,沿着屋子四周跑起来。一时像射出的箭似的飞快,一时又像游山玩水似的任由马儿慢慢溜达,而小武士的双眼却紧紧盯住那些天上飞的、地下爬的苍蝇、蚊子、臭虫、跳蚤,仿佛是侦察兵,或者是即将发布战令的将军。

卫周祚感到惊奇,立即被这奇异景象吸引住了。他屏住呼吸一动不动地想仔细看清楚这个小武士到底想干什么。不料,一阵风似的又进来了一个小武士,这个小武士的装束和先前进来的一样,不同的是他的腰间挂着小弓,背上背着小箭,肩上没有小猎鹰,手里却牵着一只小蚂蚁大的小猎犬,正昂

首阔步踏进屋里来。

这些小武士从哪儿来的呢？来干什么呢？还没容卫周祚多想，那小猎犬向后一吠，霎时间，一大帮走着的、骑着马儿的小武士熙熙攘攘地拥进来。他们同样的装束，同样的肩上栖着猎鹰，牵着小猎犬。

一进屋里，众小武士迅即摆开战场。他们都是箭上弦，刀出鞘，猎鹰腾空，猎犬猛跳，好一场大战。那些苍蝇、蚊子被小猎鹰追的追、扑的扑，中了箭的、被刀劈了的，纷纷掉下地来。那些在床上、地面的跳蚤、臭虫，也被小猎犬咬的咬、啃的啃，死伤了一大片。就连那些躲在墙缝、床隙的，只要小猎犬往前嗅一下，长舌舔一下，小爪掏一下，也都乖乖地滚出来给小猎犬吃掉。

好一场惊天动地的大战！

卫周祚看着这激烈而又有趣的围猎。他看呆了，一动不动地躺着、看着，连那些逃避被围剿的害虫落在他身上也没有发觉。可带头的小武士发觉了，只见他伸手一挥，朝着卫周祚杀来。霎时，卫周祚的身上落满了小猎鹰、小猎犬。它们在他身上跑来跑去，他正想把它们拂掉，却看见它们掀动他的衣服，袖子，把那些躲在他身上的害虫都消灭掉。天上飞的、床上和地面爬的害虫都被扫光了，大战结束了。

这时，另一群小武士浩浩荡荡进来了。带头的是国王，他头戴平天冠，身穿蟒龙黄袍,被小武士簇拥着登上另一张床。床上早已安放好一张精致的小椅子。国王刚坐下,那些参加大战的小武士纷纷把猎物陈列在国王面前,争先恐后地向国王邀功,兴高采烈地笑着、说着,他们说什么呢?卫周祚可一句也听不懂。当一些小武士打扫战场时,国王已经坐上了一辆装饰华丽的小车子,众小武士也都纷纷跨上自己的战马。国王一挥手,只见万马奔驰、猎鹰疾飞、猎犬狂奔,一眨眼工夫,它们全都走光了,屋子里顿时冷清下来。

卫周祚把这一切都看得清清楚楚。他惊奇极了,他想知道这些小武士从哪里来,又到哪里去。他轻手轻脚地下了床,提起脚,出门察看。只见寺院里静悄悄的,地面上干干净净,什么痕迹也没有,就如同没有发生任何事情一样。

卫周祚有点失望地回到屋里,他在屋里前前后后、上上下下又查看了一遍,仍然没有发现什么。

"不是做梦吧?"卫周祚拍拍自己的后脑勺想。突然,他发觉床头的砖缝里好像有一只褐色的东西在匍匐着,难道还有臭虫?他急忙又小心翼翼地用小指头把它从砖缝中掏出来,一看,他惊喜了,原来还有一只小猎犬蜷伏在那里。

卫周祚欣喜地把小猎犬捧在手心里。小猎犬非常温驯地躺着,它长着纤细柔软的茸毛,脖子上套着小环。卫周祚边轻轻地抚摸着它,一边小心地把它放到砚台盒里让它歇息。

他怕小猎犬饿了,便拿来饭粒喂它,可小猎犬只用鼻子闻了闻,掉头走开了。

它不吃饭,吃什么呢?还不容卫周祚多想,这只小猎犬已经跳到床上,从被角、床隙中寻找起臭虫、跳蚤来,找到了就吃掉,吃饱了它就回到砚台盒里歇着,好像这就是它的家。

这天晚上,卫周祚安安稳稳地睡了一个好觉。

天亮了,卫周祚醒来,头一件事就是担心小猎犬逃掉。

他马上起床一看,还好,小猎犬仍蜷伏在砚台盒里。

"还好,它没有逃掉!"卫周祚放心了。

从这以后,每当卫周祚睡觉时,小猎犬就跳到他床上守护着,不让那些害虫再侵扰他。他可安乐了,他对小猎犬的宠爱胜过那价值百万的玉石。

后来,每当卫周祚睡觉时,小猎犬也就蜷伏在他身旁。可是,有一天,卫周祚午睡,他睡得迷迷糊糊地翻过身去,觉得有什么咯在他身下。他突然醒悟,怕压着了小猎犬,急忙起身一看,可不,压在他身下的正是那只他十

分喜爱的小猎犬。可惜,已经被他压扁了,样子就像是用纸剪成的纸犬。卫周祚心痛极了,急忙把它捧在手中,轻轻地吹着暖气,想把它救活。

晚了,小猎犬太小了,它再也没有站起来。

不过,奇怪的是,从此之后,这间屋子再也没有什么苍蝇、蚊子,连跳蚤也没有了,卫周祚也就能安心读书了。

(本故事改编自《小猎犬》)

蝴蝶的申斥

很多人喜欢种花、养金鱼、养小鸟，甚至养猫养狗的，这些都是人们的一种生活方式。只是，嗜好不同，爱好也各不相同罢了，爱好什么东西都不要紧，要紧的是不要入迷。一入迷可就耽误了许多正经事，甚至闹出些奇怪的事来，在山东就发生过这样的事。

在山东省的长山县，有一个读书人，名叫王斗山。他有一种嗜好，就是嗜好养蝴蝶，他家中也不知道收养了多少种蝴蝶，什么凤蝶、粉蝶、绢蝶、蛱蝶……他常对人说，世间上的蝴蝶多着呢，有一千三百多种，这么多种类的蝴蝶，他都想收集起来呢。

王斗山爱好蝴蝶入了迷。风和日暖的日子，他最喜欢到花园中，观赏成双成对的蝴蝶在五彩缤纷的花丛中追逐、飞舞。没有阳光的时候，他就在家中慢慢欣赏养在笼子里的蝴蝶。王斗山有了这个嗜好，为了得到蝴蝶，他到了可以不读书、不睡觉，甚至不吃饭的地步，人们早就叫他"蝴蝶迷"了。

王斗山喜欢蝴蝶，不过是为了好玩。他欣赏蝴蝶，却不爱惜蝴蝶，当他欣赏过了、玩倦了，便随随便便地把上百成千的蝴蝶一起放飞。他看着上百成千的蝴蝶在阳光底下，在花圃丛中飞舞，空中一片五彩斑斓、耀人眼目。他高兴得像小孩子一样手舞足蹈，拍手欢呼，看见他这个样子，人们越发相信，王斗山的确是蝴蝶迷。

后来，王斗山考上了秀才，以后做了县官。做了县官，很多的正经事要等他处理，他可以改改养蝴蝶的嗜好了吧？他非但没有改，反而兴趣越来越浓厚，他每天办完公事回来，头一件事就是欣赏蝴蝶。

王县官喜欢蝴蝶的消息，很快就被百姓知道了，有些人为了巴结他，纷纷给他送来各种各类的蝴蝶。为了得到县官的青睐，有些人甚至前往云南的蝴蝶泉、台湾的阿里山去取来珍贵的品种送给他，这样一来，王斗山可就更忙碌了。他早上看，晚上看，有空时看，没有空就算不办公事也要看，蝴蝶迷县官就这样天下闻名了。

有一天，县里有家婆婆和媳妇吵架。婆婆发怒，走到公堂上状告媳妇不孝顺，请求县官处罚媳妇。王斗山本来就无心办理这种家庭纠纷的小案子，他坐在公堂任那婆婆投诉，似听非听地对跪在地上的媳妇产生了兴趣。那媳妇年轻貌美，这时正在无奈地摆弄着衣带上的一对蝴蝶结。蝴蝶结很精巧很美，它在俊俏媳妇手中摆弄着就像是真的蝴蝶在飞舞。这个蝴蝶迷县官灵机一动，也不管婆婆说完没有，就一摆手，接着对媳妇说："你顶撞婆婆太不应该，本官念你年轻不懂事，罚你三天内上交一百只活蝴蝶来抵罪。"说完便下令退堂。

婆媳两人想不到县官竟然下了这样的判决，她们面对面看了一下，只好回家。媳妇哪里有办法捉到这么多的蝴蝶，只好出钱雇人去捉蝴蝶。

三天过后，媳妇上公堂交上了一百只活蝴蝶。王斗山十分高兴，即时命令衙役将一百只蝴蝶当堂放飞。

被放飞的蝴蝶，一下子飞满了整个公堂，有单飞的、有成双成对的、有上下追逐的，也有停在窗棂上歇息的。一时间，严肃的公堂突然成了一个大花园，彩蝶飞舞，好像上百片锦缎绸片临风飘洒，真是五彩缤纷、鲜艳夺目。片时，飞倦了的蝴蝶又纷纷跌倒在地上，地上一片斑斓，这幅极其少见的奇

景,引得公堂上所有的人没有一个不放声大笑,县官王斗山更是笑得前仰后翻。

人们听到这个传说,也都笑了,纷纷称奇。

从这次开始,人们都知道,王斗山判案的规矩就是:犯罪严重的上交千只蝴蝶,犯罪轻微的就上交百只蝴蝶,上交多少蝴蝶,就看犯人犯罪的轻重来决定。

这样一来,长山县的蝴蝶全被捉光了。犯罪的人,没有蝴蝶,赎不了罪,长山县没有蝴蝶,便只好向僻远山区找寻,或者出钱雇人去捉,或者直接去买了来顶罪。

有一天,王斗山放的蝴蝶太多了,有的落在他的官袍上,有的落在官帽上,回到家里,他的妻子见了,一面为他拂去官袍上的蝴蝶,一面笑着说:"你帽子上的蝴蝶容易飞走,不如用一朵白花代替蝴蝶长驻在你头上,作为一个标志吧!"王斗山妻子一面笑着,一面把一朵小白花插在他的官帽上,王斗山也笑着说:"那好,那我就是蝴蝶王国的国王了。"

他们只顾说笑,却忘记他官帽上的小白花取下来。

就在这天夜里,王斗山梦见一个穿着十分华丽、鲜艳夺目衣裙的年轻女子,从容不迫地向他走来。王斗山没有见过这个女子,感到奇怪,正想问她来干什么?不等他开口,那女子却指着他严肃地申斥:"你这个糊涂可恶的县官,你判案有律例不理,却以交多少蝴蝶作判罪标准。你这个暴政使我无数

的姊妹被你害死，你真是罪大恶极，你虐待生灵是应该受到惩罚的。"话刚说完，就见她两手向上一扬，立即变成一个五彩的大蝴蝶，在他的头上盘旋一周后飞走了。

第二天，王斗山在官衙里喝酒，他一个人一边自斟自饮，一边回想起昨天晚上做的梦。他感到很不自在，心想："是呀，国家的法令可不是儿戏，哪里能够犯了罪的不受罚，却用交蝴蝶来顶罪的呢？自己也太过分了吧。"

他正在想心事，衙役却匆匆忙忙进来报告说："报告县官大人，巡按大人到了，快进县衙了，大人快去迎接。"王斗山一听，说："坏了！"便手忙脚乱地换上官服，戴上官帽，急匆匆地赶出衙门外去迎接巡按大人，他忘记了官帽上还插着朵小白花。

巡按大人进了县衙，刚坐下，一眼瞧见王斗山帽子上的小白花，顿时发起怒来。大声斥责王斗山："你帽子上插的是什么？这就是你见上官的规矩吗？胡闹！"

王斗山大吃一惊，连忙用手在帽子一摸，才记起昨晚上他妻子和他开玩笑的事。他满脸通红，急忙取下小白花，虚心地认错说："大人，小官不小心，戴错了帽子，罪该万死，还请大人恕罪。"

巡按大人说："什么戴错帽子，分明是看不起我吧，哼。"王斗山不敢再分辩，只好不说话。

巡按大人又问："听说你把上交蝴蝶作为刑法，现在，你把小白花也当作蝴蝶了吧？"

王斗山不敢解释，只是低声说："小官实在不敢。"

巡按这才严肃地对王斗山说："你简直是胡闹，国家法律不能这样儿戏，你知错了吗？"

王斗山诚恳地说："我知错了。"

不久，王斗山受到了上级的处罚，他后悔也晚了。

（本故事改编自《放蝶儿》）

七、奇遇的童话

上天摘仙桃的孩子　　　　　　　　（《偷桃》）
神奇的口技　　　　　　　　　　　（《口技》）
神机妙算　　　　　　　　　　　　（《于中丞》）

上天摘仙桃的孩子

每逢春节的前一天,就是大年三十,小孩子们就异常兴奋,吵吵嚷嚷闹着要上街去看热闹,父母也没有不准的,小孩子爱过年嘛。

按规矩,这一天城里各个商行、铺面的老板们,都得高高地搭起一个彩楼。这彩楼,该怎么奢华就怎么奢华,五光十色,攀比着呢。这还不够,各商户还会请来一支支的鼓乐队,吹吹打打前往官府,让那些当官做老爷的也高兴高兴,好显示国泰民安吧。于是,满街都有戏看,这一切活动,统统叫作"演春",大概是庆祝春天热热闹闹来到的意思吧。

因此,孩子们争着上街就有理由了。他们结伴而行,连蹦带跳,不过一挤进人群就不见了人。最热闹的自然是官府门前了,那里人山人海、挤得水泄不通。小孩子钻到当中,一抬头,四面都是人墙,堵得严严的,连风都不透。只知道大堂上坐了四位大官,一色的红衣服,东边坐两位,西边坐两位,互相面对面。孩子们小,也不知道,当然也不管他们是什么样的官,反正,有戏看就行了。只觉得周围人声喧闹,鼓声、锣声、乐器声此起彼伏,两只耳朵都给涨得满满的。

忽然之间,人群中让出一条路来。只见有一人挑着担子,牵着一个披着长头发的孩童,往堂上走去。台下的孩子们见到上去个孩童,自然是兴奋得又是拍手掌,又是吵闹了。这一闹,更听不见那挑担人说些什么了,只看得到他的嘴巴不住地翻动,逗得台上那些官员也不顾体统,大笑不停。

嘿,看来今天会有好戏看了!孩子们欢呼雀跃起来。

果然,有一个穿黑衣的人走到了台前。大声地下命令道:"长官下令了,你快表演戏法吧!"

这一叫,下边也就很快安静下来了。小孩子赶紧闭上嘴,睁大眼,看他能变出什么大戏法来。

那人点头回答道:"好哇,我刚好准备了。"

"那就表演吧。"

"不过,你们想看什么呢?"

台上穿着红色官服的人交头接耳，议论了好一阵，再派人下堂来，问来人："你最拿手的戏法是什么？"

来人回答道："我能颠倒阴阳、错乱季节，变出这个时候不能生长的东西。"

黑衣人马上转告了堂上。

官员们兴奋起来了，互相商量，而后，又让黑衣人走下来，传下命令："你现在就给变出一些桃子来吧。"

寒冬腊月，当官的居然想吃桃子，可真是异想天开了。可来人——我们叫他魔术师好了，听了这要求不由得一怔，却又不得不应诺道："行哇。"

说罢，他把身上的衣服脱下，盖在挑来的一个四四方方的竹筐上面，面有难色，哀怨道：

"你们当官的，真不知道季节。如今冰天雪地，上哪去找得到桃子呢？"

抬头看看大家都看住了他，不由得又叹了口气："可取不到桃子，又怕官老爷生气，这叫我如何是好？"

这时，那披发孩童却开口了："父亲，你已经答应了人家，从小你就教过我。君子一言，驷马难追，这又怎么可以推辞呢？"

台下的小孩也叽叽喳喳地吵闹了起来。

魔术师显得很是为难，踌躇了好一阵时间，才开口应承道："我想来想去，头都想烂了，现在冬天刚过，雪堆得那么厚，在这人世间，又有什么地方找得到桃子呢？找不到，又如何变得出呢？看来，只有天上王母娘娘的蟠桃园中，四季常青，草木不凋，说不定还能有桃子。看来，非得上天去，才能偷到桃子了。"

披发孩童嘻嘻地笑了起来："莫非上天去还有楼梯不成？"

魔术师很自信地回答："不要紧，我有法术。"

他不紧不慢地打开了竹筐，取出了一团绳子，而后把绳子甩散，拉长，不觉竟甩出几十丈长来，找到了绳头。他便提住，使劲往空中一抛……

说也怪，绳子也就悬在了半空当中，似乎上面有什么挂住了似的。没多久，他越抛越高，最后，绳子的另一头竟隐没在云端里了，手中的绳子也就没多少剩余了。

孩子们惊奇得张开嘴巴，头抬得高高地看着。

魔术师把绳子抛完，才把披发孩童叫了过来："我的儿子，你过来！我岁数已经大了，加上身体又重又笨，如今是上不去了，只能让你代替我上去一回了。"说完他把绳子这一端放到孩童手中说："凭这个，你就能上去。"

七、奇遇的童话

孩童面有难色，埋怨道："爹爹你也太糊涂了，就这么一根绳子，又细又长，竟让我攀上去，那么高，高到天庭里。万一爬到半途当中，绳子一断，我只怕会摔个粉身碎骨，连尸体也找不全了。"

当父亲的极力呵哄着孩童，说："没法子呀，我已经失口答应了这些官老爷，后悔都来不及了，只能劳烦儿子你走一趟了。你不要叫苦，要是偷得天上的蟠桃来，官老爷一定会有重赏的，以后就可以为你讨一个漂亮媳妇了。"

孩童听父亲这么一说，也只好遵命了。于是拿住绳子，往上攀，盘旋着上去。他手脚十分灵活，一忽儿，就似一只小小的蜘蛛在丝上爬着一样，很快，便接近了天上的云絮，隐没了，一忽儿，又从云絮隙中现出，还在往高处攀，直达云霄……最后，再也见不到他了。

台下的孩子张大了嘴巴，也顾不上脖子发酸了，睁大眼睛寻找他的踪迹。

好久好久，一点动静也没有。

怎么回事？自然，上王母娘娘的蟠桃园中偷桃，是不会那么快得手的。那就耐心等待吧。

忽然，一个大桃子从云端落了下来，真大，足足有碗口大小。

魔术师伸手把它接住，高兴极了，马上捧着，献上公堂。

堂上的几位老爷互相传看，看了又看，谁也看不出这个大桃子究竟是真

是假。

小孩子也在台下跳起来，想看个究竟。

谁知，这个时候，通往天上的那根绳子也忽然落到了地上，大家惊呆了。

魔术师也吓坏了，大惊失色道："完了！完了！上面有人把我的绳子砍断了，我儿子怎么下得来呀？"

没多久，又一样物体掉了下来，定睛一看，竟是他儿子的尸体。

他抱着孩童的尸体，悲恸欲绝，哭着说："这一定是天上看守蟠桃园的兵将发现了我的儿子偷桃。我儿子的命没了。"

魔术师悲痛万分，含泪将孩童的尸体放进竹筐里，再重新盖上。

然后，涕泪交加，哭诉道："我可怜的孩子呀，老夫就只有你一个儿子！你天天跟着我走南闯北，冬天爬冰卧雪，夏天烈日曝晒，春天沐风栉雨，秋天一脸冻霜，为了谋生，吃尽了苦头，却不曾过上一个好日子，吃过一顿饱饭。今天，不得不听从官老爷严厉的命令，去天上偷蟠桃，可真是祸从天降，连命都赔上去了。我只有把你背回去，好好安葬了。"

于是，走到堂前，跪了下来，对当官的说："为了到天上偷桃子，我儿子把命都断送了。官老爷如果是可怜我们的话。那就赏几个小钱，帮我把孩子安葬好，日后，我当结草相报。"

"结草相报"是中国古代一个典故，是说春秋之际，一名晋将魏颗的故事。由于一位老人把地里的草打成结，绊倒了魏颗的敌人——秦国大力士杜回，使魏颗打了大胜仗。一问，原来魏颗早年曾救过老人的女儿。老人这是为了报恩……

听魔术师这么一说，堂上的官员也吓坏了，不得不各自掏出钱来，送给这位失去儿子的父亲。

魔术师把钱收进褡裢里，缠到了腰上，然后用手敲了敲竹筐，叫着孩童的名字："我的儿，还不出来谢谢老爷的赏赐，还等什么？"

一位头发乱蓬蓬的孩童，用头顶开了盖在竹筐上的布跳了出来，向着北面磕了几个头，头一抬，大家才看清，这就是魔术师那位偷桃的儿子。

台下的孩子们惊奇万分，又是叫、又是闹，此情此景，大家一辈子都忘不了！

这魔术是怎么变的，一直也还没人弄明白呢。

（本故事改编自《偷桃》）

神奇的口技

这天,村子里来了一位女郎,大约二十四五岁,身上背着一个药箱,称自己是位郎中,可治百病。在当时,女郎中本就是件稀罕事,可更稀罕的是,当她望、闻、问、切,似模似样地看完病后,竟说自己不能开方子,要开方子得在半夜问过神仙才行。

半夜会有神仙来指教她吗?大家觉得很奇怪,都想看个究竟,看看到底是怎么一回事?

百鸟归巢,暮色渐渐浓了,这位女郎中却忙碌了起来。看上去,她为神仙的驾临很是费心,诚惶诚恐。她把自己住的小屋子里里外外打扫得干干净净,又把桌椅、窗台,擦拭得一尘不染,然后,便虔诚地恭候神仙的到来。

村里人可不想放过这样好的机会,有的躲在门外边,有的蹲在窗台底下,一个个侧耳倾听,连咳也不敢咳一声。一时间,静得连庭院里树叶落地的声音都听得到呢。

七、奇遇的童话

　　天已经全黑了,女郎中把窗帘也拉上了。里里外外,什么动静也没有。所有人都屏息静气,等候女郎中所说的神仙驾临。
　　夜深了,星月交辉、清风习习,整个村落,都一片寂静……
　　忽然,躲在外边的人清晰地听到小屋里的门帘被掀响了。
　　立刻,传出了女郎中在里边的问话:"是九姑来了吧?"
　　果然听到有人回答:"来了。"
　　又听到女郎中问:"腊梅也跟九姑来了吗?"
　　分明又有一位小丫头回答的声音:"我来了呀。"
　　然后,女郎中、九姑、腊梅丫头三个人,便小声地说起话来,一忽儿这个声音高,一忽儿那个声音尖,一忽儿又在议论什么,絮絮叨叨,说个没完没了。
　　忽然,又听到门帘挂钩"簌簌"作响,分明又被掀动了。女郎中在说:"这回,是六姑来了。"
　　立即,好几个人七嘴八舌地说:"春梅是不是也抱着小家伙来了?"
　　于是,又一位女子的声音响起:"这孩子脾气挺拗的,老是哭闹个不停,就是不肯去睡,非闹着要跟着来。半路上又睡着了,沉甸甸的,好像有千斤重,把我累得够呛。"
　　随即,就听到女郎中殷勤地问候客人,又有先到的九姑问好的声音,还有六姑在嘘寒问暖,以及腊梅、春梅两位小丫头抚慰小孩子的声音,小家伙分明又醒了,在淘气地笑闹着,整间屋子里热热闹闹、人声嘈杂。

女郎中的笑语更响了:"这孩子倒是挺逗的,大老远的,还抱只猫崽来,真招人爱。"

而后,吵闹声又渐渐低了下来,话也不多了。不一会儿又听到门帘响了,一下子,满屋子的女人又七嘴八舌嚷嚷了起来:"四姑怎么才来呀?"

又另有一位小丫头细声细气做解释:"路太远了呢,一千里还多,我同阿姑走了好久,脚都酸了,总算到了。"

接着,又是一片问候声,有人在搬桌椅,有人叫还得添座,所有的声音交错在一起,或高或低,或尖或细,喧闹不已,约一顿饭光景才安定下来。

这时,女郎中才向来人说起白天看病的情形,请诸位神仙开出验方来。

九姑力陈验方须以参为主。

六姑则认为用黄芪才得当。

四姑坚持必须下白术……

几位神仙切磋了足足半个时辰,方才做出定夺。九姑便叫人取来文房四宝。

不一会儿,又传出了纸的"喊嚓"声,把墨笔拔出,将笔帽掷在桌子上的声音,还有磨墨的隆隆似的声响。

而后,便有把笔放在桌上的啪响,又听到了抓药、包药的沙沙声。

片刻,女郎中走到门口,掀开门帘,让等候在外边的病人拿上药与方子。

旋即,她又转身入屋。马上,又传来她与三位仙姑、三个丫头道别的声音。

一时间,小孩子牙牙学语的声音,小猫唔唔眯眯的声音,混在一起,又热闹了起来。不过,九姑的声音清亮悠扬,六姑的声音迟缓苍劲,四姑的声音则娇嗔婉转,加上三个丫头的声音,各有不同的情态与大小,听上去,互相之间绝对不会混淆。

大家在外边听了,都认为是神仙在开方,很是惊讶。

不过,神仙走后,这药方吃下去,却不见得就那么灵验,并不怎么"神"。

其实呀,这只是口技罢了。女郎中不过是借这种手段来推销她的药方而已。不过,这毕竟是一桩神奇的事,她的口技分明要比医术高明得多、奇妙得多!

(本故事改编自《口技》)

神机妙算

从前有个人叫于中丞，大家都叫他于公，被派去江苏高邮县上任。刚到任就碰上有一家绅士的女儿出嫁，嫁妆当然相当多啦。可是这天就让贼人挖了墙洞，全部被偷走了。受害人告到刺史大人那里，刺史派人查了很久也没办法破案。

于公知道了，就下令将城门全都关了。只留下一个门让行人出入，并派了人把守，监视每个进出的人，严格搜查每个人所带的东西。另外，于公又吩咐贴出告示，要全城的人都要回到家中，等候第二天官府派人上门彻底搜查，并表示一定要将赃物搜查出来。

于公又暗中吩咐守城门的负责人：如果发现有人多次出入城门，就马上捉住他。过了中午时分，真的捉住了两个人。不过，这两人两手空空，并没有带什么行李。于公一看他俩，就说："这两个就是真的贼人了！"

这两个人马上跪在地上，磕头连声喊："冤枉呀，我们俩都是老实人，不是贼呀！"

于公沉下脸："你俩还要狡辩，来人！把这两人的衣服脱去。"

差人马上扑过来，按倒这两人，剥去衣服。一抖，马上噼噼啪啪掉下很多珠宝首饰等东西。于公让绅士来认，绅士一看，连忙说："大人，这些东西正是我给女儿的嫁妆。"

原来这两个贼人害怕第二天官府派人上门搜查会被搜着，就急于转移赃物，但是东西太多了，打成行李又怕引起守门人的怀疑。这才偷偷地把赃物藏在衣服里带出城，一次带不了多少，就分几次出城门。

后来，于公又升职做了这地方的长官。

一天的早晨他路过城郊一个县，看见有两人用床板抬着病人，那病人身上盖着大被子，仅枕头上露出头发。头发上还插着一支凤钗，侧着身子躺在床上，旁边有三四个健壮的男人跟着。他们不时地用手为病人把被子塞在她的身下，好像是怕风吹着了病人身体。抬了一阵，两人就把肩上抬的病床放下休息，再换两个人来抬。于公路过看见，心里觉得可疑，就让公差过去询

问。那个男人说:"公差大哥,是我的妹子得了重病,怕有性命危险。所以要立即送她去医治。"

于公往前走了两三里路,他又派了公差去,监视着这些人到底去了哪个村。那公差一直偷偷地跟在这帮人的后面,看着这帮人走进了一个村庄。在一户人家门前,早有两个男人迎接他们进去。

公差立即就把这情况报告了于公,于公回头问这县城的县官:"你们这城中有没有发生过抢劫之类的犯罪?"

那县官答道:"大人呀,我这里很太平,从来没有发生这种事情。"

于公盯着他说:"噢,真的是这样吗?"

原来,这县官下了道很严厉的命令,就是不准老百姓报案,什么案也不准报。谁敢说有什么偷呀,抢呀的,就要受罚,以显示他能使百姓们安居乐业。这样,平民们即使真的家里被人偷了,也不敢说自己被偷、被抢。

于公在城中的驿站里住下后,又派他的随从去暗中查访。果然真的查到有一户有钱人被强盗入屋抢劫,主人还被活活烧死。

于公得知这桩案件,就把那受害人的儿子找来,亲自问他。那个儿子心里害怕,只是说:"没,没有,没有呀!"不敢承认。

于公就说:"我已经捉住了那个带头的贼,关在牢里,你去认一认,看看是不是他?"

那儿子才痛心地大哭起来,连连地叩头,哭着请求:"青天大老爷,请

你替小民申冤呀!为我爹报仇雪恨呀!"

于公问明了这事,心中也有了底,就上县府衙门找那县令。县令只好派出了身强力壮的公差在四更天赶去那个村子,在那屋子里把那帮贼人一网打尽,共抓了八个贼人。

审问之下,那帮贼人就低头认罪了,于公问那些贼人:"那个病妇人是什么人?"

贼人供认道:"我们当晚在妓院里与那妓女串通合谋,把抢来的黄金放在床上,让她装病躺在床上,抱着那些黄金,一直到目的地才分赃。"

大家都很佩服于公这么神速破案。有人问起于公是怎么看得出这帮人是贼?太神机妙算了。

于公说:"这很容易解释,只是人人都不留心罢了。哪有少女躺在床上任由男人把手伸进被子里头的呀?再说,几个男人要几次休息轮换着抬一个女人。可想而知,这肯定远远超出一个女人的重量。旁边的人不住地用手塞着被子,这里面肯定有见不得人的东西。如果这女人真的病得这么厉害,回到家中应该有一个女人出门迎接,但只是看见男人,甚至连一句关心的话也没有。由此,我可以确定这帮是贼无疑了。"

之后,于公罢免了县官,更是受到百姓的称赞。

(本故事改编自《于中丞》)

八、仙境的童话

一日百年　　　　　　　　　　　　（《顾生》）
安期仙岛　　　　　　　　　　　　（《安期岛》）
云里摘星星　　　　　　　　　　　（《雷曹》）
长得好看也吓人　　　　　　　　　（《罗刹海市》）
能走进去的壁画　　　　　　　　　（《画壁》）

一日百年

有一位从江南来的书生，姓顾，在山东稷下做客。也不知道是什么原因，他的眼睛突然肿得像核桃一样大，难受得日夜呻吟不已，又无药可医。就这么苦苦挨了十几天，疼痛才稍为减轻了点。

这天，他想休息一下，谁知一合眼，竟看到了一所高大的府宅，有四五进院落，大门都敞开着，最里边的院落里人来人往，熙熙攘攘，十分热闹。他只是远远看着，辨认不出是些什么人。

这天，顾生又合上了眼，正凝神注目府宅中的一切，却忽然发觉自己已到了这所豪宅里，一连过了三道大门，都没见一个人影。里面分有南厅和北厅，都铺着红色地毯，十分讲究。

顾生稍稍定神，往厅里一看，竟发现满屋都是婴儿，有的坐着，有的躺着，也有的用膝盖爬来爬去，数目之多，数都数不清。

正在惊疑间，有人从房间后边走了过来，看到了顾生，便说："小王子

说今天有远客在门口,果然不错。"于是,便热情地邀请顾生进去。

顾生不敢进去,来人却一再坚持请他进去,并说:"小王子请的客,能不到位吗?"

再三推辞不了,顾生只好随他进去了。

一边走,顾生一边问:"这是什么地方?"

来人告诉他:"这是九王世子的府第。世子得了疟疾,刚刚痊愈,所以今天亲戚朋友全都前来道喜,可见先生真有缘分!"话还没有说完,已经有人急急忙忙跑了过来,催促他们快些进去。

一会儿,他们便来到了一个地方。这里有雕刻精美的楼台,大红富丽的栏杆,一座朝北的大殿。大殿迎面是一排九根大柱子,美轮美奂,气势非凡。

顾生沿着石阶走了上去。

这时,宾客已经坐满了,有一位少年朝北坐着。顾生寻思,这便是小王子了,便在堂上向他行礼,一下子,满堂宾客也都跟着站起行大礼。小王子走下来,拉顾生到东面坐了下来。

开始喝酒时,突然奏起了鼓乐,众多的舞者纷纷登场表演。演的是《华封三祝》的戏文。

说的是,尧帝到他分封的华地——陕西华县视察,在华地守封地的人说:"圣人呵,请接受我三个祝福。"

谁知,守封地的人祝尧长寿,被尧拒绝了;又祝尧富有,也被尧拒绝;再祝尧多生男孩,还是被尧拒绝。

守封地的人说:"长寿、富有、多子,这是所有人共同的愿望,你一样都不想要,为什么呢?"

尧回答说:"儿子一多,恐惧也就愈多;财富愈多,麻烦事也就愈没完没了;这寿命一长,所蒙受的困扰更是数也数不清。这三样都不适合修身养性,所以我拒绝了。"

守封地的人摇摇头,说:"开始我以为你是圣人,却原来竟是个君子。天生万民,必然会各司其职,男孩子有多少就会有多少职务,这又有什么值得恐惧的呢?富有起来,让人分享,这还有什么麻烦?圣人随遇而安,无心求食,就像鸟儿飞行不留痕迹;天下有道,万物便一同繁荣昌盛;天下无道,就独自闲居修身养性;寿高千岁厌世了,便在人间解脱,随白云飘散,化作虚无,没有病、老、死的忧患,也没什么祸殃,那还有什么困辱呢?"

…………

顾生才看了三折戏,耳边便传来客店的主人和自己的仆人叫他去吃午饭

八、仙境的童话

的喊声,而且这喊声像是紧靠着床头发生的,喊个不停。他听得十分真切,心里生怕让小王子知道,便假托要上厕所走了出去。

这才抬起头来,睁开眼睛,发现太阳已正中偏斜了,而仆人正站立在床前,方明白自己始终不曾离开旅舍。

他心里着急要回去看戏,于是,便吩咐仆人关上门离开。

仆人一走,他马上又合上眼睛,发现宫殿还是原来的样子,便急急地沿着原路走了进去。

路过先前有许多婴儿的地方,已经看不到一个婴儿了,却有几十个老太婆,驼着背、蓬着头,在那里坐的坐、躺的躺。她们一见顾生,便恶声恶气地骂了起来:"谁家来的无赖,到这里偷看!"

顾生正纳闷婴儿为何变成老太婆了,被这么一骂,吓了一大跳,不敢还嘴自辩,又急急地快步走回后边的庭院,上殿就坐着小王子。

这时,他惊奇地发现,小王子光光的下巴已长出了一尺多长的胡须了。小王子看见他,笑着问:"你到什么地方去了?这个剧本已经演过七折啦!"

顾生无言以对——不是才一眨眼工夫吗?

小王子拿出巨大的酒盅,要罚他喝酒。

一会儿,《华封三祝》的戏演完了。

有人捧出了椰壳做的大瓢,给顾生敬酒。这瓢大得可以装得下五斗酒。

顾生赶紧站起来，离开座位，表示辞谢："我眼睛得了病，很痛，不敢喝过头，醉了就不好。"

小王子关心地说："你的眼睛不舒服吗？我这里有太医在，顺便给你诊治好了。"

这时，东边座位上的一位客人，马上离座走了过来，用两只手指打开顾生的眼睑，用玉簪点上似胭脂一样的白色药膏，抹在顾生的眼中，而后，吩咐他合上双眼，稍睡上那么一会儿。

小王子命令侍者把他带到里边的卧室里。躺了片刻，觉得床铺软软的，蚊帐里弥漫着一股股温香，不知不觉便熟睡了。

不知道过了多久，他猛地又惊醒了过来。睁大眼睛一看，却发现是旅店中一只狗把油锅舔得当当乱响。

不过，这回他的眼病全好了，一点也不痛了。

再合上眼睛，却什么也看不到了，什么廊厅中的婴儿、老太婆，大殿里的小王子与客人……全都没了。

山中方七日，世上已千年——反过来，这世上一瞬间，小王子那里是否也已一百年了呢？

（本故事改编自《顾生》）

安期仙岛

还是明朝万历年间,有一位读书人,叫刘鸿训,中了举人,又考上了进士,最后,还当上了大学士。

他是山东济南府长山人。当时,大学士被称作中堂,于是别人也就叫他刘中堂。

这一年,他同几位武官与随从出使朝鲜。朝鲜三面临海,刘中堂一到朝鲜,便听说了不少关于海的传说。他听说海洋当中有个安期岛,是神仙居住的地方。他自恃是大使节,便下令:"给我开船上安期岛一游!"

这一下,吓得朝鲜的大臣、幕僚脸都发青了。他们说:"万万不可贸然而去!"

刘中堂不解,问:"为什么?"

大臣不得不告诉他:"这安期岛不轻易与碌碌尘世打交道,只有岛上神仙的弟子,叫小张的,每年到朝鲜一两次。你要去,务必等到小张来时才行。还得向小张提出申请,得到他的认可,才可以一帆风顺地抵达安期岛。否则,便会有飓风把船刮翻,去的人全都身葬鱼腹,没一个能回来的。"

刘中堂吓出了一身冷汗,不再要求马上就去。可是,他上仙岛的欲望一直很强烈,天天在等那位小张到来,真是望眼欲穿。可不,见到神仙,总归能沾点仙气,得不到珍珠瑰宝,也能延年益寿嘛。

过了一两天,朝鲜国王终于召见他了。

他赶紧入朝,心想,一定有好事,没准是小张来了。因为国王是知道他这一愿望的。

果然,朝见国王时,就发现有一个人,身上佩有金光闪闪的宝剑,头上却戴着用棕叶做的斗笠——这装束显然非同一般。这人也很受敬重,居然坐在了国王的殿上。看上去,他不过三十来岁,仪表堂堂、眉清目秀、十分整洁,真是气宇不凡!

一问,他真是小张。

刘中堂赶紧表示:"我实在是太向往神仙们超凡脱俗的生活了。为免除人间诸多的烦恼，如有机会一睹他们的风采，真是三生有幸……恳望小张能玉成此事，了却我平生最大的心愿……"

见他说得十分恳切，小张便点点头："那好吧。"

刘中堂喜出望外，又提出："我的武官、随从能同我一道去吧？"

小张审视了他的武官一眼，说："武官不能去。"

武官气坏了，但被刘中堂用眼一瞪，不敢发作。刘中堂又说："我能不能带几个随从？他们就在外边。"

小张走到殿外，审视了一下随从，最后，只挑出了两位，说："他们两个还可以。"

刘中堂不知道小张挑人依据什么，可只要自己能去，哪还顾得上别人呢？他欢天喜地，心想，此番仙岛一行，一定会大有收获的，也算不虚此生了！

小张很快便下令开船，带上刘中堂和两个随从，向安期岛出发了。

没有人知道安期岛与朝鲜之间有多遥远。上了船，只觉得船在云雾中飞驶，耳边风声呼呼，什么也看不清楚。船不是在海浪中航行，却似在腾云驾雾。船在飘，人在飘，飞呀飞，不知不觉，船也就到达安期岛了。

出发时，朝鲜半岛上还冰霜铺地、朔风凛冽。可一到安期岛上，却春风骀荡、暖意盈盈、日光和煦，漫山遍野开满了五光十色的鲜花，令人陶醉。

小张领着刘中堂等人穿过山花烂漫的小路，来到了神仙居住在山洞中的府邸。

进得洞中，却见三位老仙人在打坐。

东西两边打坐的老人，虽说睁大着眼，看见客人进来，却一点反应也没有，淡漠得似乎不知道有这么一回事。倒是坐在当中的那位起身迎客，相互

行了见面礼。

客人坐下后,这位老人便叫:"上茶。"一位童子立即拿着一个盘子出去了。

山洞外,有一面陡峭的石壁。石壁上,插了一个铁锥。铁锥的尖部,深深地插入石壁。侍童走了过去,拔出铁锥,水立即溢了出来。侍童马上用杯子把水接住,接满一杯之后,又用铁锥把洞塞住。

刘中堂仔细一看,这水的颜色淡淡的,有点绿。接过来,尝了一口。不料这水冰冷刺骨,冻得连牙根都酸痛起来。他怕冷,就没有再喝下去了。

老人不动声色,回头看了看侍童,示意他拿去杯子,把杯中的水喝干净,然后,又回到了原来的石壁下边。

这回,把铁锥一拔,便见有袅袅的热气冒出来。刘中堂接过杯子,觉得好生奇怪,这回的水同上次不一样,香味四溢,热气腾腾,令人醉醺醺的,似乎刚从热锅里装上来的一样。刘中堂想,这一定是仙人饮的琼浆玉液了。

刘中堂便把这水一饮而尽。喝后果然很舒服,浑身一股暖流涌满心房,不由得暗暗称奇。他以为是仙人优待他的,于是趁机提出:"您能否说一说我的吉凶祸福呢?"

老人却笑着说:"我们是世外之人,连人间的岁月都不知道,又怎么知道人间的事呢?"

刘中堂仍不甘心,又问:"不知仙人能否传授延年益寿的方法?"

老人更摇摇头:"这个方法嘛,更不是富贵之人所能做到的。"

刘中堂不好再问下去,便起身告辞了。小张又把他与他的随从带上船去。

又是风声嗖嗖,没过多久,船竟已靠在朝鲜的港口了。

刘中堂又去见了朝鲜国王。他把在安期岛奇异的见闻,一一讲给国王听。

谁知国王顿足长叹："可惜呀，实在是太可惜了！你竟然没饮完先给你的那杯冰冻仙水，那是天上的琼浆玉液，喝上一杯，可以延长一百年的寿命。"

刘中堂这下愕然了。

难怪老仙人说富贵之人无法掌握长寿之术呢，原来是话中有话的。

使命完成后，刘中堂要回国了。临别时，国王赠送给他一件宝物，以表示对中原大国的敬重与友情。

这件宝物，用纸张与绸缎包了一层又一层，重重叠叠，从外边摸也摸不出是什么，显得十分神秘。

国王还反复叮嘱："这宝物，在海中千万不可打开；上了岸，离海近的地方，也同样不可以打开；只有走得远远的，才可以打开看。"

刘中堂与武官、随从乘船离开了朝鲜。上了岸，他心里便有些痒痒的，很想看看那宝物是什么东西。可不，朝鲜与仙人岛相通，这一宝物，一定是仙人所赐，必然会有神奇的作用。求不到延年益寿的法子，能富贵发达也不错。于是，上岸没几步，他就把国王的叮嘱丢之脑后了，迫不及待地打开了宝物。

这宝物，纸呀、绸呀，揭了一百层，还有一百层，一边揭一边往岸上走，心想，离海也算远了点⋯⋯

一共揭了好几百层，这才看到当中是一面镜子。

这镜子有何神奇？

仔细一看，果然里边奇妙得很，海里边的龙宫，历历在目——亭台楼阁，玉宇飞檐，全都金碧辉煌，美不胜收；龙宫里边，龙王的子子孙孙，虾兵蟹将，都在出出进进，热闹非凡⋯⋯

刘中堂还想看到更多的东西，谁知，全神贯注之际，忽然看到，比楼阁还要高的怒潮，从镜子中奔涌而来，片刻便扑到了身边。所有的人都吓坏了，猛抽鞭子，让马飞跑；可这潮水比疾风暴雨来得还快，紧追不舍，马上便要把他们吞没。

刘中堂丢魂丧魄，赶紧把镜子往扑来的大潮扔去。待到潮水吞没了镜子后，马上便回落了，转眼间风平浪静，好像什么也没发生过一样。只剩刘中堂两手空空，呆住了。

后来，刘中堂回到京城便被罢了官，看来做人还是要踏实点儿才好。

（本故事改编自《安期岛》）

云里摘星星

有两位好朋友，一个叫乐云鹤，一个叫夏平子。他们出生在同一个村子里，同在一个地方嬉戏，又同在一个学堂里上学，还共用一张课桌，有什么都不分彼此，好得像亲兄弟一样。

不过，夏平子自小就十分聪慧。读书一目十行，吟诗作对，才思敏捷，十岁便以"小神童"而出了名。乐云鹤虽然不及他的才气，却虚心好学，一有什么不懂，便向夏平子请教。夏平子也很热心，助人不倦。这一来，乐云鹤写文章进步很快，不久名声也同夏平子一样大了。

可是，两人虽说才识过人，却不合当时的科考"八股"，所以，每次赶考，运气都很糟糕，总是败下阵来。

没多久，夏平子染上了疾病，没能治好，早早去世了。家里穷得连安葬他的费用都拿不出来。乐云鹤挺身而出，承担了全部费用，总算让好朋友入土为安。

夏平子死得太早，留下了年轻的妻子，以及尚在襁褓中的婴儿，乐云鹤经常周济他们。虽说自家也不宽裕，可哪怕家里只剩下一斗米，也要分出一半给夏平子的妻儿，这样，夏家的妻儿才得以活下去。

这么一来，文人学士，无不交口称赞乐云鹤的美行懿德。

然而，乐家也没有多少固定资产，还得承担夏家养妻抚子的生活，长年累月，日子也一天比一天难过。他不由得叹息道："像夏平子这么才华横溢，尚且碌碌无为、一事无成地死去，更何况我呢？人生想要富贵来，务必趁年轻的时候。如果栖栖惶惶过一世，恐怕比道上的狗呀、马呀都不如，不如趁早改弦易辙，另打主意，免得辜负了这一生。"

就这样，他便弃文经商，做买卖去了。

果然，他把心思放在生意上，才操持半年，家境便由贫穷上升为小康了，有了些积蓄。

自然，夏家的日子，也跟着好过多了。

他那讲义气、乐助人的习性，一如既往。

有一天，他到了金陵，找了一家旅舍，安顿下来，便上了饭馆，刚好遇到一个人。这个人长得有些特别，身体又瘦又高，身上的筋骨都凸出来，高高隆起。他彷徨了一阵，才在乐云鹤身边的一个位子上坐下，看脸色，栖栖惶惶、愁眉不展，像有什么心事。

乐云鹤不由问道："你想要吃点东西吗？"

那人不说话。

乐云鹤把自己的盘子推到他的面前，只见他用手捧起，狼吞虎咽，顷刻间便把东西吃光了。

乐云鹤立即要了两个人的饭菜给他，他也很快就吃光了。于是，又吩咐店主砍一个猪蹄膀，拿一笼蒸饼来，这可是足足够几个人吃的分量呀，可他也三口两口，风卷残云似的又吃完了。

这时，他才算吃饱，表示谢意："足足三年了，我从来没有吃饱过。"

乐云鹤问："看你，也是一位壮士，怎么飘零落魄到这般地步？"

那人说："我犯了天条，受到上天的惩罚，不能说。"

乐云鹤又问他现在住在什么地方。

那人回答道："陆地上没有屋，水面上没有船，早晨在乡村，傍晚又到城里。"

乐云鹤感叹一番，收拾行李，准备上路。那人却跟着他，依依不舍地不愿离开。

乐云鹤只好向他道别。他却说："你有一场大难，我实在是不忍心忘记你给我饱餐一顿的恩情呀。"

乐云鹤心中很是奇怪，于是便让他与自己一道同行。

途中该吃饭时，乐云鹤又拉他去吃，可他却推辞道："不用了，我一年只需吃几顿饭就够了。"

乐云鹤觉得更奇怪了。

第二天，乐云鹤带着货物过江，不料狂风大作，恶浪滔天，商船给打翻了，乐云鹤与他也一道被风浪打进了江水中。

过了一会，风停了，浪平了，那人背着乐云鹤，踏着波涛走了出来，登上了一条客船，而后，他又一个人破浪而去。过了没多久，他拉来了一条船，把乐云鹤扶了上去，并嘱咐乐云鹤好好躺着，旋即，又跃入江中。

待他在江面上再度出现时，两个胳膊已各自夹着一件货物，扔到了船上。而后，又再跳入江中，反复多次，货物很快摆满了船舱。

乐云鹤感激万分，说："你就像我的再生父母，我哪里还奢望货物能失而复得呢？"

乐云鹤细细清点货物，一件也不少，更加惊喜了，以为遇上了神仙。

可是解缆行舟，那人却要与他告辞了。乐云鹤苦苦求那人留下，他也就只好留下，一同乘船出发。

乐云鹤高兴地说："这么一场大难，我才只丢失头上一根金簪，实在是万幸呀！"话音刚落，没等乐云鹤反应过来，那人便又"扑通"一声跳入了水中，不见人影了。

乐云鹤又惊又急，后悔自己一时失言。可不，这么大一条江，上哪去寻一根金簪呢？简直是大海捞针一样。他忽地发现那人含笑冒出了水面，手中高高举着那根金簪，上了船，递到了乐云鹤手中，说："还算侥幸，总算不辱使命。"

这下子，船上的人全都惊呆了。

乐云鹤与那人一同回到家里，如亲兄弟一般抵足而眠、朝夕相处、形影不离。那人十多天才吃一顿饭，吃起来则饭量惊人。终于有一天，那人又要告别了。乐云鹤坚持不让他走，感于主人的真情，他又留下了。

正好这天，彤云密布、山雨欲来，传来一阵阵雷声。乐云鹤不觉说："这云里边不知道是什么样子？雷又是什么东西？要是能到天上看上一眼，这些疑问就解决了。"

那人笑着说："你想到云里去转悠转悠吗？"

乐云鹤只当戏言，也没放在心上。过了一阵子，他觉得非常疲倦，伏在床上想打个盹。醒来，却觉得身子轻飘飘的，不像在床上了。他睁开眼睛一看，才发现自己已经在云气当中，周围飘着一朵朵像棉絮一样的白云。他吃惊地站了起来，只觉得天旋地转，就似晕船一样，脚下软绵绵的，落不到实地。抬头看看满天灿烂的星斗，就在自己的眼前。他疑心自己尚在梦中。于是，他仔细观察天空，发现星星镶嵌在天幕上，宛若莲子缀在莲蓬当中。满天星子，大的有水瓮那么大，小一点的也有瓦盆大小，再小的也有茶盅一般。他用手去摇摇，大的星子怎么也摇不动；小的则松动了，似乎可以摘下来。他立即随手摘下了一颗，藏在衣袖里。再拨开云彩往下俯瞰，只见地上白茫茫的一片，无边无际，一座座城市，就似一粒粒黄豆大小。不由得有些担心了，要是万一失足摔了下去，只怕会粉身碎骨，再也找不到了。

没多久，又看见两条龙飞腾出来，蜿蜒而至，后面拉着一辆大车。龙尾一摆，便像牛鞭一样"啪"的一声脆响。却见车上有不少大水桶，桶围有好几丈粗，都装得满满的。车上还有一些人，正用勺子舀着水泼向所有的云彩。

  他们忽然看见了乐云鹤,都觉得很是奇怪。
  乐云鹤往他们当中一看,发现那位饭量很大的朋友也在当中,并对大家说:"这是我的朋友!"
  随即把一个勺递给了乐云鹤,让他也像大家一样洒水。
  这时,正是天下大旱,乐云鹤接过水勺,拨开云层,隐隐约约辨认出自己的家乡,便尽情地往下洒水。
  不久,那人对乐云鹤说:"我本是天上的雷公,上回误了行雨,所以被贬到人间三年。今天期限已到,我们必须道别了。说着,拿出驾车的万丈长绳掷到乐云鹤的跟前,告诉他,握住这绳子的顶端由上往下跳,便可以回到地上。乐云鹤有些害怕,可所有的人都说没问题。
  乐云鹤遵照雷公的话,抓住绳头一跳,只听到耳边"嗖嗖"风响,片刻之间,便安然落到了地上。一看,竟已站在自己村子的外面了,而绳子也晃晃悠悠地收入云中,很快不见了。
  此时,十里之外,所降的雨水都很少。唯独乐云鹤的家乡,所有溪流、沟渠,全都涨满了,好一场豪雨!
  他回到家中,看看袖子里,摘下的那颗星星还在。他把星星放在桌子上,白天,星星不过像一块黑黝黝的石头。一到晚上,却光彩熠熠、大放光明,把四壁都照亮了。乐云鹤愈发珍重,把它收藏起来,每当有贵宾来访,便把星子拿出来照明,在星光下痛饮。
  有一天夜里,乐云鹤的妻子面对着星子梳头。忽然之间,星光渐渐变小了,末了,又如流萤一样飞了起来,在空中来回盘旋。她惊诧得张大了嘴,

不想星子竟从嘴里飞了进去，怎么咳也咳不出来了，咽下了肚子。她惊慌地告诉了乐云鹤，乐云鹤也觉得很奇怪。

就在这一夜，乐云鹤做了一个梦。梦见少年好友夏平子来了，对他说："我是天上的少微星……"

乐云鹤心中一惊，这少微星，是传说中士大夫的位置呀，朋友原来在天上这么显赫。

夏平子又说："你对我的真情厚意，对我家人无微不至的关照，我一直忘不了。这回，又承蒙你把我从天上带了回来，可见我们是有缘的。今天，我要成为你的后人了，好报答你的恩德。"

乐云鹤三十岁了，还没孩子，做了这个梦高兴万分。后来，他的妻子果然怀孕了，临产时，满室生辉，就像星星放在桌上的时候一样。为此，他为儿子取名为"星儿"。

星儿聪慧，才思敏捷，十六岁便考上了进士。看来，日后果真会是"少微星"了。

(本故事改编自《雷曹》)

长得好看也吓人

快跑啊,妖怪来了!

妖怪来了,不得了啊,快躲起来吧。

在海外的一座城市里,人们喊着,惊慌地奔跑着,急忙躲避起来。

这时,有一个青年正走在这个城市的大街上。他听到喊声,看见大家都在跑,他不知道发生了什么事,以为也是遇着妖怪了,便跟在人们后面跑。他哪里知道,人们见到他跟在自己后面跑,反而跑得更快了。突然,前面有一个人跑着跑着,一个踉跄,跌倒在地。这个青年赶上去,想把她扶起,跌倒的人抬头一看,两人同时大叫,急促向相反的方向跑开了。

原来,两个人对看一眼,都认为自己看见了妖怪,认为对方是世间最丑最怪的人。

跌倒在地的当地人,相貌十分丑怪。

这个青年,是一个从远方来的商人。他坐的船在海上遇上台风,船翻了。船上的人都失踪了,只有他一人漂流到这里。这个青年叫马骥。

马骥虽然出身商人家庭,但他也是一个秀才。从小他生得容貌俊美,喜欢读书歌舞,常常跟着演戏的艺人,化妆上台演戏。人们见他人生得美、歌舞出众,便送他一个绰号叫"俊人"。

马骥成年之后,父亲年纪大了,不能到海外经商了,便对儿子说:"你读那几本书,饿了不能当饭吃,冷了不能当衣穿。我看你不如代替我,到海外去做生意,一来长点见识,二来赚点钱也好养活家庭。"马骥听了父亲的话,认为父亲说得很对,自己应该自谋生活了,于是他跟着父亲的同伙商人,到海外经商。

马骥遇上了海难。

马骥乘坐的船,在海上遇上十级台风,风紧浪高。商船在风浪中翻了,全船的人都掉下了大海,在汹涌的波涛里各自逃生。只是大海无情,掉下海的人除了马骥都淹死了。只有马骥靠着一块漂浮在海面上的船板,在海上漂流了一天一夜,才漂流到这个城市里。他刚上岸,就被当地的人发现了,还

引起了惊慌。

当地人为什么会惊慌呢?

原来,这个城市的人,个个都丑陋无比。他们就以丑为美,越丑的人就越受人称赞,称为"美人"。对那些漂亮的人,他们反而认为是丑陋的人,认为是妖怪。马骥生得俊美,在家乡被人认为是美男子,称之为"俊人"。现在,在这个城市里,他自然成了妖怪。当地人一见到他都吓得急忙逃走,躲得远远的。

马骥见当地的人都躲避他,他也只好离开人群进入深山。山里有一个破破烂烂的小村子,村里的人大都五官端正倒还像个人的样子。只是他们都穿得破烂,跟乞丐差不多,看样子,他们都是穷人。

这时,人们都在树下休息、谈笑。看见马骥起来,他们立即停止说话,慌失地向后退了几步,又远远地站着、望着,马骥知道他们害怕自己,便不走了,坐在树下休息。那些人见马骥不像要害人,便大胆走上前来,互相打着手势交谈,他们才知道马骥不是妖怪。

村里的人端来酒菜,和马骥边喝酒、边闲谈。马骥问:"你们这里的人,为什么看见我都大惊小怪地跑得远远的,是不是很害怕我?"村里的人听了,互相看看,没有说话。只有一个老人对马骥说:"这个嘛,哎!你先听我说。我们祖辈的人说,离我们这儿二万六千里路远的地方,有一个国家,叫中原国。那里的人都长得奇形怪状，丑怪极了，现在看你的样，你大概就是那个中原国的人吧，我们祖辈说的话该是真的了。"

马骥听了"啊"的一声说："原来你们是说我太丑怪了。"

村里的人抢着说："是呀，是呀，你实在太丑怪了，吓死人了。"

"啊，原来是这样。"马骥又问："看样子，你们并不怎么富裕啊。"

村民道："你不知道，我们这个国家注重的不是才能，而是相貌。做大官的就是最美的，也最有钱财；相貌差一点的做地方官，财产就中等；再差一点的就是平民百姓，家产只略有盈余；像我们这样的相貌丑怪的就只有做下人，只做苦工，也没有什么家产，只够过日子。我们能够生存下来，只不过是为了下一代罢了。"

马骥又问："你们这里是什么国家？都城在哪里？"

老人说："我们国家叫大罗刹国，都城在北边，离这里也只有三十多里路。"

马骥请求村民带他参观都城。

第二天，马骥跟村里人到了都城。

在马骥看来，这个罗刹国真是和其他国家不同，城墙是用黑色的石头砌成的。房子是用黑色的砖块垒成的。房子有十多丈高，但很壮观，只是屋顶不是瓦盖的，而是用褐红色的薄薄的石片盖上去的。那些石块用指甲一磨，会像丹矽涂过似的显出深红色，这可真是一座黑色的城。

他们来到都城的时候，正值国王散朝，他们便站在城墙下站着观看。散朝的官员鱼贯而出，头一辆车子，上面打着罗伞，车上坐着一位官员。村里人说："这是我们的宰相，多美啊！"马骥一看，大吃一惊。这位宰相，两只大耳朵向后长，有三只鼻孔，都朝天长着，睫毛长得像窗帘子似的垂下来，遮盖着眼睛。跟在宰相车子后面有几个骑着马过来，村里人说："这几个是大夫，相貌也很美。"马骥看了又一惊，这几个大夫全部面目狰狞，眼珠突出，上唇向上卷，都是奇形怪状。接着出来的官员，没有一个不是五官不全、歪嘴斜鼻，或者血口獠牙，十分吓人。马骥发觉，官越大，相貌越丑，样子越可怕吓人；职位低的，倒还像个人的样子。

看罢散朝的官员，马骥跟村里人来到街中心。街上的人看见马骥，立即狂呼发足奔走，就像见到魔鬼一般。后来，经过村里人向他们百般解释，街上的人才没有奔逃，但仍然站在远处观望。

马骥一下子出名了。全城的人都知道山村里出了一个相貌最丑的怪人，都想见见他，但又都怕见他。有些官位较低的官员，大着胆叫村里人带着马骥来家做客。可是，当马骥来到时，那些官员家里的女人却害怕得不敢开门，但又在门背后偷偷地往外瞧。村里人带着马骥在城里转了一天，却没有一个人敢请马骥进门。

村里人无奈，打算回到山里去。忽然有一个村里人说："这里不远有一个人做过国王的警卫官。他到过很多地方，出使过很多国家，他见多识广，或者他不会害怕的。"带头的村里人拍拍自己的脑袋说："对呀，我怎么把他忘记了呢。"

村里人们带着马骥去拜访警卫官，果然，这位双眼突出，满脸络胡须，长得像刺猬的官员，很高兴的见到马骥。他说："我年轻的时候，奉命出使外国，到过很多国家，就是没有机会到中原国，感到十分遗憾。我已经一百二十多岁了，我以为没有机会到中原国了，不过，现在我还有机会见到来自中原国的人物。我太幸运了，我太高兴了。我虽然早早退休，不理政事了，但是见到上国的人物，实在令人兴奋。我不能不奏明国王，我明天就上朝，让国王知道。"

警卫长命人摆上酒席款待马骥。他还特别命令歌舞队来酒宴上唱歌跳舞助兴。马骥看见来跳舞的十多个女子个个就像夜叉一般，头上扎着白头布，穿着拖地的长裙，腰上挂着一串奇形怪状的珠子，舞步拖沓，歌声嘶哑。她们边跳边唱，十分卖力，马骥听不懂她们唱什么，只觉得怪声怪气十分刺耳。

警卫官听得津津有味。他笑着问马骥："你们中原国也有这样美妙的歌舞吗?"马骥听了，哭笑不得地苦着脸说："有呀，我们有很多这样的歌舞。"警卫官便请马骥也唱一曲。马骥原来就能歌善舞，不过，他知道这里一切都是相反的。他也用夜叉的舞步，嘶哑而又刺耳的声音唱了一支歌。马骥本来认为只是应付一下警卫官的，哪里知道，警卫官却听得十分用心，还跟着节奏拍起手来，大笑说："啊呀，我从来没有听到过这样令我陶醉的歌曲，真是凤鸣龙吟，多好听啊，我一定上奏国王。"

第二天，警卫官上朝向国王推荐马骥，说是千古也难得一见的天朝人物。国王很高兴，很想见见中原国人。后来，有大臣说："此人相貌过于丑怪，恐怕惊吓国王，不宜召见。"国王也就作罢。

警卫官见国王不召见，他便留马骥在自己家做客。有天，马骥喝醉了，用煤灰把脸涂黑，装作三国时代的张飞，在主人家里拔剑起舞。警卫官一看观骥的扮相，大为惊讶，不禁高声大叫："啊，太美了，实在太美了，明天你就这样去见国王，你一定会得到高官厚禄的。"在酒席上其他的官员也一致说："太对了，这一次国王一定会召见的。"

也有官员赞叹说:"这个人以前那么丑怪难看,现在怎么这样美啊。"

国王听了警卫官的报告,不再犹豫,马上召见马骥。马骥依然涂黑面孔,还在头上插上鸟的羽毛去见国王。这一次,马骥不但受到国王召见,还得到大臣们的欢呼。国王高兴了,便以礼相待。国王问马骥询问了中原国的情况,马骥尽自己知道的一一作答。国王下令设宴招待,酒宴中,国王问马骥:"听说你擅长歌舞,能让我欣赏欣赏吗?"马骥听了,马上向歌舞队借来白头布,白头布上加插鸟的羽毛,穿上拖地红长裙,还在腰间挂上小铜鼓,学着当地古里古怪的歌舞,边跳边唱。国王看得如醉如痴,当即封马骥为下大夫。

国王又在深宫里摆酒款待马骥,让王妃们也见识见识。

过了不久,大臣渐渐发觉马骥的黑脸孔是用煤灰涂成的,是假的,就有意疏远他。他到过的地方,都有人偷偷地看着他,指手画脚地低声谈话,不大乐意和他交往。马骥知道人们在议论他,避开他,他感到被人孤立了,便向国王报告,辞去下大夫官职。最初,国王不答应,马骥三番四次请辞,国王不得已,只批准他三个月的假期,假期满了仍然回朝任职。马骥辞别国王出宫,国王赏赐了他许多财宝,还特赐给马骥一对赤玉莲花,以示宠爱。

马骥回到山村,把国王赏赐他的财宝,除了那对赤玉莲花留给自己做纪念外,全部给了村里的人。村里人欢呼雷动,感谢他的慷慨大方,说他是大大的好人。村长对马骥说:"我们这些被人看不起的山里人,竟然得到这么多的赏赐,我们太高兴了,太荣幸了,为了报答你,我们到海市去买些珠宝回来送给你。"

"海市?"马骥感到新奇,忙问海市在什么地方?什么时候有海市?

村长说:"海市就是海上的集市。集市开市时,四海的鲛人都会来集市出卖珠宝,周边四方十二国的商人也都来这里采购。有时,海上的仙人也会来到集市参观游览。仙人来时,大都会波涛汹涌、云雾遮天。贵人们见这样一般不敢来了,他们要购珠宝,都是交给我们替他们购买。这不,过几天就是海市了。"

马骥问:"怎么知道哪天是海市呢?"

村长抬头望望蓝天,碧蓝的海空上有不少朱红色的海鸟在盘旋飞翔,村长说:"朱红海鸟飞来后,第七天就是海市了。"

马骥问:"能够带我去观光吗?"

村长说:"那太危险了,你也是贵人了,要想买珠宝交给我们去买就行了。"

马骥笑笑,说:"危险?不,我本来就是做海上买卖的商人,还怕什么风浪?"

村长没有话好说,只好答应了。

过了七天,马骥和村民们一起乘船出海。船很大,可容纳数十人。船头是平头的,船四面的栏杆很高。船舱里有十二个水手排列两边在摇桨。船行得很快。到了第三天,船来到一处海云密布的地方,若隐若现的雾海中依稀可见层层叠叠的高楼大厦,高楼下的城墙一截一截的时隐时现。放眼海面,只见无数大小船只像蚂蚁般云集城下。他们便弃船上岸,匆匆入城。

马骥上岸后,才看见城墙高耸,楼顶直插入云霄。像人身高般长的城砖,一条一条地码叠得十分整齐光滑。他们进入城中,商店里陈列的都是奇珍异宝,色彩瑰丽、光彩夺目,全是人世间没有见过的珍宝。

马骥在城中一边看,一边听村长介绍各种珍宝的来历。突然,街上的行人纷纷向两旁闪开,并喊着:"快闪开!东洋三太子来了。"马骥回身一看,一个头戴金龙关头饰、身穿龙袍的英俊少年,策马而来。他一眼瞧见马骥,就问跟随的仆人说:"这人是外地来的客人吗?我怎么没见过?"话刚落,立即就有人跑到马骥面前问:"贵客是从哪里来的?"马骥连忙说:"我从中原国来。"东洋三太子听见十分高兴地说:"中原国离这里有万里之遥,你能来到这里,我太高兴了,我们的缘分不浅啊,欢迎你的光临。"说着,侍从早已牵来了一匹白马,侍从让马骥上马,三太子和马骥并马前行。

他们出了西城门,来到大海边,马骥骑的马突然一声长嘶,跃入水中。马骥吓得大叫,他正想拨转马头时,突然在他面前出现两道笔直的晶莹发亮的水墙矗立两旁,中间一条大道伸向海中央,待马骥回过神来时,他们已经来到了一座十分壮丽的宫殿前。马骥抬头一看,大殿上的金匾题着两个金色大字"龙宫"。这座龙宫用玳瑁作梁,鱼鳞作瓦,水晶作墙,晶莹闪亮,令人眼花缭乱。

龙宫当中的金銮殿上,坐着龙王。龙王头戴金冠,身穿金色龙袍,龙须垂胸,十分威武。大殿两旁,虾兵蟹将整齐排列,阵容森严。三太子趋前禀报龙王说:"父王,我在海市中有幸遇到从万里外来的中原国的贵客,有名的文人学者。他见多识广、博学多才、智慧胜人,是难得一会的贵客。我特地引他来参见父王,也不辜负他到此一行。"龙王见是三太子所荐,又见马骥一表人才,高兴地说:"先生既然是上国的文人学者,想必听说过屈原、宋玉了。借此机会,我请你为龙国撰写一篇《海市赋》以留千古,请先生不要推辞。"马骥本来就是一个秀才,诗词歌赋自然难不倒他,他一时高兴便应承下来。龙王立即命人取来水晶砚台、龙须精笔和香墨白纸。马骥凝思片刻就振

笔疾书,片刻之间立即写成了一千多字的《海市赋》并呈交龙王。龙王读后拍案赞叹:"先生盖世方华,为我龙国增添无限光彩,佩服佩服。"

龙王命人在彩霞宫大摆宴席款待马骥。席间,龙王看着马骥,越看越喜爱。他对马骥说:"我有一个心爱的女儿,尚未许配人家,现今你远道而来,实在是一个好缘分,我有意把女儿许配给你做妻子,不知道先生你是不是同意?"马骥听了十分高兴,连忙离席向龙王下拜说"多谢龙王的厚爱,我非常乐意做你的女婿,请受我一拜。"龙王大笑说道:"好啊,今日就是良辰吉日,你们就成亲吧!"

龙王立即向身旁的侍卫说了几句话,侍卫立即向皇宫走去。不一会儿,就听见鼓乐齐鸣,灯光通明,紧接着,几个穿戴彩衣的宫女,搀扶着头戴珠冠,身穿大红衣裳的龙女向宫殿走来。乐队吹奏起婚礼进行曲,马骥和龙女并排齐齐向龙王行了跪拜大礼,马骥偷偷地看了龙女一眼,看见龙女天仙般美丽,心中有说不出的快乐。

马骥和龙女成了亲,龙王封马骥为驸马,并把他写的《海市赋》送给东海、西海、南海、北海的龙王传诵。四海的龙王都派人前来祝贺,送来了大量的珍贵的珠宝,并邀请新婚夫妇到四海的龙宫参观游览,马骥接受了邀请,花了四天时间,游遍了四海。

马骥和龙女在龙宫愉快地生活,不知不觉三年过去了。

八、仙境的童话

这天,马骥和龙女在花园中散步。花园当中有一株玉树,树干晶莹,树心像珍珠似的呈现乳黄色,碧绿的叶子洒下浓荫。玉树上栖息着各种娇小玲珑的小鸟,各种各样的鸟声此起彼伏,就像是一首交响光典。可是,其中有一种鸟声叫声凄婉,如泣如诉,引人遐思。

马骥听见这种鸟声,不觉动了思乡之情,他想起家中年老的父母,想起家乡众多的乡亲。他想,是应该回家去看看了。他对龙女说:"我漂洋过海,离开家乡好多好多年了,和父母相隔万里不能相会,我十分想念他们,我想,他们也都渴望见我。我在这里生活虽然很幸福,但我无法忘记父母,我不知道你是不是愿意和我一同回去探视我的父母?"

龙女听了也很动心,但又伤感地说:"是呀,做儿子的就是远隔万里,也应该回去看望父母,作为一个儿媳妇,我也应该和你一同拜见公婆",只是,龙女有点无可奈何地说:"只是我和你仙界人间道路阻隔,我没有法子和你同去的啊。"说着,龙女流着泪说:"我不忍心抢走你与父母团聚的欢乐,你应该回去,让我想想法子吧。"马骥听了也十分不乐。

第二天,龙王召见了马骥,对他说:"我听说你很想念父母,作为人子,你应该回去,我不会拦阻你的。你就打点行装,明天起程回家吧!"马骥流着眼泪对龙王说:"我孤身一人流落海外多年,多谢您对我的宠爱,使我有栖身的地方,您对我的恩德我永远也无法忘记,希望以后还能拜见您。"

晚上,龙王设酒与马骥话别。马骥实在舍不得和龙女分别,想和她约定再次相见的日子。龙女低声说:"唉,我想,我和你的缘分已经完了,再次相会恐的不能如愿了。"马骥听了,不由得痛哭起来。龙女劝他:"你想念父母,是作为人子的孝心,应该回去。再说,人生在世总是有聚有散,有离有合的,就算相聚一百年,在历史的长河里也只不过是一朝一夕的事,你又何必眷恋着早晚相聚一起呢?哲人说过,人分两地,心在一起,就是最幸福的了。"

龙女又告诉马骥:"我已经有了身孕了,请你先给孩子起个名字吧!"马骥又悲伤又欢喜地说:"要是生个女儿,就叫她'龙宫';要是生个儿子,就叫他'福海'吧。"说着,马骥把罗刹国国王送给他的赤玉莲花,交给龙女作为将来父亲与孩子相见的证物。龙女轻轻地接过赤玉莲花,深情地嘱咐马骥,"记住,三年后的四月初八,你坐船到南岛来,我会把孩子交回给你。"她又递给马骥一个精致的白皮袋子说:"里面装的珠宝足够你几代人用的。"

天色微明,曙光初现,马骥拜别龙王。龙女用白羊拉的车子,沿着海水分开的大道,送他到海边。马骥告别龙女上岸,龙女说了一声:"珍重!"调回车子走了。转眼间,海水聚拢,茫茫一片,马骥再也看不见龙女的身影了。

自从马骥出海经商之后，多年来，家人一直没有他的音信，几经打听，终究得不到回音，他的父母以为他早已葬身大海。现在，突然看见马骥回来，并且带着许多奇珍异宝，又惊又喜。亲友们听见马骥回来的消息，都齐来问候。

马骥的父母见儿子平安回来，很想为他娶媳妇成家，但被马骥拒绝了，马骥告诉家里，说他在龙宫已经娶了媳妇，成了家了，可是，家里的人都不太相信。

马骥谨记龙女的嘱咐，三年很快过去了。到了四月初八那天，他坐船来到南岛，南岛海面波涛不兴，他把船划到海上，突然，他看见两个十分可爱的小孩子，正坐在海面上拍打着水波嬉笑玩耍，既不漂流也不下沉。马骥急忙把船划到小孩子旁边，一手一个把孩子拉上船来。使他惊喜的是，他拉上来的竟然是一个男孩，一个女孩，两个孩子的头上都戴着花帽子，花帽子上别着一支赤玉莲花。

男孩子身上有一个背囊。马骥把背囊打开，里面有一张彩笺，那是龙女写的信。信中说："公公婆婆都好吧？代我向两位老人家问好，和你匆匆一别，转眼已经三年，仙凡两地相隔，信息难通，只是在梦中相见。别后两月，竟然生下一对双胞胎，现在已经会走会跳、会说会笑，自己会去寻枣拿梨，不用母亲也可以生活了。现在把孩子送回给你，帽上的赤玉莲花，原是你留下的信物，现作为凭证。我很好，别挂记我，但是使我感到遗憾的是，公公婆婆只能见到孙子孙女，无缘见到儿媳，不过，一年之后，婆婆去世时，我会到坟前拜祭，表示儿媳的一点孝心。"

信的结尾，龙女还写道："龙宫长大后，还有机会见到母亲；福海长命，他会有和母亲来往的机会。"

马骥把信读了又读，看了又看，他流着眼泪对着茫茫大海，一遍又一遍地呼唤着龙女。直到两个孩子搂着他的脖子，嚷着要回家时，他才无奈何地恋恋不舍地调转船头回家。

一年之后，马骥的母亲果然去世了。当灵柩抬到墓地前，有一个美丽的少妇身披重孝来到坟前，倒身下拜。众人正愕然地看着她，突然狂风大作、乌云密布、雷声隆隆、电光闪闪，一场暴雨铺天盖地地倾泻下来，大地现时成了一片汪洋。家人再看坟前时，那美丽的少妇已经不见了。

原先预种下的松柏，本来大都枯萎了，经过暴雨一浇，又全都成活了。

只有马骥心中明白，刚才那个身披重孝前来拜祭母亲的少妇正是龙女。

福海和龙宫渐渐长大了，福海常到海边玩耍，他非常想念母亲。有一天，他突然跳入大海，人们无法找到他，正忧心时，他却回来了。家人问他去了哪里？他说他去找母亲。龙宫是个女孩子，她也非常想母亲，但是她下不了海，只有在房里哭泣。

有一天，龙宫正在哭着的时候，突然黑云密布，大白天的像漆黑的夜晚。龙女匆匆地走到龙宫面前，她搂着龙宫说："女孩子大了，就快成家了，也该懂事了，你还哭什么呢。"龙宫听了母亲的话，破涕为笑。龙女送给女儿一株玉珊瑚树、一包龙脑香、一百颗夜明珠、一对八宝钻金盒子，作为她将来出嫁的嫁妆。

马骥听见龙女的说话声，急忙跑来，握住龙女的手，默默相对无言。龙女只说了一声："请多珍重！"就在隆隆的雷声中消失了。

(本故事改编自《罗刹海市》)

能走进去的壁画

画，无处不在。

人们喜欢看画。那画中的花呀、草呀、人物呀、动物呀，甚至一山一水都会使人受到熏陶，引发人们许许多多的想象。这些想象有些是真实生动的，有些却是幻想的。也许是生活中没有的，但又使你觉得是确有其事的。

江西有一个朱举人，他看了一幅很美丽的壁画，心中产生了幻想，还经历了连他自己也不相信的事来。

那一年，朱举人和他的一个叫作孟龙潭的同乡一起到京城去游览。

京城有很多可游览的名胜古迹。他们到了京城，便一一进行访问游览。什么阅古墙呀、五龙寺呀、石佛洞呀，什么鼓楼、钟楼、孔夫子庙等都游览了一遍。他们游来游去，觉得所有的游览胜地都是人来人往、熙熙攘攘的。他们感到有点烦，于是便想找一些清静的地方走走，好换换口味。

这天，他们来到北郊，路过一间庙宇。这座庙宇坐落在山坳树林中，有点冷落孤单。庙不大，外表也不威严。庙中没有多少香火，游人也不多。他们一来走得累了，二来觉得这里也还清静，于是便走了进去。

庙里，大殿静悄悄的，没有人上香，只有一个须发皆白的老和尚在香案前打坐。老和尚见客人来了，便整理一下僧袍站立起来，双手合十说道："阿弥陀佛，施主从哪里来？"

孟龙潭还了礼说："我们从江西来的，特地到这里来参观拜佛，献上些香火钱。"

老和尚说："多谢施主，请随意参观。"

大殿上供奉的是志公佛像。像不大，但面目慈祥，端坐在帐幔后，金身显得有点暗淡。他们上香参拜完，老和尚便引他们去参观大殿东西两侧的壁画。

他们来到东侧壁的壁画前，原来，展现在他们面前的是一幅极为生动的"天女散花"图。他们立即被画中栩栩如生的人物迷住了。只见，在一座百花园中，百花绽放，红绿相间、五彩斑斓十分引人，仙女们在百花丛中有的俯

下身子采摘花朵,媚态诱人,更多的仙女却是手挽花篮,把花朵撒向空中,一时间,落花飘飘,满地缤纷。仙女们边撒花边调笑,形态各异,但都风韵潇洒。孟龙潭两人看得入迷了。

忽然,朱举人发现在众多的仙女中,有一个长发垂肩的少女特别引人注目。她手中拿着鲜花,眼含秋水,面带微笑,一张樱桃小口微微张开,好像正在叙说什么。

朱举人目不转睛地看着,看着看着,他竟然恍恍惚惚得像腾云驾雾似的飘然进入到仙女们中去。

仙女们撒完花,嬉笑着簇拥着向后面院子走去。朱举人也跟在后面走,但是,不知怎的,他却走到了一座十分庄严的法坛前,法坛上有一位身披袈裟、白须垂胸的老和尚在说法。法坛的四周,有很多袒露右肩的和尚,团团围着老和尚,静静地听他说法。而在众和尚的后面还有许多的男女信徒,也站着听。朱举人跻身在这些信徒当中听讲。朱举人不是佛家子弟,也不是信徒,他也听不清楚老和尚说些什么,他只是心不在焉地听着。

忽然,他觉得自己的衣袖被人拉了一下。他连忙回头想看看是什么人在拉他,使他惊喜的是,拉他袖子竟然是那位长发垂肩、手中拈花的少女。

那少女见他回头看着自己,便微微一笑,招招手,迅即退出人群走了。朱举人不由自主地立即跟着她走去。少女并不回头,径自穿过曲径花廊进入了一间小房子。朱举人跟着她走到小房子前，门虚掩着，朱举人不知道这房子是什么地方。贸然进去不大合适，不进吧，那少女又早已进去了，他正在犹豫。不等他多想，那少女却从门背后，伸出仍然拈着花朵的小手向他招手，朱举人心中大喜，便什么也不顾，快步进入小房子。

　　房子里静悄悄的只有他们两个人。朱举人刚进门，那少女迅即掩上门走到他面前，好像相识了很久的老朋友似的说着话。也不知他们谈了多久，突然，门外传来了一阵杂乱的脚步声，谈笑声，嘻嘻哈哈地把门推开，一群天仙似的少女冲了进来，一把推开朱举人，把垂发少女围在当中，笑着说："这小妮子有了意中人了。"不等垂发少女分辩，便给她挽了双髻，插上金簪，高声笑着说："我们不打扰你俩了，祝你们快乐。"说完，就一窝蜂似的走了。她们是突然而来，又突然消失了。

　　朱举人觉得幸福极了。

　　就在这时，门外突然传来了咔嚓咔嚓的沉重的脚步声，咣当咣当的铁镣声，夹杂着人群的吵闹声、哀叫声，从远到近地来到门前。

　　朱举人和少女大惊失色，惊慌失措地从门缝中向外偷看。

　　门外面，一个身躯高大、身穿金甲的武者，漆黑着脸，左手拿着铁链，右手提着铁锤，对着站在他面前的一群少女，把铁锤往地上一锤，大声吆喝道："你们全都到齐了吗？"

　　"全都到齐了！"少女们个个脸色惨白，声音颤抖着回答。

　　武者大声说："好的。全都到齐就好，你们知道，这里不准有任何一个凡间的人，如果有哪一个胆敢私藏凡间人，你们要立即告发，不得掩护，免得自找麻烦。"

　　少女们齐声应道："是，我们没有私藏凡间人，谁也没有这个胆子。"

　　"没有就好！"武者一面说，一面环顾四周。他用两只鹰似的眼睛紧盯着房子，好像就要迈进房子。

　　少女吓得要死，脸色惨白，声音颤颤地对朱举人说："你赶快躲到床底下去，快。"她边说边打开后壁上的一扇小门，仓促地跳了出去。

　　朱举人躲在床底下，不敢呼吸，更不敢咳嗽。静寂中，他听见房门被打开了，一双大脚沿着房子四周走动。在床边停留下来，朱举人大气不出地蜷伏着。

　　也不知经过多少时间，朱举人听不到脚步声了，心想，那武者该走了吧？他稍微放松一下，麻痹了的肢体，等候着那少女来救他。

　　孟龙潭在东壁前观画，他太用神了，连朱举人去了哪里也不知道。他问

老和尚:"我的同伴到哪里去了?"

老和尚微笑着说:"他呀,他去听经了。"

孟龙潭又问老和尚:"他去听经了?他不是佛门信徒,他能到哪里去听经?"

老和尚捻了捻白须,仍笑着说:"他去听经的地方不远,不过,他也应该回来了。"说着,他用手指轻轻地扣扣壁画,喊道:"朱施主,该出来了。"

老和尚刚说完,壁画上立即显现出朱举人的身影,并且侧着耳朵在听着。老和尚又喊道:"朱施主,你该出来了,你的朋友等候你多时了。"

随着老和尚的喊声,朱举人竟然从壁画上飘落到地面。他垂头丧气,呆若木鸡,双腿发抖就要倒下。孟龙潭连忙把他扶住。等他回过气来,才问他发生了什么事。朱举人便把经过的情形一一说出,并说到他蜷伏在床底下不敢乱动,正在难受时,忽然听到雷声似的敲门声,他急忙冲出门外,不想却落到地面。

孟龙潭感到很惊奇,还没有说什么时,却发现朱举人双眼仍死死地盯着那幅壁画。孟龙潭也就认真看起那幅"天女散花"图,这才发现画中那位手拈鲜花的少女,已经梳起双髻,不再长发垂肩了。

朱举人万分不解,连忙问老和尚:"老法师,这到底是怎么一回事?"

老和尚仍然微笑着说:"施主,幻境都是由人的内心所产生啊,贫僧怎么能解呢!"

朱举人得不到解释,但又想念着画中那位梳着双髻的女子,他迷惘不安,孟龙潭听了老和尚的说法,也无法理解。

两个人只得告别老和尚,带着迷惘,走出了庙门。

朱举人的故事很传奇吧!

(本故事改编自《画壁》)

九、神明的童话

龙王太子的礼物　　　　　　　　（《余德》）
目光如炬的鹰虎神　　　　　　　（《鹰虎神》）
会飞的绿衣女郎　　　　　　　　（《绿衣女》）
张飞显灵　　　　　　　　　　　（《桓侯》）
石神　　　　　　　　　　　　　（《石清虚》）
水神　　　　　　　　　　　　　（《张老相公》）
齐天大圣　　　　　　　　　　　（《齐天大圣》）

龙王太子的礼物

在武昌，有一位叫尹图南的人。他在外边有一栋别墅，平日很少打理，专门租给别人。

这半年，是一位秀才租了，因是手下的人办理的，他也一直没有过问。有一天，尹图南正好在别墅门口遇上了这位秀才。很惊讶人家竟是这么年轻，容貌姣好、仪表堂堂、衣着整齐、十分得体，而且有华丽的马车。于是，尹图南便走上前去攀谈。

这位秀才谈吐不俗，很有涵养。尹图南想，如今，这么脱俗的人实在难得。回到家里，与妻子说起。妻子作为女主人，便打发丫鬟带上礼品，找个借口前去问候，表示关怀，顺便打探一下，看看这位秀才把屋子摆设得怎样。

丫鬟回来后很是兴奋地禀告，说屋里有一位丽人，美丽、俏俊、容貌出众，比仙女还要光彩四射。屋子里，全是奇花异石、裘服古玩，都是她未曾见过的。

这下子更引起了尹图南的兴致，他猜不透这秀才是何许人也，就决定登门拜访。

可不巧，他去的这天，秀才刚刚出门。

没料到第二天，这位秀才竟很有礼貌地来回拜。

打开名片一看，才知道他姓余名德。

两人又交谈了起来。尹图南有意无意地问及他的阅历，以及出身门第，余德总是有意回避。尹图南索性直来直去，余德便说："先生想与我彼此交往，在下不敢推辞。你应当信得过我绝非盗贼逃亡在外的人，那又何必硬要知道我的来历呢？"

一番话，说得尹图南面红耳赤，只好连声表示歉意。

尹图南忙下令上酒设宴，款待这位余德。

席间，两人无所不谈，天文地理、日月星辰，都谈得十分投机，还不时拊掌大笑，开心极了。一直谈到黄昏时分，有几个仆人牵着马，挑着灯来接余德了。仆人扶余德上了马车，便簇拥着他往回走了。

第二天,余德打发仆人送来了请柬,说要答谢房东。

尹图南正想去看个究竟呢,于是如约前往。

他来到了余德的家,只见房子四面墙壁上,都用明亮发光的白纸裱上了,洁净得好像四面全是镜子一样,一尘不染。一只用金子做的狮子形状的暖炉,正点着散发出异常芬芳的香味。一只碧玉雕的花瓶,插了两支凤尾,还有两片孔雀的羽毛,都有两尺多长,奇丽炫目。还有一只水晶瓶子,浸了一树粉红色的花,不知道是什么名字——似乎有点像珊瑚吧,也有两尺多高。可它却有垂枝伸到了花架外边,并且把花架盖住了,稀朗的枝叶上缀满了含苞待放的花骨朵儿。那花朵有如被雨水打湿的蝴蝶,收敛起了双翅,花蒂则似长长的触须。

筵席桌面上,摆放了八个盘子,盘子里的食物丰盛味美,不同一般。

余德立即下令让童子击鼓催花,以此作为酒令。

鼓声一响,瓶子中的花便微微颤动,一会儿那似蝶翅的花瓣渐渐张开了,鼓声一停,花蒂的触须立时脱落,花瓣变作一只蝴蝶,落在了尹图南的衣服上。

余德开怀一笑,用手托起一个大酒杯,让童子把酒斟满。

酒一斟满,送到尹图南手上,蝴蝶立即便飞扬而去了。尹图南也痛快地把酒一饮而尽。如此酒令,非常别致,还很有诗意,能不开怀畅饮吗?

等尹图南把一杯酒喝完,童子又击起鼓来。

这回,只见两只蝴蝶飞了起来,落在余德的帽子上。

余德自己笑了,说:"我这是自作自受了。"于是,端起了酒杯,连饮了两杯。

童子又击起了第三巡鼓,一时间,只见飞花乱坠,似彩蝶翩翩起舞,自空中徐徐而降,有的落在了衣袖上,有的落在了襟中。

击鼓的童子笑吟吟地点着数,尹图南身上落了九片,余德身上也落了四片。这一来,一个得罚九杯,一个也有四杯。

尹图南已经觉得有几分醉意了,哪还喝得了九杯呢,勉强喝了三杯,便要离席逃酒了,好在余德也不计较。

这一来,尹图南更觉得余德是个奇人了。

只是余德并不喜欢与别人应酬。本来嘛,住进来半年,连房东都不曾打交道。如果不是偶然与尹图南在门口碰上,就没有了前边所说的一段交往了。他总是深居简出,每天大门紧闭,不参与城中任何人的任何喜事或丧事,只喜欢一家人独居。

  听说有这么一个遗世独立的异人,大家也就纷纷猜测,此人莫不是有什么背景、什么靠山?通过他,说不定便可以平步青云;或者,这个人有什么奇异的本领,能让人延年益寿、返老还童,甚至于长生不老……

  就这么一传十,十传百,愈传愈神奇,愈传愈了不得。

  没几天工夫,余德的家,便是门庭若市、冠盖如云了。

  先是书生们纷纷递上名片,但求一见。

  而后举人、官老太爷们也来了,前呼后拥的,气势压人。

  这个想来看看稀奇,交个朋友,饮上几盅,图个快乐;那个想刺探一下晋升的门路,好走个捷径,博个金榜题名;还有的则想看看有什么奇珍异宝,寻个发财的机会,捞上一把;甚至有的千方百计打听,他是否皇亲国戚,以便得到关照,仕途畅达……

  平日,没片刻,便有叩门求见的。一出门,前后左右,一群人竞相追逐,拉关系、套近乎。总之,余德无论在家,还是外出,都不得安宁。

  这余德本来就想图个清静,又怎容得了一班凡夫俗子没完没了的骚扰呢?

九、神明的童话

余德实在受不了啦，一天，突然来到尹图南家，对他说："我今天来就把房租清了，另谋他处。"

尹图南大惊失色，问："是不是我有什么得罪的地方？"

余德苦笑了一下，只是摇摇头，一言不发地离开了。

也不知他是什么时候搬走了——走的时候，竟然没有任何动静，连关心他去向的好事者都没有察觉。

一日，尹图南前往余德住的地方看了看。偌大一个院落，平日冠盖相望，人来人往。今天，却一下子冷清下来，空荡荡的，什么也没有了。院子里不见一片残叶、一根枯草，竟是一尘不染，洁净异常。这说明余德走之前，分明是认真地打扫了一遍的，唯有烧残的蜡烛芯，整整齐齐地堆放在青石台阶下方。

拾级而上，到了室内，还可以见到在窗户间，有一些残存的绸帛与碎布，上面尚可隐约看出纤细的指痕来，该不是那位美若天仙的丽人留下的吧。

在住宅后院，余德却漏掉一样东西没有带走，那是一个小小的白石缸，大约可以盛得下一担水。

尹图南觉得这小白缸玲珑可爱，便把它抱了起来，带回自己的家中。然后，在缸里蓄满了水，养上十几尾五光十色的金鱼，以怡养性灵。

过了一年，缸里的水还澄净得像刚刚倒进去一样，非常奇怪。

可是有一天，仆人搬运石头时，一不小心把这白石缸砸破了。这时，更

奇怪的事发生了，缸碎了，可缸里蓄的水居然没有倾泻出来，看上去，缸似乎还在那里，可伸手一摸，却又是空的，且软软的。把手伸入那似乎仍在的缸中，水也就顺手流了出来；可把手抽出来，水又合拢起来，不动了。

到了冬天，这水也不结冰。

突然，一天夜里，这缸里的水竟结成了水晶，只是金鱼仍旧在里边游来游去。

鉴于过去的教训，这回，尹图南不敢再让人知道了，把这白石缸和里面的东西放在一个非常隐蔽的房子里，除了儿子与女婿外，谁也不给看。然而，纸包不住火，久而久之，这消息还是传开了。于是，想看稀奇的人又似当日要见余德一样，车水马龙，络绎不绝。

结果，这年寒冬腊月，这个白石缸里的东西忽然又化成了水，流得满地都是，连里边的金鱼也不知哪去了。

现在，只剩下当日白石缸的残石碎片了。

一天，突然来了一位道士，要登门求见。

尹图南拿了些白石缸碎片给这位道士看，道士一看，便说："这是龙宫蓄水的器皿嘛。那秀才，想必就是龙王太子。"

尹图南又告诉他，这缸碎了，但水却不外泄，不知是什么原因？

道士便说："缸碎了，缸的魂魄还在，这便是缸的魂魄。"

说罢，道士便苦苦哀求尹图南，想要那么一点点碎片。尹图南觉得这里有什么奥秘，一再追问，道士才回答："用些许碎屑入药，可以延年益寿。"

尹图南给了他一片，道士千恩万谢，高高兴兴地走了。

（本故事改编自《余德》）

目光如炬的鹰虎神

有一个小偷，非常大胆，经常撬门扭锁，钻墙打洞，什么坏事都干。

一天，他打坏主意竟打到了道观的头上。他想，那些道士专门给人做道场，一定能收不少钱，何不去捞上一大把呢。

于是，他便到处打听道士的起居习惯，好伺机下手。

不久，他便打听到了：在郡城南郊，有一座道观，那里边有一位姓任的道士，每天早上鸡一叫，便起身上大殿，在那里焚香、念咒，该是做早课吧。这个观，就他一个人。他一去做早课，住的地方就没什么人了，刚好可以下手。

小偷心想，这回预计好了，一定万无一失，可以发一笔财了。

就这么打着如意算盘，小偷早早来到道观附近。天还没亮，鸡更没叫，他便潜入了道观当中，找个地方先潜伏起来。

这一夜，月不黑，风不高，临近天明，到处迷迷蒙蒙的，观中依稀可以看到里面的神像。小偷只顾埋头往里钻，冷不防一抬头，竟吓出了一身冷汗！

原来，大殿当中，一左一右两边，各有一尊一丈多高的神像。那神像可不似菩萨那样，慈眉笑眼，腆着大肚皮，一副乐呵呵的样子。而是凶神恶煞，面目狰狞，眼珠子凸出来，嘴还咧开着，似鹰隼一样好像随时可以把你啄起来。手也像利爪，尤其是那张脸，铜青色的，像要吃人一样。嗨，简直称得上是张牙舞爪，吓人极了。

小偷好不容易才定下神来。安慰自己：这不过是泥胎塑的神像，只是画了个吓人的样子罢了，又不会动，更不会吃人，没什么可怕的，今天的行动，还是照原计划进行吧。

于是，他在走廊中找了一个隐蔽的角落，埋伏了下来。

白蒙蒙的雾气很快便散开了，东方显现出了鱼肚白色。

第一声鸡啼，宣布了又一天的开始。

果然，像平常一样，任道士准时起了身，来到大殿，把一炷炷香点燃，插在各个香炉上。立即，大殿中烟雾缭绕，充满了神秘的气氛。

"喇嘛……叭喃呢……呢嘛呐……"

很快，殿里便传来了任道士念经的声音。这任道士日日如此，月月如此，年年如此，也不知坚持了多少岁月了。他一片虔诚，无论是狂风暴雨，还是严霜在地，抑或炎暑难耐，都从未间断过。当然，他都是祈求天下太平、风调雨顺，让老百姓过上舒心的日子，并不为自己打算。

烟雾中，诸神似乎都在微微颔首，表示对他的赞许。

而这时，小偷却认为正是下手的绝好时机。

他悄悄地溜进了任道士房间，大胆地搜寻了起来。他知道任道士是绝不会中断早课而半途回来的，时间充足得很。所以，房间的每个角落，他都搜寻到了。可惜，房间里空空如也，没有什么值钱的东西，更不要说古董、珍宝之类了。小偷大失所望。

可他不甘心，总不能白走一趟吧？最后，连道士的床都给他掀翻了，这才在被褥底下找到了三百个小铜钱。大财发不了，小财也不可放过，小偷赶紧把这些小钱塞进腰包。

心想，再也没油水可捞了。于是，小偷打开门出来，溜到了外边。

此时，任道士还在念念有词，做着早课呢。小偷很快便离开了道观，直奔千佛山。

他往南走了一个多小时，走出了二三十里地了，这才算走到了山下。心里还在想，这回实在是太冤了，上山下山几十里，累得半死，却只偷得几个小钱。

九、神明的童话

忽然之间，却听到后边传来沉重的脚步声，踩得地动山摇。

他回过头，却见一位高大过丈的汉子，从山上追了下来，左边肩上，还架着一只苍鹰。这汉子很快便走近了，仔细一看，他的脸是青铜色的，充满了杀气，眼睛瞪圆，凶狠无比，似是庙门里边的一尊神像。小偷吓坏了，心想，这不就是观里那尊"鹰虎神"吗？

小偷一下子趴在了地上，浑身哆嗦着，上牙齿嗑下牙齿，吓得魂不附体。

只听见来人一声吼："你偷了钱往哪里逃？"

小偷连连叩头告饶。这时，小偷只觉得后背的衣领被人揪住了，身子悬了空，耳边是"嗖嗖"的风声，片刻间，小偷便跌落在大殿一旁了。

那人又令他把钱统统拿出来，跪在那里不准动。

这时，任道士仍在做早课。

待到早课做完，任道士猛地看见有个人跪在一旁，不由得吃了一惊，忙问是怎么回事。小偷只好一五一十老老实实做了交代，任道士把钱收回，便说："你去吧。"

小偷屁滚尿流地逃出了大殿，无意中瞥了一眼那鹰虎神像，却还是先前模样，不像曾经移动过。

（本故事改编自《鹰虎神》）

会飞的绿衣女郎

于璟,是山东益都人,平时都在醴泉寺读书。

一天夜里,于璟正在用心读书,窗外忽然站着个女子并表扬他说:"于相公真勤奋呀!"

于璟心里想:这深山哪有女子?正纳闷的时候,那女子推门进来,还不停张望说:"你真用功呀!"

于璟吃惊地站起来,看见女子穿的是绿上衣、长裙子,温柔美丽,别人难以企及。他想,这女子应该不属于人类,便大胆地问她的住所。

"看我这样子不像是吃人的怪物吧,何必问那么多呢?"女子说。

这天晚上,两人边喝酒边闲聊。于璟发现她还是个音乐高手。

于璟再三请求。女子说:"我怕别人听见,既然你要听,我只得献丑了。我轻轻地唱吧!"

歌声如丝如弦,如同蚊叫一样,仅仅可以辨清字音,细听起来时而婉转

轻悠,时而慷慨激昂,非常悦耳动听。

她唱完歌后悄然走到门外仔细地察看一下,笑了笑说:"我怕窗外有人偷听。"说着绕房子一圈再细看一遍,才放心回来。

"你为什么这么多疑呢?"于璟不解地问。

女子笑着说:"俗话有说'偷生鬼子常畏人',其实说的就是我这类人呀!"

两人越谈越亲密,相见恨晚。

女子忽然脸色发白,捂住胸口,她害怕起来:"我和你这一世的缘分看来将到此为止了……"

"你说的是什么意思呀!"于璟越发糊涂了。

"我的心跳得厉害,怕活不长啦。"

于璟笑了笑说:"你真傻,心跳很快是件很平常的事,看你想到哪里去了。"

听他的安慰,女子的心稍稍放宽一些,又说笑了一会儿。

天快亮时,女子便走了,但她犹豫再三,不敢出去,对于璟说:"不知何故,我的心还是有点怕,你送我出门好吗?"

"好的。"于璟送她出门。

"您站着看我走远,再回去吧!"

于璟点头说好。

于璟看见女子转过了房子的走廊,四周幽静极了,女子的身影很快不见了。

他正想转身回家睡觉,突然耳中传来女子的呼救声。于璟急急忙忙跑过去,四面察看,没有任何踪影。细听,声音从屋檐下传来。他抬头仔细观望,只见一只弹丸般大的蜘蛛用它的蛛网住了一只东西。那东西用嘶哑的嗓子在哀鸣。

他顿时产生怜悯之情,很快把蜘蛛网弄破,轻轻地挑下那只东西。他把网全部剥开,只见那东西竟是一只绿色的蜂子,已经精疲力竭,快要死去了。

于璟把它轻放在桌上,让它慢慢地回过气来。

它终于得救了。

蜂子慢慢地爬到砚池里,用身子蘸了墨汁,又慢慢地爬出来在桌子上爬出一个"谢"字的形状。

于璟越看越感到惊奇。

它开始煽动它的翅膀,嗡嗡嗡,然后轻盈地穿过窗子飞走了。
从此以后,那绿衣女子再也没有来找于璟了。

(本故事改编自《绿衣女》)

张飞显灵

荆州有一位姓彭的人，自小仰慕侠义之士，因此给自己起了个名字，叫"好士"，就是热心于侠客义士的意思。他为人正直，豪放慷慨，久而久之，他名声在外，谁都知道荆州有个彭好士了。

这天，他上朋友家喝酒，喝了个酩酊大醉。回家路上，实在是憋不住了，只好下马方便方便。马在路边上吃草。所吃之处，毛茸茸的细草丛中，有一株草开着金黄色的小花，阳光下，仍闪闪发光，耀眼夺目。待彭好士方便回来，那马已将这草吃掉一半多了。彭好士很是惊奇，忙把剩下的草茎拔出来，放到鼻子边嗅了嗅，觉得异香扑鼻，便很珍重地把草放进了怀里。

这回，再骑上马走，便觉得这马跑得飞快，两侧只闻风声"嗖嗖"，很是痛快。这人一高兴，便顾不得那么多了，一任骏马飞奔，连回家的路也不管了。忽然之间，发现太阳已停在西山口上了。这才勒马转了转，环顾八方。只见乱山耸峙，此起彼伏，连绵不绝，竟不知到了什么地方。

马还扑腾着前蹄嘶鸣，似乎还没有跑够。幸好有一位穿黑衣的人过来了，这才把马牵住。彭好士正想问路，那人却先开了口："天色已晚，我家主人想请你住宿下来呢。"

彭好士追问了一声："这里是什么地方？"

来人说："这里是阆中呀。"

彭好士吓了一大跳，他好侠义之士，自然知道这是有名的猛将张飞当年镇守的地方。可阆中离荆州，足有上千里地，怎么这半天光景，马儿就跑了这么远？他不觉问道："你的主人是谁呀？"

来人说："到了你就知道了。"

彭好士又问："还有多远？"

"近在咫尺了。"

黑衣人牵着马疾行，人和马都似飞一样。

过了一座山头，只见半山腰中楼宇嵯峨，气势非凡，重重叠叠。当中还间有屏风垂幔，远远看到前面有一群人，衣冠楚楚，像是在等候什么人一样。

彭好士来到他们跟前，连忙翻身下马，向他们拱手行礼。

一会儿，主人出来了。只见他气宇轩昂，相貌威猛，衣服、纶巾等与当今世上的都大不一样。他向彭好士等人拱手致意，说："今天来的客人，没有一个比彭君更远的了。"

主人让彭好士走在前面，彭好士连忙谦让。主人便捉住他的手臂，让他先走。他只觉得被捉住的地方，好似被铁钳钳住了一样，痛得像断了似的。再也不敢争后了，只好随主人的意思走在前头。后边的客人，也相互谦让。结果，让主人这儿推一下，那儿拉一下，一个个都痛得呻吟起来，跌跌撞撞地，似没法忍受，只好依主人的意思而走。

来到大厅上，只见里边的摆设富丽豪华，十分阔气。主人安排每两位客人一桌宴席。

彭好士悄悄地问同桌的人："这位主人是谁呀？"

得到的回答却是："他就是桓侯燕人张飞张翼德呀！"

彭好士大吃一惊，这张飞，可是三国时代的人啊，距离现在已经上千年了，今天，他怎么会来请我呢？当然，一向以来，他对张飞桃园三结义、怒鞭督邮、威震长坂坡等事迹都很敬佩。可此时见到张飞，他却连咳一声都不敢了。

整个宴厅中，静得连一根针落地的声音都听得见。

酒宴开始了，主人张飞便致开场白："我呢，每一年都麻烦乡亲们关照，

实在是过意不去,这里略备薄酒,以表达我小小的心意。更值这位远客屈尊光临,实在是幸会,幸会了。在下私下里存一段妄想,想要彭君一样东西,不过,如果彭君不肯割爱,我也不敢强求。"

彭好士忙起身问:"你想要的是什么?"

张飞说:"就是你所乘来的马。这马已经获得了仙骨,不是尘世上的人所能驾驭得了的。我想去用一匹马与你交换,不知你意下如何?"

彭好士忙说:"我历来敬重侠义之士,愿意奉献给你,不敢做交换。"

张飞却郑重地说:"不行,我不仅要还你一匹好马,还要送你一万两黄金。"

彭好士立即离席,跪拜在地以示感谢。张飞赶紧叫人把他扶了起来。

一会儿,宾主相互敬酒,觥筹交错,热闹非凡。这真是:酒逢知己干杯少,有讲不完的话,挡不住的兴头。

太阳已经落山了,主人马上把红烛点起来。

酒醉饭饱,客人纷纷告辞,彭好士也要走了。

张飞忙问:"你从那么远的地方来,怎么回得去呢?"

彭好士侧了一下头,表示已与同席的说过:"我已经求这位先生了,就在他府上住上一宿。"

张飞听明白了,仍用很大的酒器,斟给客人喝,并对彭好士说:"你怀中的香草，如果还是新鲜的，吃了可以成仙。如果枯了也不要紧，能用来点石成金。一共七茎草，可以点出万两黄金呢。立即让书童拿出点金的方子送给彭好士。彭好士赶紧叩拜致谢。

张飞又说："明天你可以上集市去，在马群中任意挑选出好马来，不用讨价还价，我自会交割清楚的。"而后，又对大家说："这么远道的客人要回去，你们可要好好资助他一点呀。"大家连连点头。

喝完酒，大家谢过之后，都告别出来了。

半路上，彭好士才问到，同座的人叫刘子翠。一同走过两三里地，越过一座山岭，便看到一个村庄了。大家陪彭好士上了刘家，这才说起所遇的怪事。

原来，村子里每年都在桓侯庙——也就是张飞庙前举行庙会，杀猪宰羊，还请戏班子来演出。长此以往，便成了定规，而为首的便是刘子翠家。三天以前，庙会结束了。而这天中午，每一家都接到请帖，要他们越过山岭赴宴。问来下请帖的人，说得恍恍惚惚，可催促得又很急。结果，一过山岭，便见到了楼亭馆舍，大家又惊又疑。走到了门口，来人才说这是张飞的府上，大家更害怕了，却不敢回身跑掉。来人说："你们暂时就在这里集中吧，将军所请的一位远客马上就到了。"

而这位"远客"，便是彭好士。

大家讲起来都感到奇怪。当中被张飞拉了一下的，都觉得臂痛得厉害，脱下衣服，用蜡烛照上，一看，皮肤都捏黑了。彭好士看看自己的手臂，也一样瘀黑了。

大家各自回家了，刘子翠则热情地将彭好士拥进屋中，铺床叠被，让这位远客好好住上一宿。

第二天，天刚蒙蒙亮，便有人敲门，要邀请彭好士去做客。一个未走，第二个又来了，大家都争先恐后，生怕请不到彭好士。

接着，又陪他上集市去相马。谁知，十几天过去，却没有一匹能看得上的，彭好士只好准备将就了。

吉人自有天相，彭好士这天一入市，立即见一匹马骨相非同一般，非常有格架，再试骑一下，疾驰如风，神勇无比。于是骑进了村子里，拿钱付费。谁知，拿到了钱，再回集市上，卖马的人却已经不见了。

回家的马已经有了。彭好士已是归心似箭。他一一告别了好客的村民，打道回府。村上的人，各自馈赠了他不少资金，才放他走。回去的路上，那马竟一日行五百里，虽说没吃了仙草的那匹马快，可也够神骏的了。

到了家中，说起这些日子的奇遇，竟没一个人相信。可他从行李中拿出阆中的土特产，大家才开始觉得有些古怪。

后来，彭好士从怀里掏出当日放进去的草茎，一数，果然如张飞说的，是七根，于是按照方子来点化，真的点化出了万两黄金，一下子富了起来。

于是，彭好士又回到了阆中老地方，别的庙不拜，独独恭敬地祭祀桓侯的祠庙，一连请戏班子演了三天的大戏，这才重返家园。

他对侠士的一片虔诚之心，做事又公正，当真感动了神灵。

(本故事改编自《桓侯》)

石　神

　　有的人，喜欢各种各样的石头。不仅仅成了癖好，还把石头当作自己的生命一样宝贵，你信不信？

　　顺天府就有那么一个人，因为爱石头出了名，京城内外，无人不知。

　　他叫邢云飞，他一旦见到奇异的石头，哪怕倾家荡产，也要买到手。

　　石头似乎也知道他这一片痴心。有一回，他到河里捕鱼，网往上收时，觉得网上挂住了一件很重的东西。索性脱掉衣服，"扑通"一声跳到水里，用手一摸，说也怪了，摸到的竟是一块石头。这石头有一尺大小呢。

　　捞上来一看，只见这块石头四面玲珑、奇异趣怪。就像微缩的景观，峰峦叠秀、气象万千。他高兴极了，感觉得到了最珍奇的宝物，欢天喜地地抱回家去了。特地为这块石头做了一个紫檀木雕的托座，把石头供上去。

　　这石头不仅形状奇巧，而且还有一个绝处。那便是，每逢天要下雨的时候，石头上的每个小孔都会吐出如云雾一样的白烟。远远看去，又像洁白的棉絮——嗨，简直成了晴雨表了，可以预告天气。

　　很快地，一传十，十传百，这事传到一个有权有势的坏家伙耳里。这家伙以巧取豪夺而臭名远扬。

九、神明的童话

这天,他一登门求见,邢云飞就知道没什么好事。

坏家伙一见这块石头果然不凡,立即连紫檀木座一道举起来交给剽悍的奴仆,然后跨上马,扬鞭飞驰而去,拦也拦不住。

邢云飞万般无奈,气得直跺脚,又伤心又愤恨,却一点办法也没有。

那位剽悍的奴仆捧着石头,走到了河边,已累得汗流浃背,只好把石头放在桥栏上喘口气。谁知一失手,石头竟掉到河里去了。那坏家伙气急败坏,拿起鞭子便一顿猛抽,抽得那奴仆呼天抢地。坏家伙当即许以重赏,雇人下河去打捞,无论所雇的人水性怎么好,千方百计搜遍河底,就是找不到这石头。

他没办法,只好出个告示,悬以重赏,让人把石头找回来。

从此以后,这里天天都热闹非凡,整天都有不少人跳到河里摸石头,可到最后都一无所获。

久而久之,大家失去信心了,没人来了。

有一天,邢云飞独自一人来到了桥上,俯视河水,怅然若失。谁知,河水此刻竟清澈见底,而那块石头,分明仍在水中。邢云飞大喜过望,立即脱了衣服下水去,把石头抱出来,连那供放石头的紫檀木座也分毫无损。

回到家里,邢云飞再也不敢把石头放在客厅了。他把内室打扫得干干净净,恭恭敬敬地把石头供在里面。

187

有一天，有一位老人登门拜访，并且要他请出石头一看。邢云飞便托词说石头早已经丢失了，谁知老人却说："客厅里的不是石头吗？"

邢云飞心想，石头并没放在客厅里，便请他进了门，以证实客厅中并没有石头。

可一进客厅，果然石头就摆在桌子上。邢云飞惊愕万分，哑口无言。

老人深情地抚摸着石头说："这是我家的祖传故物，丢失了很久，今天果然在这里。既然已经见到了，就请你赐还给我吧。"

邢云飞困窘万分，便与老人争执起来，说自己才是石头真正的主人。

老人也不生气，只是笑着说："既然是你家的东西，有什么可以作为证明？"

邢云飞一时语塞，答不出来。

老人却胸有成竹，一一道来："这石头前后有九十二个小孔，大的孔里有五个字，是'清虚天石供'。你不妨验证一下。"

邢云飞仔细审视，孔中果然有一行小字，比粟米还细小，要用尽目力才可以看清。再数数小孔，奇了，果然一共九十二个。他无言以对，却仍紧紧抱住石头，舍不得还给老人。

老人大笑了起来，说："别人家的东西，由得你来作主吗？"

一拱手，便告辞出去了。

邢云飞把他送到了门外，回头一看，那块石头已不翼而飞了。

邢云飞大惊失色，怀疑是老人拿走的，赶紧又追了上去。

幸好老人走得慢，所去不远。

邢云飞扯住了他的衣袖，苦苦哀求他把石头拿出来。

老人说："这就奇怪了，这一尺大小的石头，怎么可以藏在衣袖里呢？"

邢云飞已明白他是神仙了，硬是把他请回了家，长跪着请求。

老人只好说："石头到底是你家的，还是我家的？"

邢云飞老实地说："石头确实是你家的，我只求您老割爱。"

老人说："既然这样，石头就先放你这里了。"

邢云飞走进内室一看，石头确实还在老地方。

老人语重心长地对邢云飞说："天下的奇珍异宝，本应该属于珍重爱惜它们的人。这块石头能自己挑选主人，我也深感欣慰的。只是它太急于显露自己，出世得太早，它命中注定的劫难还不曾过去。本来我是想把它带走，三年之后再赠送给你。既然你这么苦苦哀求要留下它，那就留下好了。不过，这需要减少你三年的寿命，石头才可能与你终生相伴。不知道你愿不愿意？"

邢云飞爱石头胜过爱自己的生命，立即说："我愿意。"

老人便用两个指头去捏石头上的小孔。他一捏，那孔就似软软的泥一样，一捏便闭上了，一共捏闭了三个小孔，才说："石头上的小孔数目，就是你的寿数了。"

老人说罢，便要告别。邢云飞苦苦挽留，老人却执意要走，问他的姓名，他也不说，就这么走了。

一年多之后，邢云飞外出办事。晚上有贼进了屋，别的什么东西都没拿，偏偏把石头给偷走了。邢云飞回来，悲痛得死去活来，多方查找，求人拜佛，愿花重金购回来，却音信全无。

又过了好几年，邢云飞到报国寺去烧香，在古玩店看到了一块要售卖的石头，正是自己被盗走的那块，立即上前认领。卖主当然不干，于是拿着石头到衙门打官司。

县官问他们："你们各自有什么证明吗？"

卖主说："石头上有八十九个小孔。"

邢云飞再问："还有什么？"

卖主就茫然不知了。

邢云飞这才说，大孔中有五个字"清虚天石供"，还有三个手指印。于是，县官立即判决石头的主人就是他。

当官的正要打卖主的板子，卖主赶紧声明，这石头是他花了二十两银子在墟市上买来的，这才得以开释。

邢云飞打赢了官司，回到家里，用锦缎把石头裹好，收藏在木盒中。每次要拿出来观赏，都要先点上一炷奇香，才打开盒子。

有位尚书知道了这件事，愿意用一百两银子买下这块石头。邢云飞死活不依，声称："哪怕是一万两银子我也不卖。"

那位尚书恼羞成怒，暗中诬陷他，把他投入监狱，逼他家典当田产。然后又托别人暗示邢云飞的儿子，说只要把石头交出，就可以放人。

儿子告诉邢云飞，邢云飞正气凛然，说："我可以为这石头而死！"

可他老婆却悄悄与儿子商量，想把石头献给尚书，以救他一命。

待到邢云飞被放了出来，得知这一变故，气得责骂老婆，殴打儿子，好几次要上吊自杀，幸亏被家人发觉，没有死成。

一天夜里，邢云飞沉沉入睡，却梦见一位伟岸的男子走了过来，对他说："我就是石清虚。"

又劝邢云飞不要悲戚："我只是与你分别一年多罢了。明年的八月二十日，天刚刚亮，你就可以到海岱门去，用两贯钱就可以把我赎回。"

"海岱门"，就是京城的崇文门，老百姓习惯叫它"哈达门"，那里自古以来便是旧货市场。

邢云飞做了这个梦，欣喜不已，赶紧把这日子记了下来。

至于那石头到了尚书家中，竟一点特色也没有了。天要下雨，孔中也不吐云烟。久而久之，尚书也就没有把它当作贵重的宝贝了，只是把它搁到一边。到了第二年，这位尚书由于干尽了坏事，被人告发，定了罪，削去了官职，便自己寻了死路。

到了八月二十日，天刚蒙蒙亮，邢云飞便及时赶到了海岱门。正好遇上尚书家的家人偷了这块石头拿来出售。于是，邢云飞真的只花了两贯钱，就把石头买回来了。

邢云飞活到八十九岁，自知大限已到，便备好了棺木，并叮嘱儿子，一定要用这块石头作为陪葬品，放在棺木里。

他去世后，儿子遵照父亲的遗嘱，将石头也埋进了墓中。

半年左右，有贼人盗墓，把石头偷走了。邢云飞的儿子得知，却无法追查。

谁知，过了两三天，他同仆人在赶路时，忽然看到有两个人很惊慌地跑了过来，浑身直冒冷汗，还时不时地摔倒在地上。朝空中叩拜，说："邢先生，你不要逼迫我们了。我们两人偷走了石头，不过才卖了四两银子。"原来，两个盗墓贼盗得石头后，夜夜做噩梦，痛苦不堪。

邢云飞儿子一听，立即把他们捆了起来，送到了衙门。一开审，二人都认罪了。

问石头去哪里了？说是卖给了一个姓宫的人。县令立即下令去找了那位姓宫的人，把石头追了回来。

当石头送至县府时，这位县令见了，爱不释手，竟也动了邪念，想得到它。于是下令把石头寄存在库房里。

手下的人刚刚把石头举起来，不想石头忽然坠落在地上，碎成了几十块，一下子，满厅的人大惊失色。县令气得要死，只好把两个盗贼重重地打了一顿。

邢云飞的儿子含泪把碎石一一捡起，带了回去，照旧埋在父亲的墓中，以实现父亲的遗愿。

（本故事改编自《石清虚》）

水　　神

　　有人说，神仙也是人。这句话说得对，本来，人世间是没有神仙的。神仙本来就是人。在长江边上就流传着神仙也是人的传说。

　　长江是我国著名的大江。在它的中游有一座著名的城市——镇江市。镇江市既是商业要地，又是文化中心。每日里无数的商人、墨客、文人、学士等川流不息地拥来镇江，镇江也就成了名城。

　　就在镇江对面的江中心，有着一座风景秀丽的小岛，人们称它为金山岛。岛上有一座远近闻名的金山寺。金山寺香火鼎盛，来寺里上香拜佛的香客、游人络绎不绝。来金山寺上香的人虽然这样多，但是使人奇怪的是也有不少的香客并不进入金山寺膜拜，却拥进金山寺旁边一间并不起眼的、祭奉一位水神的小庙——张老相公庙。

　　张老相公应该是人，怎么变成了神呢？他又是怎样变成水神的呢？

　　相传，张老相公家住在山西。他有一个美满的家庭，除了妻子，他还有一儿一女。女儿已经十八岁，到了出嫁的年龄了。张老相公为人正直、善良，喜欢帮助别人。人们相信他的女儿也一定是个美丽、贤淑的姑娘。这样，不少的人家都纷纷来求亲。张老相公和妻子商量后，把女儿嫁给了当地一个殷实、好做善事的人家做媳妇。日子已经选定，就等办好了嫁妆，女儿就可以出嫁了。

　　女儿在父母家的日子不多了。张老相公趁女儿还没有出嫁，一家四口到江南去游览，顺便给女儿办嫁妆，江南可是丝绸之乡啊。

　　说起这金山可真是名不虚传，山下江水流淌，山上古树蔽日，群鸟飞集，衬托着江上渔帆点点，无限美景吸引了成千上万的游人。游人带动了生意兴旺，生意兴旺又促成更多的游人来购物。张老相公就是为了替女儿办嫁妆才来到金山的。

　　不料，当他们来到金山后，金山已经完全改观。游人稀少，江面上也少了许多渔帆，市面上的生意很清淡，完全不是他们所想象的景象。张老相公有点纳闷，便向船家打听。船家低声说："哎，别提了。今日的金山再也没有往日的繁华热闹了。"

张老相公问道："这到底是怎么一回事？"

船家说："你老不知道，自从大江里出现了一只大鳖精之后，游人就不敢来这里了。"

"大鳖精吃人吗？"

"就是因为它吃人才吓跑了游人的。说来也怪，这个大鳖精原先是潜伏江底，很少浮出水面的。不过，当它一闻到烧烤肉类的香味时，就会兴风作浪，掀翻船只，吞食游人。凡是翻落江中的人很少能逃生回来的。大家都害怕了，还有谁敢来金山游玩呢？人少了，生意自然难做。我们这样的船家也逐渐少了。现在只是做一日算一日，实在做不下去了，也只能转行了。"

张老相公听了，愕然道："原来是这样。那么，买东西不是很难了吗？"他仍记挂着给女儿办嫁妆的事。

船家说："买东西是难了些，这是自然的事啰。不过，江对面的集市里，货物还是有的，只是少多了。难得的是价钱也还便宜。"

张老相公决定过江去看看。他嘱咐妻子："我过江去买东西，一会儿就回来。你们就在船上等我。不过，你们千万要记好，一定不要生火煎炒荤腥的东西，免得大鳖精闻到烤肉香味出来闹事、吃人。你们千万千万要记住！"

时间到了中午。张老相公还没有回来。大家都饿了，儿女们吵着要吃午饭。他们忘记了张老相公的嘱咐，便生火做饭。并且在船头烤起猪肉来，不一会儿，烧肉的香味飘满船头。船夫大吃一惊，急忙叫他们灭火停止烧烤。可是，太晚了，霎时间江风大作，巨浪滔天，波涛掀翻了江中的船只，大浪中一只大鳖精浮上水面，张开血盆大口，一下子把全船的人都吞食了。

等张老相公回到江边时，江面上早已风平浪静，江面静静地不见船影。张老相公坐的船没有了，家人也不见了。江边岸上的人家，告诉了他刚才发生的灾祸，人们不断地叹息。

张老相公一下子失去妻子儿女，悲愤至极。他沿着江堤呼唤着，痛哭着，可是他再也见不到自己的亲人了。

他孤独、悲伤地走进金山寺。他向神灵哭诉、祷告，求神灵保佑。可是，菩萨不说话，和尚也摇头。他无助地在寺外徘徊，坐立不安。

家人没有了，家也就不存在了。难道就这样孤单一人回乡吗？难道就这样让大鳖精继续害人吗？他想来想去，最后决定了：他不但要为自己家人报仇，也要为那些被大鳖精吃掉的人报仇。他，一定要杀死大鳖精。

张老相公向金山寺老和尚打听大鳖精出没的情况，并且告诉他，自己要

九、神明的童话

杀死大鳖精。老和尚听了，大吃一惊，他口念阿弥陀佛，连连摆手说："这只大鳖精太厉害了，谁也奈何它不得，弄得不好，把自己的性命也搭进去。以前曾经有人沉入江中与大鳖精搏斗，想除掉它，结果一去没有回来。我们念经拜佛也不顶事，只好把它当神看待，每逢初一、十五就宰猪杀羊供奉它，让它吞食，不再发怒，才保一方平安。哪里还敢去惹它。"

张老相公听了，没有反驳。不过，他心里想：这只畜生太可恶了，难道就没有法子治它？就这样让它继续害人？不行，我一定设法杀死它。

张老相公想来想去，忽然记起老和尚说每逢初一、十五用猪羊祭祀大鳖精的话，顿时心生一计。

他到金山山脚下找来了几个身躯高大、臂力过人的铁匠，叫他们在供奉大鳖精的祭坛旁边，搭起一座大熔炉，将铁渣投入大熔炉里煮成铁水，然后将铁水铸成一块大铁块。这块大铁块足足有几百斤重。人们不知道张老相公为什么要浇铸这么重的铁块，都好奇地看着张老相公的举动。

到了十五那天。一大早，张老相公便请那几个铁匠把铁块烧得通红。铁块发出的高热使人不敢走近。

快到中午了，祭祀的时间也快到了，江岸上人山人海，热闹非常。有人来祭祀，更多的是看热闹。张老相公也已经做好了准备。

供奉的时间到了。人们抬着猪羊，敲锣打鼓，和尚念起经文，人们点燃

香火。猛然，江水涌起，大浪滔天，当大鳖精伸出半个身子，眼露凶光，张开血盆大口，等候人们投喂食物时，张老相公立即叫众铁匠将那块烧得通红、热气薰人的大铁块，对准大鳖精的血盆大口，一下子投了进去。只见那大鳖精大口一合，顿时江浪滔天，潮声隆隆，波涛翻滚。大鳖精随着高山峡谷似的潮峰上下翻滚，一声声骇人的吼声震耳欲聋。人们听得心惊胆战，不敢动弹。

待人们镇定下来时，江面早已风平浪静，水波不兴，那大鳖精就浮在水面上漂浮。人们惊魂未定，细细一看，大鳖精已经肚皮朝天，背向江底，死掉了。

人群中爆发出阵阵欢呼："大鳖精死了！""大鳖精再也不能作怪了！"人们拥到张老相公身边，笑着，跳着，欢呼着，庆祝这一胜利。

张老相公揩去了额上的汗水。他也高兴，也放心了。

当人们想到要好好谢谢张老相公时，张老相公已经不知道到哪里去了。

后来，人们也没有找到张老相公，但却铭记他造福当地的功劳，为他建立了一座水神庙。庙中立着他的塑像，人们称他为水神，向他上香、拜祀。

据当地人传说，这水神有求必应，灵验得很呢。

（本故事改编自《张老相公》）

齐天大圣

　　许盛是山东兖州人。他和哥哥许成到福建做生意，却没有办好货，两兄弟正为这事着急。听有人说这附近有大圣祠，求大圣很灵验。两兄弟就想到那祠里去拜大圣，求大圣能保佑他的生意顺顺利利的。不过，许盛并不知道大圣是哪一路的神仙，既然哥哥要去，也就跟着去了。

　　一来到这座大圣祠，哇！真是够气派呀。大殿连着高楼，建造得十分豪华。一走进这大殿，抬头一看，许盛正要打量一下这位大圣长的什么模样，一看原来是长着猴子头，人的身，正是人人都知道的齐天大圣——孙悟空。

　　人们仰着脸看孙悟空，一个个都不敢开玩笑，态度很严肃，恭恭敬敬地。许盛这个人性格很刚强耿直，他看着人们一脸正经的样子，不由得暗暗发笑。他认为这些人真糊涂，大迷信了。别人都在烧香磕头，请求孙大圣保佑，许盛却偷偷地溜了出来。

　　回到客栈中，许盛的哥哥很不满意，责备弟弟对神灵不恭敬。许盛说："嗨，孙悟空不也是一些老头子们讲的故事罢了，又不是真的，何必这么相信呀！如果孙悟空真的有灵的话，被刀劈雷打，我也甘心情愿。"

　　客栈中那些人听许盛出言不逊，还直呼大圣的名字，一个个都吓得脸色变了，一个劲地摆着手，示意许盛不要再叫，怕孙大圣听了会生气的。许盛看他们这么迷信，反而更大声地和他们争辩，这一来，那些人都掩着耳朵走了，都不听他在那里乱嚷嚷。

　　到了夜晚，许盛果然病倒了，头痛得厉害。他哥劝他到大圣祠去向孙大圣赔罪。许盛不听。过了一会，头好些了，两条大腿又痛得厉害，一夜间生了一个很大的瘤子，甚至连脚也肿了，睡也睡不着，吃也吃不下。他哥哥只好代他向孙大圣谢罪，不过，一点效果也没有。人家说，神责罚谁，就要谁自己向神谢罪，是不能代替的，但任凭人家怎么吓唬，许盛还是不相信。

　　一个月后，这瘤子略为好了些。可是又长出另一个来，而且更加痛得厉害。他请了大夫来，大夫为他动手术，用刀把那些烂肉割了，流的脓血足足有一大碗。许盛怕人家又来啰唆，说些什么要向神谢罪之类的话，所以他强忍着痛苦，一声也不哼，又过了一个月，他的病开始有所好转了。不过，这回轮到他的哥哥病倒了。

许盛怎么也想不通，说："怎么会这样的啊？我哥对神这么恭敬，怎么也病倒了？这足以证明我的病，并不关孙悟空的事。"许成听弟弟说得一点悔意也没有，心里更加生气，他抱怨弟弟不肯代他拜神，又对神不敬，现在神就拿他来出气了。

许盛说："我们兄弟犹如手足，前些日子，我的身上长了大瘤，我都不去祈求什么大圣。现在怎么会因为我哥的病，而去拜神保佑，这样岂不是连我也迷信了。"

许盛还是请大夫来为哥哥治病，不肯去求神。可是服药下去，哥哥就突然死了。许盛非常痛苦哀伤地大哭，可以说，把肚里的肠子也哭断了，他只好买了棺材把哥哥尸体收殓了。

事后，许盛跑到大圣祠，直数孙悟空的种种不是。他骂："我哥病了，人人都说你迁怒于我，这使我说也说不清。如果你真的灵验，就让我哥活过来，那么我就真的相信你真的是神，我就甘心情愿向你叩头。我说话算数，绝不反悔，如果你做不到，我就去三清宫请出法力无边的祖师，把你打回猴头的原形，这样，可以让我死了的哥哥也明白你原来就不是什么神。"

到了夜里，有一个人来把许盛叫到大圣祠，许盛抬头一看，看见孙悟空一脸的怒气，指着许盛骂："因为你太任性，乱说话，所以就借了菩萨的刀插了你的大腿，给你一个警告。可是你竟不悔改，还要胡言乱语的。本来还要惩罚你，把你送去地狱受拔去舌头的大刑，让你一辈子再不能说话。可是考虑到你为人清白，一时说些气话，这才没有惩处你。你哥的病，完全是因为你请了江湖庸医，吃坏了药，才把他害死的。怎么把这笔账算到我老孙的头上来？现在有不少江湖术士玩弄此把戏，被戳穿了，就被你们这些不知天高地厚之徒，引以为证据说是没有什么神。"说罢，孙大圣就叫一个着青衣的鬼使者来，让他去问阎罗王，查查许成的事。那青衣却说："三天后，那些死亡者的名册马上要上报天庭，这事恐怕难办了。"

大圣嫌他啰唆，索性拿过那本名册，拿起笔在上面批示，也不知他批些什么。大圣让那青衣拿了这名册去办。青衣去了很久才回来，把许成也带来了，他们一齐跪在地上。大圣问那青衣："怎么现在才回来，是不是贪玩了？"

青衣回答："大圣吩咐办的事，我怎么敢在路上贪玩呀。阎罗王接了大圣批的名册，不敢自作主张，又拿了大圣批的文，去问天上的星宿该怎么办。

这样东转西转的,所以回来迟了。"

这时,许盛走上前去,向孙大圣叩头就拜,感谢孙大圣救活了哥哥。

大圣说:"你就把你哥哥领回去吧,以后要多多做好事,为自己积些德,这也是为你自己好。"两兄弟在这里相见,悲喜交集,两人携着手,一齐回去了。

原来是一场梦,许盛醒来觉得有点奇怪,怎么像是真的一样。他马上去把他哥的棺材打开,一看,他哥哥果然复活了。许盛连忙把哥哥扶出棺材,心中十分感激孙大圣的大力相助。从此以后,许盛就诚心诚意地信奉孙大圣了,而且比其他的人还要虔诚。

因为两人都大病一场,那些做生意的钱也差不多用了一大半。而且哥哥还没有痊愈,两人不禁为钱发起愁来。有一天许盛到郊外漫步散散心,碰到一个穿褐衣的人,打了一个照面,就搭起讪来,那人问:"先生好像有心事?"

许盛满肚子苦水没处倒,于是就向那褐衣人大吐苦水,说两兄弟如何生了病,看病花去了不少的钱,连做生意的本钱也贴了进去。一五一十尽向那褐衣人讲。褐衣人听了,就说:"有一个好地方,你可以暂时到那里去看看,包你什么忧愁也没有了。"

许盛问他:"这地方在那里?"

褐衣人说："就离这里不远。"

于是许盛就跟着褐衣人走，出了城，大概走了半里路。褐衣人说："我会点小法术，马上就可以到了。"

许盛就照他说的法子，两手抱紧了他的腰。只见他一点头，脚下马上涌起一团团的云朵来，但听得耳边呼呼的风声，脚下的景物还来不及看清楚，就一闪而过。许盛吓得不敢睁开眼来看，只得紧紧地闭着双眼，抱紧了那人。很快，褐衣人就说："到了！"

许盛睁开眼看，哇！满眼的金碧辉煌、五光十色的到处放着光芒。这里会不会是传说中的琉璃世界啊？许盛惊讶地问道："这是什么地方？"

褐衣人答道："这里就是天宫了。"

两人边谈边走，向前行，许盛觉得一步一步越走越高。这时，他远远就看见一位老大爷。褐衣人对许盛说："这么巧遇见这位老人，这是你的福气。"

打老远的，褐衣人就朝老人打招呼，双手高举过头，作揖行礼。

那老人邀请两人到他的住所里坐坐，并且泡了香茶招待他俩。不过，也只有两盅。多了还盛不下呢。

褐衣人对老人介绍许盛说："这位是我的朋友，打老远来做生意。这次来拜访你这位老神仙，你多少也该有点表示表示，送他点东西吧！"

老神仙让书童拿出一匣子的白色石头来，这些石头一粒粒像雀蛋那么大，很晶莹透明，像是一颗颗冰珠。对许盛说："我也没什么好送你的，只有这些石头。你若喜欢就随你挑，要多少就挑多少。"

许盛想这石头一颗颗的，饮酒时玩猜枚游戏时，正好用得着。这样，他就挑了六颗。褐衣人以为他不好意思多拿，又帮他拿多了六颗。交给许盛，说："喏，放在腰包里收好了，别掉了。"他向老人拱拱手，说："那就多谢了，我们下次再见。"

从老人那里告辞出来，褐衣人又让许盛趴下身子，向下面跳，一眨眼工夫，竟然到了地上。许盛这时对褐衣人佩服得五体投地，向他磕了个头，说："不知道大师是哪路神仙，能不能告诉我呀？"

褐衣人笑了笑说："刚才那个就是筋斗云吧！"许盛这才恍然大悟，原来他就是齐天大圣，于是，他请大圣以后多保佑。

大圣告诉他："你还有什么求的？你刚才遇见的是财星，他已经送财给你，你以后做生意都会获十二分的利。"

眨眼间，大圣已经不知去向。

许盛听了很高兴，连回到客栈，许盛把他所遇见的都告诉了哥哥。把那

十二颗白石头给哥哥看,后来,那十二颗白石头就成了他们做生意的本钱。

两兄弟一做生意,就用这些钱去进货,赚了很多钱。从此以后,兄弟俩一到福建必去大圣祠拜齐天大圣。若其他人求拜,还不灵验呢。

当然了,这只是神话故事,要想成功,靠神仙是没用的,还得靠自己努力。

(本故事改编自《齐天大圣》)

十、狐仙的童话

冷面书生与火狐　　　　　　　（《冷生》）
知天象的狐友　　　　　　　　（《酒友》）
好为人师的狐狸　　　　　　　（《郭生》）
好逗笑的狐娘子　　　　　　　（《狐谐》）
书生与狐女　　　　　　　　　（《青凤》）
择友的狐仙　　　　　　　　　（《雨钱》）
狐狸仙人　　　　　　　　　　（《胡四相公》）
先祖的狐妻　　　　　　　　　（《王成》）

冷面书生与火狐

　　山西平城，有一位姓冷的书生，我们就叫他冷生好了。平常一张冷冰冰的脸，不苟言笑，人也特别迟钝，读书读不进去。都二十来岁了，连一本经书都没有读通。亲朋好友都替他急坏了。

　　冷生就这么"冷"出了名。

　　可突然之间，他竟来了一个一百八十度的大转弯，非但不冷，而且高烧，整日狂笑不已。而这一笑，立即便通了七窍，大笔一挥，锦绣文章便一篇篇写出来，聪明才智全都有了。

　　这实在是奇怪。

　　他的兄弟们问他，他也只顾笑，并不回答。像是得了精神病一样。于是，兄弟们便偷偷地监视他的饮食起居，看看有什么特别。

　　终于，他们发现，每天都有一只火红的狐狸，人不知、鬼不觉，悄悄地溜进冷生的房间。这火狐出没，本就是很轻巧、很神秘，不易为人发觉的。它该是闻得冷生"冷"的名声，一片好心，来治治他的"冷"吧。这"冷"一治好，迟钝的毛病也就迎刃而解了。

　　每天夜晚，冷生与火狐都谈得很投机。他们每每是通宵达旦，不知疲倦，忽而高声争论，忽而细声吟诵，忽而又谈笑风生，忽而又长吁短叹，真不知在说些什么。是《四书》《五经》吗？那可得正襟危坐去读；是《道德经》《南华经》吗？却又犯不上慷慨激昂。没准，这只火狐已成了仙，所读的当是天书吧！

　　兄弟们不敢追究火狐的事，只问谈的什么，冷生也只是哈哈大笑，只字不提。

　　从此，这冷生不但不再面无表情，而且见人总是笑容可掬。开始时大家还很高兴，后来又发现他似在痴笑，老笑个不停，就有点不安了。慢慢地，冷生便发展到仰面狂笑，把大家都吓一跳。这可怎么得了？

　　不过，他这一发狂，却走了运。

　　因为，人们发现他每每一发病，便准能写出好文章。每回，一得到考题，

他的毛病便会发作。拿了题目,便会把自己关在屋里,不喝茶,不饮酒,然后,突然之间仰面大笑,笑得瓦脊都"沙沙"作响,窗纸也"哗哗"直颤。但凡这个时候,兄弟们便从门缝里偷偷窥看,只见他一边笑,一边拿起了笔,真是下笔如有神,一气呵成,刷刷地一张张纸写满了,一篇文章也就写成了。文章一拿出来,很有灵气,文思精妙、文采斐然、气度不凡,读后没有谁不拍案叫绝的。

一时间,他的名声大振。

得了这个笑病的第一年,他便进县里参加考试。由于考取了很好的成绩,于是破格提升为大学的老师,拿上俸禄——有工资发了!

当上了老师,他还如过去一般大笑不已,笑得课堂四面八方的墙壁都有回声。

从此,他又得了个诨号,叫"笑生"。由"冷生"变"笑生",这更加出奇了,于是,"笑生"名声大噪,比当日"冷生"为更多的人知道。

能写出好文章,笑一笑有什么关系呢,大学里的同事、校长倒也不计较。正好,监管学校的校使,在他早几次考试之际休息度假去了,并不知道这回事,也就没谁再管他了。

可后来,来了一位新的学使。这位学使整天不苟言笑,一本正经,道貌岸然,官架子十足,在他的治理下,规矩很多,严肃得很。

这位学使,整天端坐在学堂上,说也怪,不知他腰腿酸不酸,反正,他总是挺直了腰板,脸上绷得紧紧的,令学生人见人怕。

谁知这天,新的学使忽然听到了冷生的大笑声:这还了得,学堂乃圣贤读书之地,怎可这般荒诞无礼?

他勃然大怒:"谁这么不守学堂规矩,给我抓起来!"

冷生就这么给抓起来了,他自己也不知犯了什么罪。

学使气愤难平,又下令要打他的板子。

学堂的官员,还有同事,纷纷向这位学使解释,说这冷生有点癫,精神不大正常。学使得怒气这才稍微平缓下来,说:"学府重地,怎容此狂生?把他的功名革了,赶出去!"

本来,笑一笑,十年少,学堂里多点笑声又有什么不好?况且冷生一笑,便灵感即至,能写出好文章——莫非还能让他发呆,写不了文章吗?可为了维护官场的"正气",他只好当牺牲品了。

也不知学使要的是怎样的官样文章!笑,竟成了官场上要革职的罪名。

好在冷生也无所谓,这月薪大可不要,自由的笑声却是须臾不可以少的!

于是,他放浪形骸,佯装癫狂,整日饮酒作乐,吟诗行文,倒也自在!更何况一翻开怀的大笑之后,又可以写出一篇美轮美奂的好文章呢——此真

实人生之一大乐事啊!

久而久之,他大笑之际写下的文章,汇总为《颠草》,一共四卷。

《颠草》上的文章,超凡脱俗、峻拔振奋、琅琅可诵,读之令人若醍醐灌顶,全身心都爽快异常,人人都抢着要看。谁不想看完开心一笑呢?

(本故事改编自《冷生》)

知天象的狐友

也不知道是哪个朝代了，有一位书生，姓车，我们就叫他车生吧。

这可是一位穷书生，家中四壁皆空。不过，车生却有一个嗜好，就是喝酒。他每个晚上，都得喝上三大碗酒，碗碗见底，不然，就没法睡着觉。喝过三碗，他就呼呼入睡，而且睡得又甜又美，不知多滋润！

这天，他又喝得酩酊大醉地睡了过去。夜间醒来，正翻身，忽然觉得身边好像有人躺着。他悄悄地伸手探去，一摸，竟是毛茸茸的，嗨，没准是哪只野猫，见他喝得一身热气，上他身边取暖来了？可再一摸，这又不对了，猫哪有这么大呢？他不由得一惊，慢慢爬了起来，点上蜡烛，一看，居然是一只毛茸茸的狐狸。这家伙竟也喝了个酩酊大醉，呼呼地直喷酒气，再看身边的酒瓶子，早已空空如也——没说的，一定是给这狐狸喝掉了。

车生是个善良、豪爽的人，大笑着说："这正是我喝酒的好友呀！"

他不忍心惊醒这只睡得正美的狐狸，还给它加盖上了衣服，不让它受凉。而后，自己与狐狸并排躺下，照睡不误。

夜半三更，外边巡夜的梆子响了，狐狸翻了个身，伸了伸懒腰，醒了。

这时，车生含笑问："你睡得可真美呀！"

谁知，狐狸把衣服一掀，竟变成一位儒雅、俊俏的白面书生。这位书生赶紧从床上下来，连连叩谢："唐突之至，先生不但没有怪罪，更没起杀机，真是大恩大德了。"

车生却大笑地坐了起来，说："我嘛，嗜酒成瘾，人家都责怪我痴，不与我往来。你嘛，真似鲍叔牙一样，是我的知己。我好酒，你也好酒，彼此彼此。如果不嫌弃的话，我们成为好朋友吧。"

于是，车生又把这位酒友拉到了床上，一起呼呼大睡。

睡到半夜，车生又说："你可以常来，我们之间，不应当有什么猜疑的。"狐狸连连称是。

当车生又一次醒过来时，狐狸已经离去了。

车生怀念这位喝酒的好朋友，专门备下了一坛好酒，等候狐狸的到来。

晚上，星月交辉，夜风习习，狐狸又悄然而至。两位立即促膝对饮，喝得兴高采烈。

这位狐友，不仅酒量大，而且很会说笑话，常常说得两人拊掌大笑不已。车生喜出望外，大有相见恨晚的感觉，两位真成了知音。

日子久了，来往也多了，狐友有些不好意思，于是很诚恳地说："老是前来打扰，喝了你不少好酒，不知道该怎么报答你是好？"

书生淡然一笑，摇摇头，说："我们是知交，几碗酒的事，何足挂齿呢？"

狐友却说："虽然是这样，毕竟你家中并不富裕，弄点钱买酒并不容易。不管怎样，我也应当为你弄一点酒钱吧。"

第二天傍晚，狐狸赶来了，告诉车生说："从这里往东南走过去七里地，路边有被扔下的黄金，你快快去捡回来吧。"

车生问明白后，马上便去，果然捡到了两锭金子。他赶紧从市场上买来好酒好菜，为晚上的豪饮助兴。

晚上，正喝得高兴时，狐友又告诉他："你家后院呀，有个地窖，你不妨去挖开看看。"

车生深信不疑，在后院挖到了一个地窖，一看，地窖里竟有百余吊钱呢。

他欢喜地说："这下子口袋里可有钱了，不愁没钱打酒啦。"

狐友却正色道:"你说得不对,车辙印中的水,经得起几下掏呢?还得有长久打算。我该进一步给你谋划谋划。"

又过了几天,狐友果然对车生说:"如今市场上的荞麦便宜极了,你赶紧买进吧,到时候,便奇货可居了。"

车生深信狐友的话,马上按照他的吩咐,大批购进了荞麦,足足买了四十余担。

本来,荞麦太多了,价格太贱,谁也不买,生怕亏本。偏偏车生与大家不一样,一下子买了这么多,人人都觉得他脑子一定出了毛病,该不是喝酒喝糊涂了吧?纷纷笑话他办了一件大傻事。

可车生相信他的酒友,丝毫没有动摇,也没有把别人的讥讽当一回事。因为他觉得:酒友,酒友,应当肝胆相照,互相之间,不应该有任何猜疑。

果然,在他买下荞麦后不久,天就不下雨了,每日烈日曝晒,土地都龟裂了。

眼看着田里的禾苗,一片片地枯萎了。种下的豆秧,也干成了柴棍子。怎么从河里、井里提水,也无济于事。为谋生计,田里只能重新种上耐旱的作物——而这时,只有荞麦可种了。

果然让狐友说中了,这下子,荞麦便"奇货可居"了。

他买进的四十余担荞麦,此时就不再是贱进的口粮,而成了救命的种子了。

远近几百里的农村，都纷纷来找车生，愿意出高价买荞麦种子。笑他的人，此时非但不笑他，反还来求他，生怕他不卖荞麦种子给他们呢。

　　好在车生并不计较，总是有求必应，很快，四十余担荞麦种子全卖出去了。车生点算一下得到的收益，竟然盈余了十倍的银子。

　　从此，车生就富裕起来了。他不愁每天晚上没钱买酒与狐友共饮了。

　　车生赚了钱，买下了二百亩肥沃的良田，同时，也娶上了媳妇，还生下了一个白白胖胖的儿子。

　　不过，每年种田，他都一定会询问狐友，如果狐友说，今年要多种麦子，他就多种麦子，这一年的麦子就一定丰收；如果狐友说，多种谷子，那谷子也就一定多收。甚至于几时下种，是早是晚，车生都是必问过狐友才决定下来的。而狐友也从来没说错过一回。

　　就这样，车生与狐友的关系一天比一天亲密，就像一家人一样。狐友把车生的妻子叫作嫂子，把车生的儿子当作自己的儿子。这种不寻常的友情一直维持到车生老死，狐友也就不再来了。

　　看来狐友真是太喜欢车生的洒脱、好客了！

（本故事改编自《酒友》）

好为人师的狐狸

在淄川东山,有一位姓郭的书生。因为不知道他叫什么名字,就称他为郭生吧。郭生自小就十分爱好读书画画,只是山村里没有学问特别好的老师指教。当他到了二十来岁的时候,他对字画还不大能分出真伪来,常常受骗买了假画。

那时,他家中经常闹狐狸。一些日常用的碗筷、茶壶杯子经常会无缘无故地不见了。这些事虽然不大,但也闹得郭生伤透脑筋。

有一天夜里,郭生将书放在书桌上读着。稍不留神,那本书就被狐狸用墨涂黑了,书上的字也看不清楚了。郭生只得拣些未被墨涂过,稍为干净些的文字来读。好好的一本书,能读的只剩下六七十首诗了。因此,郭生心里十分生气,但也没有办法。他只好把平时必读的二十多篇文章收藏好,等有机会遇到名师时,好向他求教。

可是第二天一早起来,他看见那些文章全被摊在书桌上,用浓浓的墨汁涂得黑黑的。郭生的肺几乎都要气炸了,恨不得把这只可恶的狐狸杀了。

这时有位姓王的朋友办事途经东山,趁着办事的空隙,找郭生聊聊。因为平时俩人很要好,无所不谈。

刚一进门,王先生便一眼看见了这几本被墨汁弄脏了的书,便问郭生:"这是怎么回事呀?你难道不喜欢读书吗?何故把书弄得这么脏呀?"

郭生只得向王先生大吐苦水:"你说气不气哇!好端端辛辛苦苦抄写的书,全都让这只该死的狐狸弄得一塌糊涂,白白费了我这么多心血。"

不过,王先生拿起这些被狐狸涂得残缺不全的文章一看,觉得特别有意思,里面似乎有点道理。于是他又拿起被涂污的那部分看看,觉得这些文字啰哩啰唆,尽是些废话,本来就该删除的。因此,王先生感到很惊讶,说:"这只狐狸似乎是有意要涂掉这些废话的,你不要只是看作狐狸的恶作剧,其实可以把它当作老师呀!"

又过了几个月,郭生回过头来看他以前作的文章,的确觉得狐狸涂改得对。它把那些没用的句子涂掉了,整篇文章读来觉得通顺多了,言简意赅多

了。于是郭生又换了题目作了两篇文章,放在桌子上,看看有什么奇怪的变化。到第二天天亮,果然文章又被涂污了。这样,郭生天天写,狐狸夜夜涂。大概过了一年,狐狸不再涂郭生的文章了。

当年,郭生果然考入淄川的书院,当了贡生。郭生认为这全靠了狐狸的指点。于是他经常准备了鸡、粮、酒水之类,请狐狸吃喝。以后他每次去买书房中备置的书籍,都是靠狐狸的指引。后来,他两场考试都很成功。这一届参加秋试,他还中了个副榜进士。

(本故事改编自《郭生》)

好逗笑的狐娘子

这是一个有关狐狸说谐语，也就是狐狸说笑话的故事。

从前，在山东省博兴县，有一个书生，姓万，单名福。万福，这个本来是古代妇女行礼时的用语，现在倒成了一个书生的名字。这且不管它，现在只说这个书生。

万福虽说是个书生，可是家中并不富有。为了让他能够出人头地，家里人就想方设法借钱供他读书。只是这个万福，他参加了好几次考试，连个秀才也没考上。他觉得自己已经二十多岁，再去考试也是白考，便打算不再去参加考试了。

凑巧，那一年乡中选"里正"。里正其实不是官，连小官也不是，只是专门办理乡里的事务，比如帮忙收收捐税、派派公差什么的。一般来说，对于那些奸狡的人来说，里正不单是官，还是个发横财的好差事；对于那些忠厚守本分的人来说，却是个赔本花时间的事，弄得不好，常常闹得倾家荡产。

万福考不上秀才，却给乡里选中了，要他当里正。万福不想为害乡人，也不愿自己为此而倾家荡产，可是又推辞不掉，便只好远走高飞，离开家乡，逃到了济南。

博兴是山好水靓，但对于万福来说，他并没有游玩的好心情，他得谋生。

万福没有什么谋生的技能。他不会做工，也没有钱做生意，好在他读过书，认识字。那个时候识字的人不多，写封信、填税表都要读书识字的人代劳。于是，万福就干起了"代书"（即代人书写）的营生。什么写家书、写契约、写喜庆对联等，以此收一些钱维持生活。慢慢地，他在当地也结交了一些朋友。万福租住的房子也就成了他和朋友们叙谈的好地方。高兴起来时，他们喝酒、猜拳，一直谈到深夜。有时夜深了，有些朋友就留宿下来，住上一晚两晚才走。

一天夜里，没有朋友来打扰，万福想趁空暇读读书。刚读了两三页，就有人轻轻敲门。万福只好打开门，问道："谁呀？"

站在门外的人并不马上回答。万福一瞧，门外站着的竟然是一位年轻漂亮的女子，在灯光下露出一脸笑容。万福料想不到会有女子来找自己，连忙

问："你是谁，找我有什么事吗？"

那女子嫣然一笑，说："我是谁？我说出来你可别害怕。"

万福也笑了。他想：这样一个天仙似的美丽女子，有什么值得怕的。难道她是鬼？这样美丽的鬼也不可怕呀。万福笑着说："你说吧，说了我也不怕。"

女子说："你呀，有你这样待客的吗？我脚都站酸了，你总得让我进屋才好说话呀！"

万福拍拍自己的脑袋，忙说："对，对，你说的倒也是。恕我失礼了，你请进吧。"

进到屋里，两人对坐。那女子开门见山地说："实话告诉你，我是一个狐仙。"她见万福动了一下身子，忙说："你别怕，我绝对不会害你的。"

万福说："那你来……"话还没有说完，狐女抢着说："你别问为什么，其实我来，一是羡慕人间生活，二来呢，"她瞟了万福一眼，继续说："二来是为了解除你和我独住的寂寞。你让我住下来，为你做个伴，怎么样？"

万福正愁没有人做伴，听她这样说，感到非常高兴，连忙说："好呀，好呀，我正愁没有人做伴呢。"

狐女说："我住下之后，你不能再让别人来住，行吗？"

万福答应说："这个当然。"

就这样，狐女天天晚上都来到万福屋里，和他住在一起，就像是一家人似的。

万福有三个要好的朋友，一个叫孙得言，一个叫陈所见，还有一个是陈所见的兄弟，叫陈所闻。有一天，他们三个都在万福屋里过夜。

本来，他们三个以前也都在万福屋里留宿过夜的，只是，万福现在多了一个狐女同住,就不太方便了。

万福不想留他们住下,但又不好拒绝,只好对他们说实话,告诉他们屋里住着一位狐女,实在不方便再招待他们。可是,他们三个都不相信,一齐笑着说:"如果是真的,那我们不留下,但你应该让我们见识见识,以后遇见也好叫一声嫂子呀!"不知是谁又说:"如果她真的是狐仙,想必一定是天仙似的美丽,更应该让我们拜见拜见了。"

万福不得已,只得进屋告诉狐女。

狐女说:"这有什么好见的,我还不是和普通的人一个样。"

外屋的人,只听见声,却看不见人。孙得言平日就好开玩笑,于是,他立即开玩笑说:"啊呀,听见这样娇滴滴的声音,已经令人魂飞魄散了,见不到你的芳容,只能叫人患单相思了。"此话一出,众人大笑。

狐女又说:"笑归笑,说归说,我是狐狸,我说个有关狐狸的故事,你们乐意听吗?"

话刚落,众人一起大叫:"好!好!太好了!快说吧。"

于是,狐女开始讲故事了,她说:

"从前,某个村镇里,有一家旅店,因价钱便宜,招待周到,生意也基本过得去。后来,不知道从哪里来了一只狐狸霸占了旅店,专门捉弄旅客,弄得旅客都不敢入住了。旅客们转告别的旅客不要入住。这样一来,旅店的生意一日比一日差,快做不下去了。一天,有一个外国客人来到这里,想在这家旅店住下。有人告诉他说:'你不要在这里住,这里闹狐狸精。'外国客人听了十分害怕,打算到别的旅店住。这家店主极力挽留他说:'你别听他们说,他们骗你的。'外国客人说:'他们骗我,你不骗我?'店主说:'我为什么要骗你呢,你相信我好了。'外国客人住下了。他正要躺下来休息。突然从床底下跑出来一群小老鼠,吱吱吱地往房外跑。外国客人吓了一跳,大叫:'有狐狸啦!'店主听见急忙走来问:'你喊什么?'外国客人说:'有狐狸!'店主问:'你看见的狐狸是什么样子的?'外国客人说:'我刚才看见的狐狸,只是一丁点儿大,不是狐狸的儿子,就一定是狐狸的孙子。'"

狐女的故事还没有说完,外屋的人早已笑得人仰马翻了。

从此之后,每隔一两天,这几个人都要来万福家和狐女开玩笑。狐女十分诙谐,常常一两句话,就逗得大家开怀大笑,大家风趣地称她为狐娘子。

这天,万福又准备了酒菜和朋友们相聚。万福坐了主位,孙得言坐在左边,陈所见和陈所闻两兄弟坐在右边。另外摆了一个小桌子,让狐娘子坐。

喝酒时,有人提出掷骰子行酒令。孙得言掷骰子输了,该罚酒一杯。他

没有喝,却把酒杯放到小桌子上说:"狐娘子好酒量,代我喝一杯。"

狐娘子说:"我从来不喝酒。这样吧,我讲个故事代喝酒吧!"

众人知道狐娘子说话诙谐,都说可以。只有孙得言捂着耳朵说:"不行,她说故事也好,说笑话也好,都是骂人的。"

众人说:"骂人的要罚。"

狐娘子正经地说:"我不骂人,我骂狐狸总可以吧?"

众人说:"这倒可以。"于是,大家侧着耳朵,听狐娘子说故事。

狐娘子说:

"从前,有一位大使出使红毛国。他戴着一项用狐狸皮做的帽子去见红毛国国王。国王觉得这帽子很稀奇,便问大使:'你的帽子用什么皮毛做的?看起来很柔软、很光滑,戴起来一定很暖和很舒服吧。'大使说:'这是用狐狸的皮毛做的。'国王没听说过狐狸,于是问道:'狐狸的皮毛?那狐狸是个什么东西,我怎么没有听说过?唔,你告诉我,这个狐狸的狐字是怎么个写法?'大使听了,便一边用手在空中比画,一边说:'这个呀,它的左边是一个小犬,右边是一个大瓜。'"

…………

狐娘子说得正正经经的。大家看到坐在万福左边的孙得言早已笑得前仰后。

这时，陈所见、陈所闻兄弟，看见孙得言狼狈的样子，便高声说："这个狐娘子太过放肆了，要有个狐大哥来管教管教她才好。"众人愕然，怕狐娘子听了会见怪。哪里知道，那狐娘子依然一本正经地说：

"刚才我讲的故事还没有讲完呢，我接着讲。那国王看见大使骑的骡子，觉得不像是马生的，又问道：'这是什么东西，不是马吧？'大使回答说：'在中国向来都是马生骡，骡生驹。'国王说：'这多么奇怪，难道是真的吗？'大臣说：'千真万确，马生骡，是臣所见，骡生驹，是臣所闻。'"

众人看着陈所见、陈所闻兄弟，无一不是笑弯了腰，笑得肚子疼。

一阵大笑过后，大家知道，在座的没有一个人是狐娘子的对手，便互相约定，今后谁先开玩笑，便罚谁做东道主。

大家继续喝酒，可是不开玩笑，这酒喝得实在沉闷。好开玩笑的孙得言又开起玩笑来，他对万福说："我有一副对联。但只有上联，下联请你来对。"万福问："上联是什么？"孙得言说："上联是'姑娘出门访情人，来时万福，去时万福'。"这副对子有点蹊跷，对子末尾的万福，既是万福的名字，又是女子行礼时口中的祝词。

大家想了半天，谁也对不上来。

这时，狐娘子开口了，她说："这副对子好对。你们听，下联是'龙王下诏求直言，鳖也得言，龟也得言'。"话刚落，众人都笑得前仰后翻。

孙得言却大发脾气，气恼地说："刚才约定不得开玩笑，怎么你狐娘子又开戒了？"狐娘子忍住笑说："对不起，是我犯戒了，明天我做东道主就是了。不过，话又说回来，不是这样对，可就没有更工整的对子了。"

大家又互相说笑了一会，才散了席。

狐娘子好逗笑的故事，多得说不完啊。

（本故事改编自《狐谐》）

书生与狐女

　　山西太原，自古以来就是一座人口众多、物产丰富、商业兴旺的大城市。城市中自然有很多大户人家，有做大官的，有做大生意的，更有很多文人学士聚居在这里。他们每日谈诗论文，所到之处无不成了名园、名景和游览胜地，引得许多人慕名来参观游览。太原也就成了名城。

　　就在太原的东郊，有一座很大的名园。名园里的亭台楼阁，无一不是装点成画一样。庭院里绿树成荫，奇花异草更是布置得当，引人入胜。至于园里的厅堂、书房、东西两厢住房，都装饰得富丽堂皇，使人羡慕不已。

　　这座名园是一个姓耿的大户人家的。主人原来是一位朝中大臣，后来告老回乡，在太原建筑了这座名园。他去世后，子孙们不争气，成了二世祖。家境渐渐衰落，子孙也渐次分散，结果大部分阁楼、厢房都空置下来。时间一长，庭院荒芜了，没有人居住的阁楼也就生出许多怪事。

　　比如，原来关得好好的大厅的门，会自动打开；关好的窗子不但时开时闭，连窗帘也会自动放下又卷起，就好像有人在拉动。更奇的是，屋子的桌椅常常自动调换位置，就像有人重新安置过。月白风清的夜晚，有时阁楼上人声喧哗，好像很多人在聚会饮宴；有时书声琅琅；有时笛声凄婉……怪事一桩连一桩。

　　主人曾派人巡视过，却又什么都没有发现，可过后，怪事仍然不断。主人既感到厌烦，更感到害怕，就把全家搬到城里去住，只留下一个老汉看守着这园子。这样，这座名园就更荒芜了，怪事也更多了，就算是大白天，人们轻易也不敢独自入内。

　　人们都说，这家大宅闹鬼。

　　一般人都怕鬼，但也有人不怕鬼的。这个不怕鬼的人便是这家主人的侄子，叫耿去病。

　　耿去病只是一个书生。他不懂武术，更不会法术，只不过十分大胆，偏不相信世间有鬼。他听说大宅里闹鬼，不但不相信，反说这肯定是人自己吓自己。他对看门的老汉说："你以后碰见院里有什么怪事发生，马上来告诉我。让我看看究竟是怎么一回事。"

不久的一天晚上,老汉看到阁楼上隐隐约约有灯光在闪动,忽明忽暗的,又仿佛听见有人在说话,而且不止一两个人。"有鬼!"老汉断定后便立即跑去告诉耿去病。

"真的有鬼吗?"耿去病要去弄个明白,便立即赶到了大宅。

这座大宅,耿去病太熟悉了,逢年过节他都要进去拜见主人,因此,大宅的门户道路他都一清二楚。他赶到时也不用点灯,趁着朦胧的月色径直入内。他拨开荒草,绕过走廊,进入头厅,没有发现什么异常,他再往里进,才看见二进厅的楼上灯光时明时暗,隐隐约约听见有人在说话。

"奇了!"耿去病没有多想,便不顾一切地走上去。到了二楼,他往屋里一瞧,只见屋中央的八仙桌旁,坐着四个人。朝南坐着一个戴头巾的老者。老者的右边坐着一个十七八岁的少女,样子十分标致美丽。老者左边坐着一个二十来岁的书生,背着楼梯口的是一位老妇人。他们在摇曳的烛光下饮酒,谈话,看样子十分快乐。

耿去病很高兴。他不管三七二十一,径直朝桌子走去,边走边笑着说:"诸位,我这个人不请自来,打扰了。"

屋里的人猛地一惊,立即站起,纷纷躲避。只有老者惊讶地问道:"你是何人,竟敢无缘无故跑进别人家里来?"

耿去病不慌不忙向老者行了礼,仍笑着说:"什么别人家?这里本来就

是我的家。你们擅自占用着，还饮酒作乐，也不邀请主人共同享受，是不是有点过分了。"

老者端详着耿去病，摇摇头说："你不是这家的主人，你骗不了我。"

耿去病仍笑着说："好了，我也不骗你，就算我不是这家的主人。但我是这家主人的亲侄子，这是真的吧！"

老者这才点头说："啊！这样说来，倒是我对不起你了。那么，请坐。"

耿去病也不客气，便一屁股坐下，端起酒杯喝起酒来。

老者说："请问先生大名。"

耿去病说："我叫耿去病，是这家的亲侄子，今晚特来拜访。"

俩人喝过两杯酒后，耿去病说："不要因为我不请自来，妨碍了你们家的欢聚。还是请大家一起喝酒吧！"

老者说："这倒也是。"于是向屋里喊道："孝儿出来吧。"接着，那书生应声出来，向耿去病施礼后在一旁坐下。老者介绍说："这是我的儿子，名叫孝儿。他还年轻，请你多多指教。"那孝儿也不避亲疏，称耿去病为兄长，三人一起喝起酒来。

老者问耿去病："我曾经听说，你的祖父编写过一部书，书名叫《涂山外传》，你大概知道吧？"

"《涂山外传》吗？我不但知道，而且我读过多遍，十分熟悉呢。"耿去病笑着说。

老者欢喜地说："是吗，这真是巧极了。我告诉你，我姓胡，我们家就是那本书里说的涂山氏的后代呀！"老者接着感慨地说："我们的家族，从唐朝以后一直都有记载，我从我家的族谱上读到过。但是，五代之后就失传了。你既然熟读《涂山外传》，那就跟我们谈谈吧！"

孝儿也高兴地说："对，对，务必请多多指教，好让我们做后人的，也能了解我们家族的兴衰史呀！"

耿去病装腔作势地说："这不就是说涂山的女儿帮助夏禹治水的事吗？你们想听？"

老者连忙说道："对，对，太对了。有关我们祖先的传说，我们都愿意听。不过，你等等。"老者对孝儿说："耿公子不是外人，去把你母亲和你妹妹都叫出来，让她们都知道我们祖先的事。"

当妇人和少女来到楼中央时，耿去病立即被眼前这位少女的光彩深深吸引住了。这少女实在太漂亮了，俊俏的脸庞白里透红、晶莹的眼睛流露出诱人的秋波。耿去病从来也没有见过这样美丽的少女，简直入迷了。连老者介绍说这位少女是他的侄女青凤,他都像没有听见一样,痴呆呆地看着这位少女。直到孝儿对少女说:"青凤妹妹,你快坐下来,好听耿公子说《涂山外传》的传说。你的记忆好,好好记住我们祖先的事迹啊!"耿去病这才知道,这位迷人的少女叫青凤。

耿去病望着青凤,兴奋地说起了《涂山外传》。他说:

"夏禹治理天下,走遍了大山大河。后来,他来到涂山,遇见了九尾狐仙。当时的民间歌谣说,见了涂山九尾狐仙,就可南面称王。娶了涂山的女儿,天下从此国泰民安。当时,涂山的女儿女娇,很佩服夏禹治水的气魄和决心。女娇自愿帮助夏禹开通龙门大山,疏通了九条大河。这九条大河直到今天仍川流不息,造福人民。女娇立下了大功。后来成了夏禹的妻子。"

耿去病说得天花乱坠,青凤听得入神了。她一双凤眼注视着耿去病,耿去病也紧紧盯着青凤,一面娓娓而谈,一面频频举杯,早已饮得半醉。

这个耿去病,平日里就不拘生活小节,此刻对着这样美貌,听自己高谈阔论的少女,就有些失态了。他突然站起来,一拍桌子,对着青凤大声说:"我如果得到你这样美丽的女子作为妻子,就是让我做皇帝也不过如此。"他这一拍,惊得老妇人急忙拉着青凤躲进里屋去了。

耿去病怅然地看着青凤离去,失望地向老者告辞了。

这一夜,耿去病再也无法入睡了。他的心中老是惦记着青凤。

第二天晚上,耿去病又去楼上拜访胡姓人家。可是,楼上寂静无声,灯光、人影都没有了,一切都和以前空置的时候一样了。耿去病站在楼中央,怅然不已,屋子里只有残留的淡淡幽香陪伴着他。

耿去病一连寻找了几个夜晚,阁楼上依然没有一点声息。

耿去病没有死心,他干脆卷起被盖,住到阁楼下,希望还能见上青凤一面。

这一天夜里,耿去病久候也不见有动静,感到寂寞,便点起灯读起书来。哪里知道,他还没有读完一篇,突然窗外吹来一股冷风。灯火突然熄灭后又马上复明,摇曳的灯光照着门外一个身躯高大、面孔漆黑、披头散发、目露凶光的恶鬼。这恶鬼朝着耿去病张牙舞爪,哇哇大叫,好像要扑入屋内。耿去病没有惊慌,他甚至觉得可笑。他用手指醮着砚台上的残墨,把自己的脸涂得墨黑,也睁圆双眼,和恶鬼对视。他们对视了一会儿,恶鬼见吓不倒耿去病,倒吸了一口气,掉头走了。

这一夜,很平静地过去了。再也没有发生什么事。

第二天夜晚,过了大半夜,耿去病正欲熄灯上床睡觉,忽然听见楼上有开门声。他急忙披上衣服，轻手轻脚地摸到楼上。这时传来了细微的脚步声，接着门开了，烛光中走出一位姑娘，耿去病定睛一看，出来的正是青凤。

青凤看见耿去病站在门外，吓了一跳，连忙退回门内，关上房门。耿去病不敢敲门，只是站在门外作揖行礼，诚恳地说："青凤，你别害怕，我不会伤害你。你看，我不怕危险，单独一个人住在这里，就是希望能再次见到你。今天，我幸运地遇上了，请你开开门，让我们见见面。我就是死了，也不感到遗憾了。"

青凤没有开门，在屋里说："耿公子，你对我的深情，我怎么会不知道？不过，我家叔父的家规很严，轻易不会放我和别人来往。如果让他知道了，他是不会放过我的，你还是走吧。"

耿去病再三地哀求说："既然这样，我只恳求你，让我再见你一面，你放心，我不会对你无礼的。"

青凤经不起耿去病再三的请求，开门出来。耿去病十分欢喜，便和青凤一起下楼，回到自己住的地方。刚坐下，青凤笑着说："我叔父看出了你的用心。他怕你是一个公子哥儿，轻佻无信，不准我和你往来。昨天晚上，他变成恶鬼，想把你吓跑。想不到你的胆子特别大，令叔父无计可施，没有法子，他只好搬家来避开你。今天一家人都走了，我借口在屋里找一支失去的玉簪才没有走。我这样做也是为了再见你一面。唉，明天早上我一走，今后恐怕再也不能相见了。"

青凤还没有说完。突然，姓胡的老者怒气冲冲推门进来。青凤立即站起，红着脸，低着头不敢出声。老者骂道："下贱的东西，还不快滚！"青凤低着头，哭着跑了。老者跟在后面骂个不停。耿去病不忍心看着青凤挨骂，也跟在后面大声说："这不关青凤的事，全是我的错，你要责怪就责怪我好了，与青凤无关。"可是，当他追到门外时，什么声音也没有了。老者、青凤都无影无踪了。

从此以后，这座大宅一片沉寂，再也没有发生什么怪事。耿去病的叔父听说后，觉得耿去病勇气可嘉，就把这座没有人敢住的空宅，全都给了他。

可惜，人去楼空，耿去病再也见不到他日夜思念的青凤了。

春去秋来，到了第二年的清明节，天空灰蒙蒙的、充满了润湿的春意。耿去病扫墓归来，有点心不在焉地走着。突然，背后传来一阵急促的、夹着咆哮的追逐声。从远到近地传到脚下。

他立住脚一看，看见两只青色的小狐狸，被一只高大威猛的猎犬紧紧追赶着，眼看就快赶上了。其中，一只小狐狸拼命窜入路旁野草丛中，另一只

小狐狸却依偎在他的脚下团团转,一面哀叫,一面垂头摇耳,又睁着双眼望着他,眼中露出求助的目光。

耿去病觉得这只小狐狸十分可怜,便动了恻隐之心,一把抱起小狐狸,用衣服盖着。小狐狸也一动不动地偎依在耿去病怀中。这时,追赶过来的猎犬猛地跃起,想从耿去病怀中夺走小狐狸,耿去病朝猎犬腹部猛地一脚,猎犬挨了一脚,掉头走了。

耿去病抱着小狐狸,把它带回家中。

耿去病回到家中,推开门,先把小狐狸放在床上,再去关门。门还没有关好,却听见身后有人叫他:"耿公子!"他觉得声音好熟悉,急忙回头一看,不禁大叫:"青凤!"原来那只小狐狸竟然是他日夜思念的青凤。

青凤坐在床上微笑地看着他。耿去病十分欢喜,连忙坐到青凤的身旁,急忙问:"你怎么会来到这里的?我不是在做梦吧?"

青凤双眼含泪,叹了一声说:"今天幸亏遇见你,不然的话,我早已被那只恶犬咬死了。真的就永远不能再见了。"

原来,今天早上,青凤和婢女在野外散步。没有料到遇上了一只猎犬,几乎遭到大祸。她有点担心地对耿去病说:"今天,你已经知道我是狐类,你不会嫌弃我吧?"

耿去病连忙安慰青凤说:"我怎么会嫌弃你呢,你走后,我日夜都在思念你啊！"

青凤说："我也一样。唉，如果不是这场意外，我们还不知道何时才能相见啊！"她轻轻地叹了一口气，然后，又面带笑容说："经过这一逃，我那婢女一定以为我已经被恶犬咬死了。我叔父也不会再来找我了。我们可以永远相聚在一起了！"

就这样，耿去病和青凤成了家，仍然住在原先的大宅院里，快乐地过着日子。

日子就这样过去了。

两年后，一天夜里，耿去病独自在书房里念书。突然，孝儿来到他面前。耿去病惊讶地问孝儿："你怎么会到这里来？你父亲呢？"

孝儿没有直接回答。却泪流满面，跪在耿去病面前哀求说："我是有事求你来的。我父亲现今身遭大难，性命不保。只有你能救他。本来他想亲自来求你，因为青凤妹妹的事，他怕你不答应。所以我特地来求你，求你救他一命。"

耿去病听说，便问道："这到底是怎么一回事，我怎么去救他？"

孝儿问："你认识莫三郎吗？"

耿去病说："认识。莫三郎是我的好朋友。他父亲和我父亲也是好朋友，我们有两代人的交情呢。"

孝儿说："莫三郎明天去打猎，会收获很多猎物，回来时会经过你家。如果你看见在他的猎物中有一只受重伤的黑狐狸，那就是我父亲，求你千万千万把它留下，救我父亲一命。"

耿去病听说后，沉默了片刻才说："你要我把它留下也不难，只是要青凤来说一声。"

孝儿听了，泪流满面地说："青凤妹妹前两年不幸在野外遇难，已经死去了。"

耿去病说："既然青凤不在，你求我也没有用。"说完，拿起书来只管自己念，不再理会孝儿。孝儿感到无望，哭着走了。

耿去病进到房里，把孝儿来求救的事告诉青凤。青凤脸都吓黄了，连忙问："那么你到底是救还是不救？"

耿去病见青凤着急的样子，连忙安慰她说："你别着急。无论怎么说，他到底是你的叔父，我当然要救他一命的。我刚才对孝儿这样说，只是气气你叔父当年过于专横罢了。"

青凤这才放下心来，伤感地说："我很小的时候就失去了父母，全靠叔父把我抚养大的。虽然他责怪过你,但他也是为了管教子女啊。"

耿去病沉默了一会,又笑道:"话是这么说,道理我也全懂。不过总感到不太舒服。现在当然是没有了。"突然,耿去病又顽皮地开玩笑说:"要是你真的死了,那我定然不救他。"青凤也笑了:"啊!有你这样残忍的吗?"

第二天午后,耿去病听见门外一片人声、马声、犬吠声,吵吵闹闹地,非常热闹。他急忙出去一看,果然看见莫三郎腰挂弓箭袋,骑着猎马,马后跑着猎犬,一大群人挑着很多很多的猎物来到耿去病门前。

耿去病赶紧请莫三郎进屋坐下喝酒、进餐。酒后,耿去病去观看那些猎物,果然发现有一只受了重伤的黑狐狸,躺在地下已经气息奄奄,现出快要死去的样子。

耿去病对莫三郎说:"三郎兄弟,你今天猎到的东西太丰富了。我想请你割爱,送一只猎物给我,怎么样?"

三郎说:"这有什么不可以的。你是要天上飞的还是地下走的,由你挑选。"

耿去病说:"我的皮袍子早该换了,就是找不到好的料子。刚才我看见你的猎物中有一只快死的黑狐狸,倒很合适,你就给我留下如何?"

三郎说:"你拿去就是了。"

耿去病把黑狐狸拿进里屋交给青凤。再陪三郎喝酒,直到黄昏,三郎兴尽后带领仆人上马走了。

青凤把黑狐狸身上的血迹洗刷干净,伤口敷上疮药,然后把它抱在怀里,用自己的体温去暖着它。直到第三天,黑狐狸才清醒过来,青凤把它放到床上,转眼间,黑狐狸变成姓胡的老者。

老者见了青凤,十分惊奇地问:"青凤,这不是人间吧?我不是在做梦吧?"

青凤把过去发生过的事情一一告诉了老者。老者听了十分感动,连忙向耿去病拜谢,感谢他的救命之恩。

青凤对耿去病说:"相公,这座大宅,空房子仍然很多。我们为什么不把我叔父和哥哥一家都请来,一起居住,好朝夕相见呢。"

耿去病听了也十分欢喜,说道:"这样正好,我们到底是一家人。"

(本故事改编自《青凤》)

择友的狐仙

在山东省滨州城的郊外，有一条树木参天的古道，古道旁有一座简陋的书房。书房中常常传出阵阵朗朗的读书声，引得一些行人停下来静听。

这天，天还早，书房里就传出了读书声：

山不在高，有仙则名。

水不在深，有龙则灵。

斯是陋室，惟吾德馨。

苔痕上阶绿，草色入帘青。

谈笑有鸿儒，往来无白丁。

…………

就在这个时候，古道上走来一位老者。他被屋里的读书声吸引住了，便走到门外静静地听着。他边听边想：是呀，谈笑有鸿儒，就是说谈笑的都是有学问的人；往来无白丁，就是说在这里来往的都是有文化的人。看来，这屋里读书的一定是一个博学多才的人了，我为什么不进去见见他，认识认识呢？

原来，这位老者也是一个好学的人。

老者上前轻轻地敲了敲门。

"谁呀？"屋里人问。

"我，一个过路人，走路疲倦了，想进来歇一歇。"

门"呀"的一声打开了。从屋里出来一个年纪二十多岁、生得眉清目秀的书生。他向老者边行礼边说："老先生，请进。"

老者打量着这个书生，见他文质彬彬，一表人才，便打心里喜欢上他。他跟着书生走进屋，书生让座后，说："请问老先生光临寒舍，不知有什么指教呢？"

老者说："我路过这里，听见你朗朗的读书声，很羡慕你的高雅。特来结识你，和你交个朋友，你不会嫌弃吧。"

书生说："多谢你的夸奖。我还没有请教你贵姓呢？"

十、狐仙的童话

老者见书生谦虚有礼，便说："我姓胡，名叫养真。我喜欢结交有才学的人。实话告诉你，我本来是个狐仙，不过，我是不会害你的。相信你不会感到意外吧！"

书生听后微微一笑，倒也不感到害怕。他想：这样一位相貌古朴、衣着朴素的老者，看起来和善可亲，有什么可害怕的。他连忙说："老先生，难得你看得起我，亲自来到我这里，我欢迎还来不及呢，哪里会感到意外呢？"

胡养真说："你刚才读的是刘禹锡的《陋室铭》吧，我看，恐怕也是你自己的写照呢！"

"不。"书生说："我这里'陋室'是真，但'德馨'就不敢说了。你知道，'德馨'是指品德美好的人，我哪里配得上呀！不过，我倒真的想'往来无白丁'啊。哈哈！"书生说完，笑了，老者也跟着笑了。

就这样，这个书生和老者，一老一少交上了朋友。胡养真便常常来到书生家。他们有时谈诗论文，有时命题作对，相处得非常融洽。

胡养真的知识非常渊博，上至天文、下至地理，他没有不知道的，作起文章来，用词造句就好像雕花画画，美丽的词句随手拈来，运用自如。

书生对他非常佩服，也常常向他提出疑难问题，每次都会得到令人满意的答复。这样，书生这间"陋室"常常充满欢愉的笑声。

按说这个书生交上这样一个有学问的朋友，他应该感到快乐，也应该知足了。可是，并没有——书生慢慢有非分的想法了。

这书生的家里实在太穷了。他的"陋室"也实在太简陋了。不要说没有豪华的摆设，连坐的椅子也没多两张。客人来了，他既没有清茶香茗相待，更不用说供人酒菜了，甚至自己平日两餐也不容易维持。他多么想自己也有一大笔钱，不但能很好招待客人，自己也可无忧无虑过日子了。

书生天天都想弄到一笔钱。有一天，他突然灵机一动，胡养真这个老者不是一个狐仙吗？既然是仙人，就一定有不少法术，他准能帮自己发一笔横财的。唉，他拍拍自己的脑袋说，放着这个大好人不去求他，真是太愚蠢了。

第二天，书生用请求的口气对胡养真说："胡老爹，我知道你很爱护我，对我好。我很想报答你，只是我太穷了，没有法子，要是你能帮帮我就好了。不过，不知道你老……"书生故意顿住了，拿眼角瞟了瞟老者。

"你想我怎样帮助你呢？"胡养真见书生吞吞吐吐的样子，便爽快地说："说吧，只要我能办到的，我一定会帮助你的。"

"是这样，我想……我想……"书生仍然故作为难的样子。

"说吧！不要为难了。"

"是这样。"书生这才挑明了说："你老人家看，我家实在太穷了。住的是破烂的房子，生活只是粗茶淡饭，没有肉食，出门时连一件像样的衣服也没有。我太想改变一下这种穷困的日子，可是我没有足够的钱。"书生偷偷地看了胡养真一眼，换了口气接着说："我想，你是狐仙，你有办法给我弄一大笔钱的。这件事，对你不过是举手之劳，你为什么不照顾照顾我呢？"

胡养真实在想不到书生会提出这种要求。他望了望书生贪婪的目光，他实在无法想象，一个原本高尚的读书人，居然会产生非分之想，想发横财。横财是什么？横财就是不劳动、用不正当的手段去弄钱，这……

胡养真愕然了，好半天没有说话。

书生见胡养真不说话，以为他不会满足自己的愿望了，急得直搓手、顿足，叹长气。

胡养真看见书生这种可怜的样子，觉得十分可笑，但又不忍心让他失落，便笑着说："好吧！我可以帮助你。本来这件事也不难，很容易做到，不过，你得先拿出十来个铜钱作为母钱，我才能给你弄很多的钱。"

书生听了十分高兴，便翻箱倒柜找来了十多个铜钱，交给胡养真。

胡养真见书生这种贪心的样子，暗暗叹了一口气。他拉起书生的手，一起走进屋后边一间小房子里。他让书生在一旁站着，自己穿上一件也不知道从什么地方弄来的八卦衣，脚下按着八卦的步法走动起来，同时用双手合着

十、狐仙的童话

那十来个铜钱,口中不停地念着咒语,然后双手向上一扬,刹那间,数不清的铜钱哗啦啦、哗啦啦得像暴雨一般,从房梁上倾泻下来,越落越快。转眼间,落到地上的铜钱堆积成山,很快就淹没了膝盖。书生急忙跳起来,站到铜钱堆上,钱雨继续哗啦啦地下,很快又淹到了小腿。

铜钱堆满了房子,就要流出房子了。

胡养真抚着胡子大笑。他问书生:"够了吗?"

书生乐得手舞足蹈,大笑说:"够了!够了!足够了!"

胡养真把手一挥,钱雨立即止住了。

他们笑着走出了房子。书生忍不住又回头,仔细地锁好房门,关紧窗子,生怕钱丢失了。

胡养真看见书生那种贪财的举动,感到失望极了。他没有料到,自己结交的朋友,竟然是一个见利忘义、贪得无厌的伪君子。这种人怎么能够做自己的朋友呢?

这样的朋友不交也罢。胡养真踏出大门,头也不回地走了。

书生没有去送胡养真。他急不可耐地想享用这些天上掉下来的钱。

当书生打开房门一看,他不由得"哎呀"大叫一声,一屁股坐在地上动不了了。

原先满满一屋子的铜钱不见了,全不见了。他急忙满屋子找,找来找去,只找到了那十来个母钱。他大失所望，不禁大声地骂道："骗子，你这个狐狸精，天下第一号大骗子！"他拔腿冲胡养真走的方向追去。

胡养真这时还在前面慢慢地走着。书生追上他，一把抓住他的肩膀，厉声道："胡养真，你这个狐狸精，为什么骗我，耍弄我，让我空欢喜一场？那些钱呢？"

胡养真转过身来，严肃认真地对书生说："我本来以为你是一个高尚的读书人，才和你交朋友。想不到你竟然是一个贪图钱财的人。我不能跟你一起去做贼。你大概只能和那些梁上君子做朋友了。"说完，他一甩袖子，走了！

路上只剩下那个贪得无厌的书生，呆呆地望着胡养真的背影，一动不动。

(本故事改编自《雨钱》)

狐狸仙人

你听说过人和狐狸交朋友的故事吗?

有一个名叫张虚一的书生,他就和狐狸交上朋友,而且成了十分要好的朋友。

很久以前,在山东省莱芜县的城南,住着一个老巫婆。这个老巫婆专门装神弄鬼,骗人钱财。她说她家里供奉着一位狐仙子,外号叫花姐姐。这位花姐姐的法术可灵着呢,你有什么难办的事,她都可以为你办到。只要你心诚,她就有求必应。老巫婆说得天花乱坠,招引得四乡的村民都来参拜。老巫婆就从中骗得钱财,逍遥过日。

老巫婆的话,也有人不相信。

这天,城北有个老汉,经过城南,看见老巫婆又在装神弄鬼,便不服气地对老巫婆说:"你家的狐仙子,怎么不像城北那家的狐仙人?"

原来城北也有个狐仙人。

老巫婆也不服气地反问他:"你说哪里不像?"

老汉说:"当然不像。城北的狐仙人比你家狐仙子好得多,也神气得多。城北的狐仙人从不糊弄人,还会吟诗作对,你家狐仙子会吗?"

他们两个互相夸着两个狐仙,正好让一位路过的书生听见了,这引起了他的兴趣。他停下来问那老汉:"老人家,你说城北的狐仙人这么风雅,你见过吗?"

老汉见有人向他打听城北的狐仙人,十分得意地说:"见是没有见过。可是,我常常听他念诗,念得可好听呢,你问他干什么?"老头一面说,一面转身,一看:"啊,原来是张大相公。怎么,你有兴趣见他。这可不容易,我听说他轻易不见人的。"

这位张大相公,名叫张虚一。他不愿做官,而他的弟弟张道一却是一个学官。两兄弟志趣不同,也就很少来往。张虚一平生性情豪爽、平易待人,从不做对不起人的事。他又不拘小节,更不会因为自己是学官的哥哥就盛气凌人。现在他听老汉这么一说,兴致更高了,很乐意去见见那位风雅的狐仙人。

张虚一来到城北，按老汉所说的地方，找到了狐仙人的住宅。

狐仙人的住宅很有气势。一座座阁楼在绿树丛中半隐半现。奇怪的是，住宅里既看不见人影，也听不见人声。张虚一也不管它，走到门前一看，门关着。他也不敲门，只是把拜帖从门缝中塞了进去，口中说道："小生张虚一前来拜访先生，请求一见。"话刚说完，大门"咯吱"一声自动打开了，里面连个人影也看不见。张虚一刚踏进门，门又自动关上了。张虚一壮着胆，走过院子，大厅的门又自动开了。

大厅的陈设古典雅致，像读书人家的样子。张虚一双手抱拳向四周作揖说："小生怀着敬意，前来拜访先生。先生既然让我进入大厅，为什么不肯赏光让我一见？"

话刚说完，就听见空中有人说："先生来访，我很高兴。先生请坐，请赐教。"

话音刚落，就见两张椅子自动转向，摆成两个人面对面的样子。张虚一会意地坐下了。他刚坐下，半空中就送来一只描金雕花的红漆茶盘，茶盘里放着两杯香茶，慢慢地移到张虚一面前。接着，另外一杯早已悬在半空，就像有人举起杯子一样，张虚一也端起茶杯，就听见对面"吁吁"的喝水声。这一连串动作，像是有人，可是又看不见人。张虚一想，这大概就是仙人不露面吧。

十、狐仙的童话

张虚一喝了两口香茶，还没有放下杯子，半空中又已经摆好一桌丰盛的酒席。酒席上，什么山珍海味、四时果蔬，香醇佳肴，都是等闲人家看不到的名贵菜色。酒席两旁什么上菜的、倒酒的、换盘子的都有，好像有很多人在招呼着、忙碌着，可就是看不见一个人。

张虚一素来豪放，对着美酒佳肴，他频频举杯，向着对面椅子上空说："多谢仙人款待，我敬你一杯。"立即，椅子上空也举起了杯子，还听见"当"的一声，然后，酒杯向后倾斜，仿佛一饮而尽。杯子刚放正，又见那酒壶悬空倾侧，向对面的酒杯斟满了酒。就这样，张虚一和那位看不见的主人痛饮起来。

张虚一三杯酒下肚，话就多了。他说："敢问仙人尊姓大名，他日再访，也好有一个称呼呀。"

只听见对面半空中有人说："小弟姓胡，排行第四，人们都叫我胡四相公。"

张虚一立即拱手为礼说："原来是胡四相公。你自称小弟，敢问你有多大岁数？"

对方说："我多大岁数？对不起，我自己也弄不清楚。我记得黄巢起义就像是昨天发生的事。"

"我的天，黄巢起义是唐朝的事，到现在已经有一千多年了，你还说是昨天的事。我说，你呀，你比我爷爷的爷爷还大呢，你哪能说自己是小弟的呀？"

胡四相公听了，有点不乐意地说："你不知道，我们狐仙修炼，讲究的是长生不老。我虽然修炼多年了，但我永远也只有十五岁。你呢，你已经二十多岁了，不比我大？所以我只能说，我是小弟。"

"啊！原来这样。"

两人就这样不见面地、一杯一杯地，一边喝酒一边谈话，渐渐意气相投、感情融洽。他们成了好朋友。

酒足饭饱后，张虚一很想喝一杯茶。话还没有出口，一杯香喷喷的铁观音热茶已经摆在面前。他感到有点热时，背后立即吹来了阵阵凉风。他又想擦擦汗，一条毛巾又早已来到他的手中。总之，他刚想到要什么东西，那东西立即到了他面前、手中。真是心想事成。

经过交谈，他们成了不见面的知心朋友。不是你来胡家，就是他到张家，交情可深呢。

一天，张虚一偶然想起城南老巫婆利用狐仙骗人钱财的事，便问胡四相公："城南的老巫婆天天都用你们狐仙做招牌，做着骗人钱财的事，你们不知道吗？"

胡四相公说："知道。她家哪里有什么狐仙，全是骗人的鬼话，你别听她的。"

张虚一说："她这样说，不是败坏了你们狐仙的名声了吗？"胡四相公还没有回答，就听见旁边有不少的狐子狐孙议论起来，纷纷不满地说："是呀，我们本来就不是坏人，全是这些老巫婆用我们的名声来骗人，败坏了我们的名声，真可恶！"

张虚一离座去厕所时，背后有一个很小的声音说："先生刚才说的那个老巫婆实在太可恶了。我想去认识认识她，麻烦你向我家主人说一声，让我去会会她，好吗？"张虚一从声音判定那是个小狐，便答应道："好，我试试吧。"

张虚一对胡四相公说："我想去会会那个老巫婆，请允许我带上你手下一两个人去帮帮忙。"

胡四相公说："一个老太婆，何必跟她计较这么多，带人去就不必了吧。"

张虚一说："就是因为她是个老太婆，容易欺骗人，使更多的人上当受骗。我去会会她就是想教训教训她。"

胡四相公见他这样说，只好同意了。

张虚一告辞出来，刚跨出门槛，一匹马好像被人牵在面前。他跨上马，就听见有人在耳边说："谢谢你，张先生。如果你在路上觉得有很小的砂子落在你的衣襟上，那就是我们跟在你后面。"张虚一知道这就是那小狐。

他们来到城南老巫婆家。老巫婆正在摆放香案，插上香烛，跪在香案前请狐仙下凡呢。当她看见张虚一骑着马来到时，连忙站起来，满脸堆着笑说："什么风把贵人你请到我这儿来了？"

张虚一跳下马来，一本正经地说："我听说你家狐崽子很灵，是不是真的？"

老巫婆一听，面色突然一变，厉声说："什么狐崽子，这话也是你这样的贵人说的吗？只怕我家花大姐听了不高兴啊！"

老巫婆的话还没说完，只听见"砰"的一声，半块砖头从空中飞下来，不偏不倚地正打在她的肩上，"哎哟！"老巫婆大叫一声，倒退几步，差点跌倒在地。她高声嚷着说："贵人你怎么用砖头打我呀！"

张虚一双手一摊，笑着说："你是不是太过糊涂了。我哪里会用砖头打

你。没有听说过,自己打破额头却去怪旁观者的。"

砖头到底是从哪里打来的,老巫婆还没有弄清楚。又是"砰"地一下,一块石子又从空中打来,这次打在她的背上。她吓得脚一软,跌倒在地,顿时,从上而下的石子、泥块像下雨似的噼噼啪啪地落到她的头上、身上。她逃没处逃,躲没处躲,弄得满脸污泥,全身肮脏,只得跪在地上连声哀求:"饶命啊!饶命啊!"

张虚一见老巫婆狼狈的样子,又好笑,又可怜,心一软就对空中喊道:"各位,请停手,饶了她吧!"

张虚一这么一喊,霎时,石块、泥块都不再往下掉了。老巫婆趁机飞也似的逃进屋里,关上大门,再也不敢出来。

张虚一隔着窗子问老巫婆:"怎么样,你的狐崽子比得上我的狐仙吗?"

老巫婆在屋里叩着头说:"我再也不敢了!你高抬贵手,饶了我这老婆子吧!"

张虚一见老巫婆认错,也就不计较了。

小狐仙们跟着张虚一这么一闹,也和他成了好朋友。张虚一外出时,常有小砂子落在他的衣襟,显然就是小狐仙们了。

有一天晚上,张虚一正和胡四相公谈话,忽然听见院子的墙头上"哗啦"一声巨响,张虚一吓了一跳,忙问:"怎么,难道还有人敢来爬墙吗?"

胡四相公说："不是别人，一定是我一位哥哥。"

张虚一说："既然是你哥哥，何不请他也来坐坐？就是不见面也好。"

胡四相公说："不！他的道行很浅，成不了什么大事。如果能够抓到两只鸡，他就很满足了。"

张虚一感到奇怪。不禁暗自想：难道狐仙中也有偷鸡摸狗的吗？他这么一想，胡四相公立即就知道了。他说："是呀！这和人是一样的。没有知识学问的人才去干偷鸡摸狗的事，有知识学问、心地正直的人，当然不会这样做的。"

张虚一深有同感地说："是呀！做人，心地一定要正直。像你和我这样深的交情，自然是没有什么可说的了。只是……"他深深地叹了一口气说："只是我们至今还没有见上一面，不能不说是一件遗憾的事啊！"

胡四相公笑了，他试着开解说："古人说得好，人们相交，贵在知心。只要大家是好朋友，又何必一定要见面呢？"

又过了一些日子，胡四相公置酒向张虚一辞行，对他说："好朋友，我要走了。今天特地向你告别的。"

张虚一连忙问："你要出远门吗？"

胡四相公说："我出生在陕西，已经出来很久了。今天打算回老家去，今后我们见面的机会恐怕不多了。你不是觉得老朋友没有见上一面，感到遗憾吗？今天我就是让你了了这个心愿，他日相见也好相识。"

"太好了！"张虚一一面说，一面急忙四下寻找，可是找来找去，却什么也没有见到。他十分焦急，就在这时，却听见胡四相公笑着说："你别找了。你打开我的卧室的门，就会看到我的。"张虚一连忙过去打开卧室门，只见屋中央站着一个十五六岁的美貌少年，对着他微笑。这个少年实在太漂亮了，不但唇红齿白、眉清目秀，而且衣冠楚楚、风度翩翩。张虚一急忙向前一步，想和他拉拉手，哪里想到，张虚一刚一伸手，什么也抓不着，再一看，卧室里空荡荡的，空无一人。

张虚一长长地叹了一口气。他知道，胡四相公已经满足了他的愿望，他该知足了。

张虚一转身走出卧室，却又听见胡四相公在身后说："人们在世上，悲欢离合的事是常有的，也是免不了的。你又何必那么介意呢。今晚，我们一醉方休。"

这天晚上，他们一直喝到半夜。胡四相公打着灯笼送张虚一回家。

第二天，张虚一酒醒后，马上来到胡四相公家，却是人去楼空，只剩下一座冷冷清清的空屋了。

许多年过去了。张虚一仍然是一个穷书生，过着清贫的日子。他的弟弟就不同了，当上了两川学使这样的大官。张虚一抱着希望去找他，希望能找到一个差事，借以谋生。哪里料到，这个弟弟根本就不想见他这穷哥哥，连个大门也不让他进。

张虚一实在太寒心了，只得垂头丧气地踏上了回家的路。

在回家的路上，张虚一思前想后，连连哀叹着这个世界实在太炎凉了。忽然，他背后传来一阵急促的马蹄声，回头一看，一匹驴子已追到自己面前了。这匹驴子背上坐着一个穿着华丽、风度潇洒的美貌少年。他觉得这美少年很面熟，好像在什么地方见过，可一时又想不起来到底在什么地方见过。

美少年很热情，也很谦虚地问道："你好像很不高兴，有什么不愉快的事吗？你说说看，说出来也许会舒心一些呢。"

张虚一见美少年态度诚恳，便将弟弟不认哥哥、世态竟如此炎凉的事，向美少年诉说一遍。那少年听了安慰他说："人生，有各种不同的遭遇，有烦恼，也有欢乐。我想，凡事都看开点，犯不着自找苦恼。"他们边说边行，张虚一的心情渐渐平静下来。后来，他们来到一个三岔路口，那美少年向张虚一告别说："在前面不远处，会有一个人，代替你的老朋友送点礼物给你，你千万收下。"说完，他一拱手，一拍驴背就走了。

张虚一望着美少年的背影在远方渐渐消失，心里慨叹：我家的亲弟弟还不如这个萍水相逢的陌生人啊！

张虚一回味着那美少年说的话。他怎么想也想不起这里会有什么老朋友，这个老朋友又会送什么礼物给自己呢？

他想啊想啊，就在这时，前面拐弯处站着一个白胡须老汉，手里捧着一个竹篮子，向他叫道："张先生，胡四相公特地送给你一点儿心意。"

"胡四相公？"张虚一立刻想起来了。刚才遇见的美少年，正是自己相交多年，却又只见过一次面的好朋友"胡四相公"。

张虚一接过竹篮子，打开一看，里面装的全是白花花的银子，他一时看呆了。过了片刻，他想起来应该向白胡须老汉打听胡四相公的行踪时，白胡须老汉早已不知道到哪里去了。大路上，一切都是静悄悄的。

张虚一抱着满满一篮子银子，感慨万千。他既怀念胡四相公的友情是那么温暖，又愤恨亲弟弟的不念亲情和冷漠。

（本故事改编自《胡四相公》）

先祖的狐妻

王成，是平原县有名望的人家的后人。可惜，这个人干什么都拖拖拉拉，懒惰成性，坐吃山空，日子一天比一天难过。最后，只剩下几间破屋子，没衣服穿，被褥也是草编的，穷得叮当响。

这一年，盛夏时节，酷热难耐。村里的人都纷纷在外头露宿。村边有一个原来有一个姓周的大户人家的园子，围墙、楼宇，全都倒塌、颓败了，只剩下一个凉亭。大家晚上就睡在这亭子中，图个凉快。

这其中就有王成。这天，东方发白，纳凉的人全都醒了，走了。等日头升上了三竿高，只余下王成一个人。他伸伸懒腰，还不想起来呢。快到中午了，王成才起来，走出了凉亭。他无所事事地左顾右盼，慢慢往家中走去。

忽然，他看见乱草丛中，有什么在太阳光下闪亮，俯身一看，真是懒人有懒福，竟是一枚金钗。捡起来细看，只见上面镌有一行小字，写的是"仪宾府造"。所谓"仪宾"，是明朝对亲王、郡王的女婿的称呼。而王成的祖

上,正是明朝宪宗皇帝儿子衡恭王的女婿。过去家里面的旧玩意儿,很多是这样子的,不过坐吃山空,这些东西早变卖光了。因此,王成捡起金钗,很是犹疑不决,是自家的呢,还是别人的?

忽然,一位老婆婆走了过来,说是找金钗的,问王成看见没有。王成虽然家穷,可毕竟是世家子弟,很有志气,绝不乱拿别人的东西,立即拿出来还给她了。老婆婆见他这么正直,很是高兴,满口夸奖他的人品道德,还说:"一个小小的金钗能值几个钱呢?可是,它是我丈夫留下来的一个纪念。"

王成问她:"你丈夫是谁呢?"

老婆婆回答道:"就是已过世了的仪宾王束之呀。"

王成一惊,说:"王束之是我的先祖呀!你怎么见到他的?"

老婆婆也吃了一惊,说:"你莫非是王束之的后人吗?我是狐仙,一百年前,曾与你先祖夫妻一场。你先祖过世后,我就隐居了。没想到路过这里丢失金钗,却落在他后人手中,这莫非是天意?"

王成也听说过先祖曾有位狐妻,连连点头,表示相信,并请她一道去家里坐坐。

老婆婆欣然随他而去。一到家,王成就把妻子叫了出来,只见妻子披着破衣服,面呈菜青色,一副没精打采的样子。老婆婆长长地叹了一口气,说:"唉,没想到王束之的后人竟穷到了这般地步。"

再看看家中,灶头也破败了,连炊烟也没有。老婆婆便问:"家里穷到这样子,靠什么生活呢?"

王成的妻子一一诉说家中贫愁潦倒的困境,不觉放声大哭,泪水长流。

老婆婆于心不忍,把金钗交给了她,让她上当铺抵押几个钱,先买点米再说,三天之后,再来相见。

王成极力挽留老婆婆。

老婆婆却说:"你连妻子也养不活,我留下来,躺在床上光看空空的屋顶,有什么用呢?"

说完,老婆婆还是走了。

老婆婆走后,王成把原委告诉妻子,把妻子吓了一大跳。王成极口夸奖老婆婆的为人,让妻子待她如婆婆一样,妻子终于应承了下来。

三天之后,老婆婆果然又来了。

这回,她带来几锭金子,换了一石谷子与一石小麦。

晚上,她同王成的妻子共用一床。王成的妻子开始有些害怕,慢慢地,觉得她十分诚恳、一片好意,也就不再有疑虑了。

第二天，老婆婆又对王成说："孩子，你也别太懒惰了，不妨做点小生意，坐吃山空，怎是长久之计呢？"

王成摇头说，自己分文没有，怎能做生意呢。

老婆婆却说："你先祖在时，金银珠宝、绫罗绸缎，都随我拿。可我是世外之人，用不着这些，所以没有多取，仅仅积下打扮敷粉用的四十两银子，一直留到今天。我留着也没什么用，不如你拿去，买些葛布到京城去卖，便可以有一些赢利了。"

王成听从了她的话，马上去买了五十余匹葛布回来。

老婆婆让他马上装好车，估计在六七天之内，便可抵达京城。并一再叮嘱他说："这次外出，你只可勤快，千万不能懒惰。要迟了一天，就悔之莫及了。"

王成诚惶诚恐地应承了。

他装好布匹，立即上路了。但他在半路上却遇上了暴雨，一身都淋湿了。他这一辈子从没有吃过这样的苦头，又累又乏，只好暂时住进旅店休息。

谁知道雨下个不停，一直下到天黑，檐间的雨水更似长线不断。过了一夜，再出门看，道路泥泞，比昨天更难走。只见过往的行人，一脚深，一脚浅，连踝骨都没入泥水中。一见这么艰难，王成心里直叫苦，不敢走了。一直等到正午，路才渐渐干了点，不料云又厚了起来，雷声大作，暴雨又至，没办法，他又只好等雨停了才走。

待到京城附近，便听说葛布的价格飞升，王成心中暗暗高兴。

进了京城，入住客店，卸下货，店主却说："太可惜了，你来晚了，早些时候，南边的路刚刚开通，葛布来得少，正好贝勒府急着要，价格便立即往上涨，比往常高了差不多三倍。刚好前一天买够了，后来的人都失望地走了。"

店主这么一说，王成立即气馁了。

第二天，葛布愈到愈多，价格降得更厉害了。王成认为无利可图，不肯把手中的葛布卖出去。

又等了十来天，吃住所花的钱愈来愈多，他更加犯愁了。

店主劝他，不如把葛布贱卖出去，另打别的主意好了。王成无奈，只好这么办了。结果亏掉十几两银子，总算把葛布脱手了。

第二天一早起来，准备打道回府，一摸口袋，卖葛布的钱却不翼而飞了！他大惊失色，急忙告诉店主，店主也一点办法没有。有人劝他到衙门前击鼓告状，责令店主赔偿——毕竟是住在店里丢的钱嘛。

王成心地善良，不愿这么做，叹了口气，说："这是我的命运不济，怎

么能怪罪店主呢?"

店主听说他这么大度,很是感激。于是,送了五两银子给王成,并说了些宽心的话,让王成回去。

可王成觉得自己没脸回去见老婆婆。正是因为自己怕苦,耽误了行程,才落了这么个下场,正中了老婆婆的话,悔之莫及了……于是,他在京城里焦虑地来回走着,不知如何是好。不觉遇上了斗鹌鹑的,一赌便是上千钱;每次集市,一只总能卖上个一百多钱。王成不由得动了心,算了算口袋里的钱,还够贩卖鹌鹑的。他回到店中,同店主商量,店主也极力答应他,并且说好留他住宿,连吃饭也不收钱。

王成一高兴,马上到乡下去收购鹌鹑。很快收购到满满一担,又重新回到京城。店主很高兴,叫他赶快卖掉。

偏偏不走运,这一夜,大雨滂沱,一直下到天亮,街道变成了河流,可雨还没有停的样子,只好再住几天,等到天晴而这雨竟连绵不断,一口气下了好几天,无休无止,再看笼子里,鹌鹑一只接一只地死去。王成急坏了,不知怎么办好。又过了两天,死的就更多了。数数,没剩几只了,只好并到一个笼子里饲养。再过一夜去看,只剩下一只活的了。王成只好告诉店主,边说,边不觉泪如雨下,店主连连表示同情,却也无奈。

王成独自寻思,银子全没了,怎么回去呢?不如一死了之。店主连忙劝慰他，一道去看剩下的那只鹌鹑，看了好一阵，发觉这鹌鹑不比寻常，便说：

"看来，这一只鹌鹑绝非庸常之辈，定有了不得的地方。其他鹌鹑的死，未必不是被它斗杀掉的。你有空，又没什么事可做，不如你来训练它，如果它真了不得，也同样可以谋生的。"

于是，王成开始训练鹌鹑，待鹌鹑驯服后，店主便让他带上街，用来与人争斗。这鹌鹑果然骁勇，连战皆捷。

很多年来，由于大亲王好斗鹌鹑，每逢正月十五元宵节，都放民间斗鹌鹑的好手上府邸里决一雌雄。店主对王成说："今日，大富大贵马上就能得到。究竟如何，就看你的命运如何了。"

于是把元宵节上亲王府斗鹌鹑的事细细说了。

到了那天，他把王成带去，一再叮嘱："如果打败了，你就垂头丧气出来好了。如果有个万一，你的鹌鹑斗赢了，大亲王一定要买的，你先别答应，如果他硬要，你要留神我的眼色，一直等到我点头了，你才能出手。"

王成连忙说行。

来到大亲王宫邸，便看到斗鹌鹑的人摩肩比踵，拥挤在大殿石阶前的平台上。片刻，大亲王走上大殿左右马上宣布："有愿意斗的，请上来。"

立即有人把着鹌鹑，进了大殿。

大亲王下令把鹌鹑放出来，来宾也相应放了。还没扑腾几下，来宾的鹌鹑便败下阵来。

大亲王开心地大笑起来。

没多久，凡是登殿斗鹌鹑的，都败下阵来。

这时，店主对王成说："你可以上去了。"于是，两人一道上了大殿。

大亲王看了看王成的鹌鹑，说："你这鹌鹑的眼睛上有一根怒脉，是只好斗的鸟，我可不敢轻敌了。"

他立即下令把一只叫"铁喙"的鹌鹑带上来对阵。

两只鹌鹑斗了几个回合，王成的分明占了上风。大亲王再下令，挑更强的鹌鹑来，但都一一败给了王成的鹌鹑。

大亲王急了，赶紧下命令，把皇宫中叫"玉鹑"的取来。

没多久，"玉鹑"送到了。这只鹌鹑果真骨骼不凡，洁白的羽毛如同鹭鸶一样，身子就似一匹神奇的小骏马。王成一见，马上丧气了，跪下来说："王爷，不斗了吧，我这不是对手。王爷的这只，完全是神物，恐怕我的一伤，把我的饭碗也给砸了。"

大亲王不依不饶，笑着说："让它们决一高低好了！要是你的斗死了，我会加倍赔偿给你的。"王成只好把自己的那只放了出来。

"玉鹑"立即气势汹汹地扑了过来。

当"玉鹑"冲到的时候，王成那只却趴着，像被激怒的公鸡等待着；当"玉鹑"利落地狠命一啄的时候，它才如飞腾而起的鹤一般予以还击。两只鹑鹑，你进我退，你击我迎，上下翻飞，斗得难解难分，足足相持了差不多一个时辰。渐渐地，"玉鹑"有些支持不住了，而王成那只却愈战愈凶狠，斗志更激昂。没多久，"玉鹑"雪白的羽毛纷纷被啄了下来，翅膀垂下，落荒而逃……观看的有上千人，没有一个不赞叹与艳羡的。

大亲王向王成要过那只鹑鹑，亲自把玩了一阵，从喙到爪子，都细看了一遍，然后问："你的这只鹑鹑卖不卖？"

王成回答："小人没有什么家业，与这只鹑鹑相依为命，不想把它卖了。"

大亲王又说："我开个高价，相当于中等人家的家产，你愿不愿意？"

王成低下头，想了很久，才说：

"我本来没打算卖的，既然爷大王喜欢它，又能使小人安家乐业，那就没什么说的了。"

大亲王忙说："你开个价吧。"

王成答道："一千两银子好了。"

大亲王笑了，说："你真是个痴男子！这算什么珍宝，能值一千两银子？"

王成立即说："大王没把它当作宝贝，我却视它为连城之璧，甚至更贵重呢。"

"连城璧"，是指战国时的一块璧，当时的秦王愿以十五座城市为代价向赵国换取它。

大亲王说："那好，我们两不相欠，给你二百两银子。"

王成还是不肯。

"三百？四百？……"

王成看看同来的店主。

店主却脸色不变。

王成便说："这样吧，看在大王的面子上，一千两，就减去一百。"

大亲王说："这哪行呢？谁肯用九百两银子买一只鹑鹑？"

王成便把鹑鹑放进笼子，准备走了。

大亲王连忙叫道："你回来！回来！讲个实价，六百两，行就成交，不行就算了。"

王成又看了看店主，店主仍不以为然。可王成觉得已超过自己的估价了，生怕错过了机会，便说："就这个数卖出，心里实在不满足。可交易不成的话，只怕结怨，万般无奈，就如大亲王所说的吧。"

大亲王喜出望外，立即称了六百两银子给了王成。王成收好银子，向大亲王拜谢后退出了。

到了外边，店主有些埋怨道："我是怎么对你说的？你也太焦急出手了，再讨价还价一番，八百两银子就到手了。"

王成回到店中，把银子放到台桌上，请店主自己拿一些。但店主无论如何也不肯要。王成仍坚持让他要，他才按王成的伙食费收下了一点儿。

完了，王成整理行装，回到了家中。

一去半年多，王成向家人一一追述自己所经历的一切，大家庆贺了一番。

老婆婆立即让他买下了三百亩良田，造起了房子，置办了家居。王成俨然又成了名门望族。

老婆婆天天早早起来，让王成去督促耕作，王成的媳妇则去督促纺织。小两口一有怠惰，老婆婆便不客气地呵斥他们。奇怪的是，这样两口子反而和睦相安，不再似过去那样互相埋怨了。

这样又过了三年，这个家更富裕了，老婆婆便要告辞走了，夫妇俩一起挽留她，声泪俱下，她才答应留下。可第二天一大早，夫妇俩按平常习惯去请安，发现老婆婆却已经踪影全无了。

（本故事改编自《王成》）